谨以此书

纪念曾焕乾同志诞辰 100 周年

平潭综合实验区诚信促进会

丹心照汗青

——曾焕乾传

◎ 冯秉瑞 著

海峡出版发行集团
THE STRAITS PUBLISHING & DISTRIBUTING GROUP

海峡文艺出版社

图书在版编目(CIP)数据

丹心照汗青:曾焕乾传/冯秉瑞著. 一福州:海峡
文艺出版社,2019.3(2024.3 重印)
ISBN 978-7-5550-1810-0

Ⅰ.①丹… Ⅱ.①冯… Ⅲ.①传记小说一中
国一当代 Ⅳ.①I247.5

中国版本图书馆 CIP 数据核字(2019)第 043432 号

丹心照汗青
——曾焕乾传

冯秉瑞 著

出 版 人	林 滨	
责任编辑	林鼎华	
出版发行	海峡文艺出版社	
经 销	福建新华发行(集团)有限责任公司	
社 址	福州市东水路 76 号 14 层	
发 行 部	0591—87536797	
印 刷	三河市兴博印务有限公司	
厂 址	河北省廊坊市三河市杨庄镇大窝头村西	
开 本	787 毫米×1092 毫米 1/16	
字 数	270 千字	
印 张	18.25	插页 8
版 次	2019 年 3 月第 1 版	
印 次	2024 年 3 月第 2 次印刷	
书 号	ISBN 978-7-5550-1810-0	
定 价	88.00 元	

如发现印装质量问题,请寄承印厂调换

曾焕乾（1920年6月—1948年5月）

在英华中学

在集美商校

马玉銮学士照（福建协和大学）

马玉銮壮年照

曾焕乾、马玉銮结婚照

曾文英像（曾焕乾父亲）

曾淑芳像（曾焕乾大姐）

翁香桃像（曾焕乾大嫂）　　　　曾焕明像（曾焕乾大哥，地下党员）

马玉銮晚年像　　　　　　曾学敏像（曾焕乾五弟，地下党员）

曾瑞生（曾焕乾儿子）全家乐
前排左起：张香英（媳妇）、马玉銮、曾瑞生
后排左起：曾艳（孙女）、曾元（长孙）、曾圣（次孙）

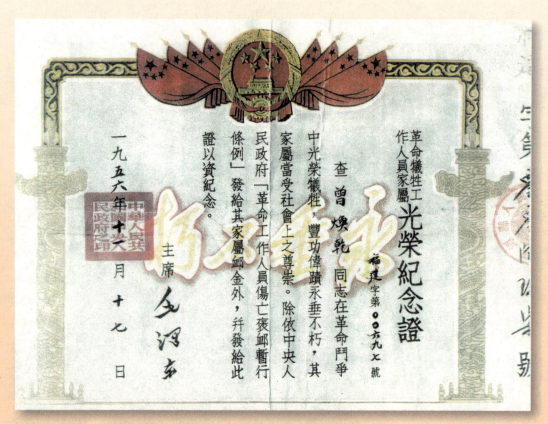

革命牺牲工作人员家属光荣纪念证

曾焕乾烈士石雕像

（上）福州文林山·城工部革命烈士纪念碑
（下）纪念碑上的烈士名单（上排右五为曾焕乾）

莊微石 崇光 林誠度 孫述欽 陳錦順 鄭天豹
李鐵 朱保齋 林慎樞 陳大鵬 黃回良 鄭竹波
孟起 任祖光 林慶祥 陳子英 黃修祺 鄭楊磐 登
曾焕乾 李楚康 金宗俊 陳永亮 張孫祥 蔣後官
楊申生 李濤 周世鍾 陳昌金 孫延 劉孟章
孫道華 林趙蓮 陳宗珪 張桂生 劉忠端
林立 吳則連 柯孟燕 陳雲蓁 張壹金 劉胡紳
阮伯其 郁華第 陳就安 華月星 劉德康
陳清官 何正江 洪通令 傅孫海 魏子衡
陸真聖 林太猷 宮進英 陳盛暾 温藻敏 王羅紹文
林克俊 林吉史 真樹華 陳國華 楊瑞益 魏濟清
張樹雄 杯次 徐仁忠 陳雄 黨凝益 譚慶道
何友禮 林道平 郭克興 陳雲耕 啟劉
何友于 林 徐學惠 陳
光民湖 林炯模 梁丘英 陳 鋒 鄭工惠

8

福建省政协原主席游德馨题字　　　　　　福建省政协原副主席许集美题字

平潭大坪·曾焕乾故居

纪念平潭游击支队解放平潭县城 69 周年座谈会人员合影
前排左起：林文强、周裕珠、周裕琼、李玉荣、施修爵、徐珠兰、
　　　　　林永华、何友芬、翁晓岚、张方林、吴怀民、冯秉瑞
后排左起：冯　榕、林绍宁、方良金、周裕惠、林晓青、林圣华、
　　　　　杨际岚、吴奋武、陈友生

序

黄文山

　　冯秉瑞先生传来他的新著《丹心照汗青——曾焕乾传》的电子稿，要我作序。记得去年省作协评奖时，就有他的人物传记上榜。当时让评委们为之感动不已的不仅有作品中满溢的激情，还有作者的年龄。出生于 20 世纪 30 年代中叶的冯秉瑞先生已经年逾八十。80 岁古人谓杖朝之年，意思是年迈可以拄着拐杖上朝了。可是老冯依然伏案劳作，矻矻不已，我没有理由不接受这样一份嘱托。

　　我和老冯认识已经 30 多年了，缘起就是文字。老冯当过县文化局长和省级机关处长，还出任过一家大型酒店的总经理，脚踏政商两界，风光一时。但他始终热爱的是文学，业余写作散文，早年出版过散文集《海恋》和《泰国的诱惑》，还喜欢和文学界的人士交往。他为人热情、坦率，不拘小节，身上有着很浓的文人气息。可以这样说，老冯是在经历了宦海沉浮和商场起落后又重拾文字，在年将古稀之时开始了他新的写作人生，而且一发不可收拾。他先是受人之邀，写长篇历史小说。在创作了《美人计》《连环计》《反间计》《假道伐虢》《开国宰相王导》等多部小说之后，又移笔书写长篇人物。近年他写的是家乡平潭的三位革命人物：曾焕乾、翁绳金、吴秉瑜。他们有一个共同点，都是平潭人，学生时期即投身革命，且从事地下工作，为理想和信仰奋不顾身。而曾焕乾更是在曙光初露之时因城工部事件含冤而死。他的精神令人景仰，命运让人嗟叹。为这样的革命者写传，需要热情，还需要勇气。

曾焕乾蒙难时年仅28岁。作者通过描述他短暂的一生，勾勒出一幅波澜壮阔而又惊险奇诡的福建地下斗争图卷。比如抗战时期平潭的6次收复战；福建省委闽江工作委员会的成立及其开展的一系列斗争活动：其中就有平潭暴动、福州学潮、水警枪变和海关布案。由布案开始，加上之后省委军事领导人阮英平的不幸遇难，导致城工部事件的发生。这是在中华人民共和国诞生前夕，我们党内出现的一桩冤案。由于当时地下省委主要领导的错误，导致百多位党员被错杀。2012年，我在《福建文学》主编任上退休时，又应邀接手《闽都文化》的编辑工作。这本地方文化杂志，关注发生在这片土地上的每一个重要历史事件，在"闽都记忆"专栏中就曾专门介绍过城工部事件的始末。时隔数年，又重读老冯满含泪水叙写的这段沉痛历史，依然心绪难平。

老冯以他熟悉的章回体形式，书写人物故事。其文字流畅，叙述自如，史料翔实、生动。传记中出现的一个个风云人物，如庄征、李铁、翁绳金、吴秉瑜、张纬荣、林中长、陈书琴……有的敷以浓墨重彩，有的只有寥寥数笔，但都让人留下较深的印象。虽为信史，可读性很强。

每个人心里都有一亩田，只是你要用它来种什么？老冯晚年选择了耕耘文字，辛勤不辍，而且陆续到了收获季。散文家何为先生晚年独居上海时曾经这样写道：只要写起文章来，就觉得人生很有意思，不会感到孤寂。这就是文学写作的魅力所在。我能体会老冯徜徉于自己用文字描摹的世界里的那一份充实和愉悦，他忘记了年龄，忘记了疾病，只是关注他笔下人物的命运。阅读书稿，从字里行间，似乎可以感觉作者书写时的几分欢欣，乃至听到一声掩抑不住的叹息。

　　人书俱老，自是一种生命境界。更何况苏东坡曾经这样放歌："谁道人生无再少，门前流水尚能西。"这份自信和乐观，也许，正是写作带来的。

　　在《丹心照汗青——曾焕乾传》即将付梓之际，写了以上这些文字，以表达我的钦佩和祝贺之情。

　　是为序。

2018 年 9 月 3 日

（黄文山，福建省作家协会副主席，著名散文家，《福建文学》原主编）

3

目　录

第一回　大坪村出个小神童
岚华校有位全优生

1920年6月19日（农历庚申年五月初四），正是纪念爱国诗人屈原的端午节前夕，平潭县大坪村的一户充满书香韵味的农民家庭里，呱呱落地一个男性婴儿。

这个男婴健壮白胖，天庭饱满，哭声洪亮，十分可爱。其半农半儒的祖父曾人捷给这个婴儿取个阳刚十足的好名字，叫曾焕乾。

《易经》第一卦，乾：元（元始）、亨（亨通）、利（和谐有利）、贞（贞正）。其《象》曰：天行健，君子以自强不息。

后来，曾焕乾自号滚江，笔名海岑，化名邱铭，皆有其寓意。

这年(庚申年)出生的孩儿属龙。龙为古代传说中的神异瑞兽，体长，有鳞、有角、有爪，能走、能飞、能入水，可兴云降雨。

据说，属龙的男人气宇轩昂，人品高尚，刚毅坚韧，勇往直前，索真求实，宽宏大度，乐于奉献。这些属龙男人的性格特点，后来在曾焕乾的身上都有充分的体现。

曾焕乾生在平潭，长在平潭。平潭是一个很有特色、很有故事的地方。

平潭古称海山，又称海坛、东岚、岚岛，简称岚，20世纪80年代之后又美称为麒麟岛。其实挂在人们口头上的称呼只有海山和平潭，其他称谓都只在书面上。

海山，意指海上的山。因为平潭古称海山，所以自古以来平潭男人被称为海山哥。海山哥是在海岛的惊涛骇浪中锻炼成长的男子汉，他剽悍、勇敢、豪爽、肝胆、索真、刻苦；他有海洋般的胸怀，风浪样的顽强；他具有铁骨铮铮、赤胆忠心的个性特质。岁月证明，海山哥的这些特点在曾焕乾身上体现得淋漓尽致。曾焕乾是一代海山哥的杰出代表。

如今的平潭，华丽转身，综合实验区、自由贸易区、国际旅游岛三区叠加，享受国家特殊政策，开发建设突飞猛进，成为举世闻名的美丽而繁荣的宝岛。但是，过去的平潭，特别是70年前的旧社会平潭，却是一个贫穷落后、交通闭塞的苦屿。所谓"平潭岛，平潭岛，只长沙石不长草""三片薯钱一碗汤，野菜烂虾塞肚肠"的民谣，就是当时平潭岛人民生活的真实写照。毛泽东主席说："穷则思变。"由于民国时期平潭特别贫穷落后，因此，平潭人民在推翻国民党反动统治的革命斗争中也显得特别坚决、特别积极。

曾焕乾的故乡叫大坪，位于主岛海坛的中北部，离县城7千米，今属中楼乡。村坐北朝南，面向巍然君立全岛、青翠葱绿的东岚山（俗称君山），背依如障似屏的茂密木麻黄林，东披波涛滚滚的东江海域，西临被围垦的竹屿港湾良田。大坪村是1996年至2000年习近平总书记在福建担任省领导期间挂钩帮扶的小康建设村。今有935户人家、3070多人口、1300多亩良田。村上物产丰富，风景秀丽，空气清新，气候宜人，交通便利，当地村民已经过着衣食无忧的小康生活。然而，在100年前的大坪村，却处于"一夜沙埋18村"的芦洋埔边缘。那时风灾、沙害肆虐，更兼人祸，人民生活苦不堪言。

曾焕乾的半农半儒祖父曾人捷，是一位读了许多古书的农民，他既尊崇孔孟儒道，又是虔诚的基督教徒。他为人善良而又豪爽，喜欢帮助人，一生做了许多对村上邻里有益的好事。他生 5 个儿子，有文有武，各有所长，虽不能说个个事业有成，但都能养家糊口，过着勉强温饱的生活。

曾人捷对子孙后代的成长特别重视。临终前，他将一生积蓄的3000 多银圆，留作男女孙求学之专用资金，凡有上学者皆可使用。因此，5 个兄弟无不争送各自的子女上学。这样，曾人捷的男女孙们便人人读书，个个成才。其中，出类拔萃的有中国近现代史上有名的革命家、教育家曾焕乾，有世界著名固体地球物理学家、中国科学院院士曾融生，还有名教师曾焕魁，名医师曾淑芳等。

曾焕乾的父亲曾文英（1873.8～1966.7），在 5 个兄弟中排行老三，毕生务农。他生曾焕明、曾焕亮、曾焕炳、曾焕乾、曾学敏、曾学善等 6 个男儿，生曾淑芳、曾淑真、曾美妹、曾惠新、曾淑云等 5 个女孩。曾焕乾乃 6 个男儿中的老四。

曾焕乾从小聪明好学。1927 年秋，他 7 岁时进村上半学堂式的私塾读书。读的是《论语》《孟子》《三字经》《百家姓》《千字文》《词源》，以及唐诗、宋词等古诗词。老师也教算术和自然课。那时，私塾老师教学很认真，对学生要求很严格，所教课文非要学生背诵不可。如果不能背诵，就要受到老师用戒尺打其手掌心的处罚。班上大多数学生都挨过老师的教鞭，唯曾焕乾从未受过责罚。

这是因为曾焕乾不但勤学，而且聪明。他的记忆力超人，看书过目不忘，课文只读一遍就会背诵。他 7 岁入学的第一天上午，老师教的是《论语》中的第一课《学而》。快下课时，老师问："那位同学会背诵今天所教的课文？请站起来背诵一遍。"曾焕乾立即站起来答道："我会。"接着他背诵道：

子曰："学而时习之，不亦说乎？有朋自远方来，不亦乐乎？人不知而不愠，不亦君子乎？"

"很好。"老师称赞后接着说,"请解释一遍。"

于是,曾焕乾解释道:"孔子说,学习后时常复习,不是很愉快吗?有好朋友从远方来,不是很快乐的事吗?人家不了解我,我也不恼怒,不也是君子吗?"

后来,老师常考他,他从来没有被考倒。所以被私塾先生称为"小神童"。

一年之后,小神童之名传到了其父亲曾文英的耳朵里。他对儿子的超人记忆力且信且疑,便想试试他。一天晚饭后,曾文英突然说:"焕乾啊,听说你看书读诗过目不忘,不知是真是假?为父今天从朋友处抄回一首诗,这首诗是南宋民族英雄、著名诗人文天祥写的,题目叫作《过零丁洋》。这首诗,你读一遍后会不会背诵?"

曾焕乾接过父亲手中的抄诗纸,只默默地读一遍便退还,然后朗声背诵:

辛苦遭逢起一径,干戈寥落四周星。山河破碎风飘絮,身世浮沉雨打萍。惶恐滩头说惶恐,零丁洋里叹零丁。人生自古谁无死,留取丹心照汗青。

"很好,真的背诵得一字不差。"曾文英高兴地说,"这首文天祥的诗,很感人,为父就送给你慢慢学习琢磨吧。"

"多谢父亲。"曾焕乾接过父亲赠送的抄诗,视若至宝,读了又读。后来他还把"人生自古谁无死,留取丹心照汗青"这两句用毛笔抄写成条幅,挂在书桌前的墙壁上,作为座右铭。文天祥的这首诗影响着曾焕乾的一生。

那时大坪村有座基督教堂,每逢星期天下午就举行儿童"务德会",由教堂牧师教儿童要听父母长辈的话,不说谎,不骂人,不打人,不偷窃;教儿童唱诗,唱歌,还唱"五月九日洗雪国耻歌"。曾焕乾都欣然参加,接受"做人要做好事，不做坏事"的启蒙教育。

有一年圣诞节，大坪村教会举行庆祝圣诞文艺晚会，其中有个节目是由曾焕乾表演背诵《圣经》中的"创世纪"部分的前10节，约10000字。这是难度很大的节目，那时他才8岁，却大胆地上台背诵。他背诵时态度自然，口齿流利，一点也不怯场，得到了教友们的热烈赞扬。这说明他不但记忆力超强，也展现出他从小就有过人的胆略。

从此，"大坪村出个小神童"曾焕乾，就在海坛岛中北部、东岚山西北麓的一派村庄中传开了。

1933年9月至1936年7月，曾焕乾在私立平潭岚华初中读书，是该校一位品学兼优、全面发展的全优生。他的考试成绩常常是班上最高分。他写的文章通顺、流畅、生动，有新意。他的"颜体"毛笔字写得很老到、很漂亮。他还会打一拳干脆、利落、变化莫测的武术。岚华学校历次举行作文、书法、武术比赛，获冠夺魁拿头奖者，简直非曾焕乾莫属。

曾焕乾在岚华初中之所以有这样优异的成绩，成为一个全优生，不仅仅是由于他有超人的记忆力，更不是只依赖他的小聪明，最主要的还是因为他学习很勤奋，很刻苦，对自己的学习时间抓得很紧。

曾焕乾不但在学校里学习勤奋，而且放寒暑假和周末在家里也不停地自习各门功课。对于较难的英语和数理化，他特别努力复习，终于使这些科目都能拿到甲等成绩。他很喜欢练写毛笔字，有时用墨汁，有时用水写在方砖上，有时用手指在沙堆上写。由于他见缝插针地苦练，他的"颜体"毛笔字达到炉火纯青的地步，不但在岚华，而且后来参加英华中学、集美商校的书法比赛，他都获得第一等的优胜奖，拿到了奖状和奖品。他的武术，也不是天生就会，而是拜师苦学而又每早苦练而就。他特别喜欢阅读鲁迅、茅盾、巴金等进步作家的文艺作品。在家里读书的小楼上，他放着一个小藤箱，其二姐曾淑真有次把它掀开来看，发现里面装的除文艺书籍外，还有好几本他的读书笔记，其中有书中重要词句、段落的摘录，也有他自己写的读书心得体会。有一次，他妈妈煮一碗薯粉面让二姐端到小楼上给他吃。他边看书边说："好，我就吃，你下去吧。"可是，二姐下来后过了许久，再到小楼上一看，那碗薯粉面原封不动，没有吃。后来她又催他几次，他才端起面碗准备吃，然而那碗薯粉面已经冷冰冰不能吃了。类似的情况经常有。曾焕乾就是这样专心致志、废寝忘餐地读书。

曾焕乾自幼关心国家大事。1931年，他11岁时，发生日本侵略军侵占我东三省的"九一八"事变。1932年1月28日，日本侵略军大举进犯我上海，遭到我守军19路军的迎头痛击。1933年11月，19路军发动"福建事变"，成立抗日反蒋的"中华共和国人民政府"。1935年，北京爆发"一二·九"学生爱国运动。这一桩桩事件，都在曾焕乾少年心灵中激起巨大的爱国救亡的情怀。他渐渐地认识到，"只有抗日才能救中国"，也产生了投身到抗日救亡运动中去的冲动和决心。

1936年春，曾焕乾念初中三年级上学期时，参加岚华抗日救亡文艺宣传队。在《卧薪尝胆》这一话剧中，他扮演剧中主角越王勾践。他把自己从1931年"九一八"事变、日本侵占我东三省起就日趋形成的忧国忧民之情怀和收复失地之壮志，酣畅淋漓地融入勾践这个角色中。因此，他演得非常逼真，十分精彩，给观众和同学们留下了深刻的印象。

从此，平潭城关人都知道，岚华初中校有位全优生曾焕乾，他多才多艺，能文能武，很有才华。

第二回　文艺剧场名士演讲
　　　　中洲食店好友谈心

1938年仲夏，福州天气真热，火辣辣的日头把榕城大地烧烤得像一块刚刚蒸熟的大番薯，正腾腾地冒着蒸人的热气。到了夜晚七八点，热气还没有一点消退的意思，人们被蒸得屋里待不住，男人们只穿一条短内裤，肩披一方羊肚巾，脚趿一双木屐，咯吱咯吱地跑到就近的江边湖滨乘凉去；女人们则穿着薄衫短裙，端着小竹椅，坐在自己的房前廊檐下，挥舞着手中的大蒲扇驱散热气。

然而，就在这炙热难耐的仲夏之夜，福州文艺剧场里却座无虚席，挤满了人。

原来，著名爱国民主人士李公朴先生应福州救亡团体之邀请，正在这里作“唤起民心，不做亡国奴”的专题演讲。

李公朴先生在演讲中首先指出：自从1931年“九一八”事变起，中国人民的抗日战争就拉开了序幕。“七七”卢沟桥事变，标志着日本蓄谋已久的全面侵华战争的爆发。1937年7月7日，日本侵略军在北平西南宛平县的卢沟桥附近，向当地中国驻军悍然发动进攻，国民党二十九军奋起抵抗。从此，中华民族的抗日烽火就在全国燃烧起来了。日本发动的全面侵华战争，使中华民族面临亡国的严重危险。中国共产党以民族利益为重，在卢沟桥事变发生后，相继发布"通电""宣言"，竭诚倡议国共两党合作抗日。国民党中央在日本妄图吞并整个中国，国内抗日救亡呼声不断高涨的情况下，也发表谈话，表示赞同共产党的倡议。于是，国共两党合作抗日的局面形成了。但是，全国的抗日形势还非常复杂而严峻，一点也不容乐观。

接着，李公朴先生针对国内亲日投降派卖国求荣的无耻行径，慷慨陈词，进行了猛烈的抨击。

最后，李公朴先生号召广大民众，在国难当头，要团结一心，坚持抗战，反对投降，不当亡国奴。

李公朴先生的演讲十分精彩，非常感人。当他的演讲结束时，全场响起了经久不息的暴风骤雨般的热烈掌声。

在热烈的掌声中，一位一身学生打扮的青年，仿佛从天而降，突然出现在舞台前沿，面朝听众微笑着使劲鼓掌。

这位青年身材高大，臂膀粗壮，皮肤黑里透红，头发有些卷曲状；一张棱角分明的四方脸庞上，嵌着一双炯炯发光的乌黑大眼睛，显得魁伟而英俊。

"他是谁？"坐在会场最后一排的戴眼镜壮年人问邻座的一位青年。

"他叫曾焕乾，是福州英华中学高中二年级学生。"这位邻座青年回答后，又补充说："他虽然只是一个学生，但他却是英华斋的抗日救亡先锋。因为他讲话声音洪亮厚实，唱歌字正腔圆，大会主持人特地请他上台，领头高呼抗日口号，指挥高唱救亡歌曲，把今夜的抗日救亡讲演大会推向高潮。"

"噢，原来是他！"戴眼镜壮年人听后点点头，心里回忆着他来福州一周来所了解到的英华抗日救亡先锋曾焕乾的一些情况。

1936年秋，曾焕乾以优异成绩考进省内最著名的私立福州英华中学（俗称英华斋）。在英华学校读高中这两年，他不但书念得很好，几乎科科满分；而且还担任中共地下党创办的进步刊物《萤火》的编辑工作。他加入沈钧儒、邹韬奋创立的全国各界救国联合会，为会员。他同英华地下党员教师何友恭（又名何希介、何思贤）和进步学生郑公盾（又名郑能瑞）等人一道，创办民众夜校，宣传抗日救亡。他还组建救亡话剧团下乡，先后到过福州的几个郊县和闽北的南平、建瓯等地演出。他不仅是英华斋的抗日救亡先锋，而且还是福州市大中学校抗日救亡的领头人之一……

"老师，您贵姓？"邻座青年突然问戴眼镜的壮年人。

"免贵李，叫李铁。"

"啊，李铁，您就是李铁同志？"邻座青年很是惊讶，忙站起来同李铁紧紧握手。

李铁点点头后反问："年轻人，你叫什么名字？"

"我叫郑公盾，英华中学应届毕业生。"

"噢？你原来就是郑公盾同学！"李铁也有一些惊讶。

"您怎么知道我？"郑公盾问。

"我是听贵校何友恭老师说的。"李铁接着道，"我还知道，你和曾焕乾是一对志同道合的好朋友，对吗？"

"是的。"郑公盾微微一笑回答。

此刻，会场上的掌声早已停息，一组抗日口号也已呼过，曾焕乾正在挥舞着双臂，指挥大家高唱一首救亡歌曲：

> 救、救、救中国，
> 一起向前走！
> 努力呀，努力呀，
> 为救国而奋斗！
> ……

演讲会于晚上9点在雄浑、高亢、激昂的救亡歌声中结束。

结束之后，福州抗日救亡团体联合举行纪念"七七"周年万人火炬大游行。游行队伍高呼抗日口号，高唱救亡歌曲，途经榕城要道闹市，群情振奋，进一步激发了民众的抗日救亡热情。

曾焕乾是这次万人火炬大游行的积极组织者和领队人之一。游行队伍到中亭街散场时已是深夜11点。曾焕乾随着熙熙攘攘的人流缓缓地走出中亭街，准备跨过万寿桥回仓山英华宿舍休息。正当他跨上大桥头之际，突然背后有人追上来喊道："焕乾兄，等等我。"

听声音很熟，曾焕乾知道喊他的人名叫郑公盾，长乐屿头乡人，是一位比自己高一班、大一岁的英华同学好友，但他还是回过头循声看清了其面孔后，方笑着说："公盾兄，高考早已经结束了，你怎么还没有回家？"

"今天，我是从长乐老家专程上来听李公朴先生演讲的。"郑公盾答道。

"噢，你也来听演讲呀！你坐在那里？我怎么在会场上始终没有看到你呢？"曾焕乾好像不相信似的。

"我迟到一会儿，坐在最后一排。你高高地站在舞台上能看清台下每一个人吗？"郑公盾笑着揶揄道。

"那倒是。"曾焕乾拉着郑公盾的手，边走边说道，"时间不早了，今夜你回长乐没有这回事，不如到英华宿舍里同我一起睡，我有一些心里话想对你说"。

"今夜不行，我已答应住在上渡我党兄家里，我那位15岁的侄儿郑一惠正等着我同他讨论艾思奇的《大众哲学》呢！"郑公盾接着说，"不过，我和你今夜一别，不知何时再相见，我们在一起能待多久就待多久。现在我请你到中洲街吃夜宵，我们边吃边谈。"

"你今年高中毕业，我还没有欢送过你呢，刚好昨天我大哥曾焕明送给我 30 块银圆，今夜就让我做东吧！"曾焕乾说。

"你家庭经济状况不如我，这一点夜宵的钱，你就不用同我争了。"郑公盾坚决地说。

说话间，他们二人一前一后穿过万寿桥，跨入了中洲街。

中洲是闽江下游连接万寿桥和江南桥的一块岛屿，因其形如鲤，又名鲤鱼洲。千百年来，闽江上游流动的沙土经这里沉淀下来，日积月累，渐渐形成一块面积达 88 亩的洲地。宋代以后，先人在这里耕种、定居、经商，随之形成了全长 100 米的中洲一条街，街道两旁商店林立，各行各业应有尽有。

他们两人走进中洲街的一家小食店，找了一张僻静角落的桌子边坐下来。

跑堂走过来边抹桌子边询问："两位客官要吃什么？"

郑公盾点了两碗福州鱼丸和两根油条。

跑堂唱歌似地高声复述着走开了。不一会鱼丸和油条便端上桌来。

郑公盾吃了几口鱼丸之后，说道："焕乾，你刚才说有一些心里话想对我说，究竟是什么话？请说吧！"

曾焕乾看一眼周围几张桌子的客人后悄声说："公盾兄，我下学期不念了。"

"啊？"郑公盾惊讶地问："为什么不念？是因为家庭经济困难念不起吗？"

"不，这不是主要原因。"曾焕乾摇摇头。

"是因为英华中学下学期要迁往顺昌洋口，路途遥远，求学不便吗？"

"这更不是原因。"曾焕乾还是摇头。

"那是为什么？"郑公盾大惑不解。

"为了国家和民族，我想回平潭家乡从事抗日救亡工作。"曾焕乾声音很小，但却可以听出他话中的不容置疑。

"原来如此。"郑公盾恍然大悟。此时，他一边目不转睛地看着正在埋头吃鱼丸和油条的曾焕乾，一边回忆着两年前初识曾焕乾时的一幕——

那是 1936 年秋天的一个星期天下午，郑公盾正在宿舍里看书，其同班好友福清人余敷顺忽然进来见他，说一年级新同学平潭人曾焕乾想来拜访他。

"我有什么好拜访的？"郑公盾不禁嚷道。

"你是学校里抗日救亡运动的骨干人物。你热心从事抗日宣传，积极参加普及救亡歌曲活动，样样都做得很出色，怎么不值得新生拜访？"余敷顺有些生气地道，"难道你想拒人于千里之外吗？"

"不，我不是这个意思。"郑公盾转而笑道，"其实，我久闻曾焕乾的大名，早就想同他结识。现在他主动提出要同我会面，我正求之不得，岂肯同他失之交臂？"

"这样说还差不多。那么，你就在这里等着，我去通知曾焕乾。"余敷顺说着已走出宿舍门外。

须臾间，一位身躯魁伟、面孔黝黑、神态憨厚的青年便走进门来。他热烈地握着郑公盾的手，微笑着自我介绍道："我是曾焕乾！"

"啊！"郑公盾尖叫一声，苦笑着说，"你的手很有劲头，把我的手都握得发痛。"

"是吗？"曾焕乾不好意思地松开手，非常坦率地说："我从心眼里对你好，所以要认识你。"

"我也很想认识你。"郑公盾建议道，"我们一起到校旁望北台山上去谈谈，好吗？"

"好哇！"曾焕乾也有此意。

于是，他们离开宿舍，经过校内的礼堂、钟楼、鹤龄楼、美志楼，朝着望北台山上并肩走去。上山时，曾焕乾的粗壮大手总是紧紧地拉着郑公盾的白皙小手，仿佛怕郑公盾跌倒似的。

"我看你是我们学校的一位实干家,救亡工作做得很扎实,很好!"在路上,曾焕乾首先开口说。

"你入学仅仅个把月,便全身心投入到抗日救亡运动中去,更是难能可贵啊!"郑公盾由衷地说。

走到了山上,他们俩在一棵松树下面的石头上坐下来促膝交谈。在交谈中,他们共同主张要广泛联络有志同学把学校的救亡工作进一步发动起来;一致同意要在夜校的工人群众中结交一些知心朋友作为革命的基本群众。他们互相约定为了避免不必要的麻烦,平时两人不要多会面,只要在工作上互相支持就好了。他们谈得非常融洽,十分投机……

"公盾兄,你说说,我这个打算对吗?"

"啊?对……对,对。"曾焕乾的问话,把郑公盾从往事的回忆中唤到现实中来。他想到曾焕乾近两年来在学校的表现和眼下即将回乡专门从事抗日救亡工作,不由得赞叹道,"你是大家公认的英华斋抗日救亡先锋,你才是一位地地道道的实干家呢!"

"岂敢,岂敢。"曾焕乾谦然地摇摇手。

吃罢夜宵点心,郑公盾付了账之后,朝曾焕乾耳边一靠,小声道:"我也想对你说一件事。"

"什么事?"

"就是……"郑公盾欲说又止,忙回头巡视一遍鱼丸店里的顾客,突然发现有一位长着马脸、戴着墨镜的壮年人正注视着他们俩的谈话,便警惕地站起来,同曾焕乾交换了一个眼神,说道:"就是……现在时间不早,我们该回去了!"

"是的。"曾焕乾也已发现这个形迹可疑的人,便微点一下头,站起来道:"我们走吧!"

第三回　听故事决意学英雄
做好事意外遇贵人

　　曾焕乾和郑公盾两人出了中洲街的那家小食店，步过江南桥，走至仓前街观音井邮局对面的一个僻静弄口站定后，郑公盾小声地对曾焕乾说："就是中共福建省委派李铁同志来福州发展党员，组建福州工委，并由他出任福州工委书记。从今往后，福州十邑的党务工作和抗日救亡运动，都由李铁书记统一领导。"

　　"李铁书记到福州了吗？"曾焕乾问。

　　"已经到福州了，今晚李铁也来文艺剧场听李公朴先生演讲，他就坐在我的身旁，我还同他握手交谈。"郑公盾接着对曾焕乾建议道，"你回平潭之前，最好同李铁书记见一面，听听他对抗日救亡运动的意见。"

　　"能同李铁书记见面，亲自聆听他的指示和教诲，自然是再好不过了。但是，"曾焕乾担心地问，"我这个普通的中学生怎么能够见到他这位工委书记呢？你能够帮我引见吗？"

　　"我不知道李铁书记住在哪里，我不能帮你引见，但何友恭老师同他有来往，你可以找他帮忙。"郑公盾说，"不过，有关李铁的故事，我倒听了不少，不妨对你说说，不知你想不想听？"

　　"我当然想听。"曾焕乾兴奋起来，催促道，"公盾兄，那你现在就对我说说吧！"。

于是，郑公盾对曾焕乾说了李铁的感人故事。

李铁，字缦青，原名郭庆云，又叫郭云。1911年10月28日出生于山东省济南市的一户贫苦店员家庭里。李铁自幼资质聪颖，勤奋好学，成绩优异。1928年，济南发生"五卅"惨案，正在山东省立第一中学念初三年的李铁，不幸在校中被日寇的罪恶炮弹无情地击中，身上伤口竟达30多处，许多骨头都被炸碎了，简直体无完肤，惨不忍睹。抬回家一放在床上，所有被褥就全被血水浸透了。一日数次昏迷不醒。父母看到血肉模糊、奄奄一息的独苗儿子，哭得死去活来。此时，连医生都说，伤势危重，凶多吉少，要准备后事。然而，李铁却奇迹般地活了下来。活了下来也真不容易，整整经过4年的治疗，其间动了多次手术，住过几家医院，请过很多位医生，方渐渐治愈了。说是治愈，也只是伤口全部愈合而已，而体内各处如蛇咬啮般的隐隐作痛，则在很长一段岁月里日夜折磨着他。但是，意志坚强的李铁硬是熬了过来。他不但熬了过来，而且还在这后3年的治病过程中，以惊人的毅力，咬着牙、忍着痛，几乎都是在病床上读完了高中的全部课程。接着，他参加高考，以最高分的成绩被全国最名牌的清华大学抢先录取。由于清华大学的学费昂贵，家境清贫的李铁只好转学到学费既低廉又免费供应学生伙食的北京师范大学就读。

日本侵略者的罪恶炮弹严重地炸伤了李铁的身体，同时也在他心灵中播下了对日本帝国主义及其汉奸卖国贼的无比仇恨的种子，大大激发了他的爱国忧民情怀。从高中一年级起，李铁就以"劫后生""郭缦青"的笔名在山东和全国报刊上发表评论、散文、小说，以文艺的笔触揭露侵略者的罪恶，鞭挞旧社会的黑暗，激励广大民众的抗日救亡热情。

1931年"九一八"事变后，全国学生激于爱国义愤，组织赴南京请愿，要求国民党政府抗击外敌。在省立济南高中就读的李铁发动并带领本校同学积极参加，使该校成为山东省赴京请愿人数最多的学校。

从 1933 年秋天开始，李铁就参加北师大进步学生组织的"近代史读书会"，阅读马列主义书籍，开展学生运动。

1935 年，李铁全身心投入著名的北京"一二九"学生运动。他与全市爱国学生一起向华北国民党当局请愿示威，反对华北自治，第一声喊出了"打倒日本帝国主义"的口号。在冰天雪地的严寒北京马路上，李铁不顾自己身上的伤痛，不怕反动派的皮鞭、大刀、水龙，跟同学们一道赤手空拳同反动派军警英勇搏斗，其胳膊和背脊都挨了皮鞭和棍棒。

1936 年 6 月，李铁光荣地加入了中国共产党。随即担任北师大文学院党支部书记。同年，李铁参加"中华民族解放先锋队"，被推举为北师大总队长。

李铁入党后，政治更加成熟，处事更加沉着稳重，一次又一次成功地领导了北师大学生爱国民主运动，得到了同学们的拥护，成了他们心目中公认的"大哥"。在李铁的帮助和影响下，北师大及济南有不少同学和青年逐步接受了进步的思想，相继走上了革命的道路，都说李铁是他们的"革命带头人"和"启蒙老师"。

1937 年夏天，从北师大历史系刚刚毕业的李铁回到济南市任市立中学历史教员。本想在济南老家一边教书一边干革命，可此时，震惊中外的"七七"卢沟桥事变已经爆发了。大批京津学生南下，全国抗日救亡运动如火如荼。济南市地下党组织，考虑到郭庆云已被济南国民党反动当局列入待追捕的"赤色分子"名单，为了预防万一，便通知他尽快离开山东到江南继续干革命。

李铁遵命离开济南之后，经山东泰安县、安徽当涂县，抵达江西南昌市，向新四军南昌办事处(中共中央东南分局)报到。经党组织介绍，李铁于 1937 年 12 月底到达江西省铅山县石塘镇，同住屯在这里的闽浙赣特委接上组织关系，并任特委秘书。

1938 年 6 月，闽浙赣特委升格为福建省委。省委决定派李铁前往福州，出任福州工委书记，统一领导福州地区党的工作。

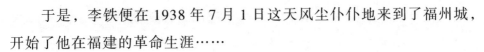

　　于是，李铁便在1938年7月1日这天风尘仆仆地来到了福州城，开始了他在福建的革命生涯……

　　郑公盾讲的这段李铁经历，曾焕乾几乎是和着眼泪听完的。他深深地被李铁的顽强意志和革命事迹所感动。他认为李铁是一位英雄，一种对英雄李铁的崇敬、仰慕、钦佩之情在他心中油然而生。他暗下决心要向英雄李铁学习，争取早日加入中国共产党，终身当一个共产主义战士。

　　在观音井同郑公盾握别时，已是次日凌晨1时许。曾焕乾于夜色茫茫中大步流星地走着。但没走几步，他便见到前方10多米处的梅坞口有个骑自行车的人连人带车跌翻在地。

　　向来助人为乐、爱做好事的曾焕乾，见状只"啊"一声惊叫便跑步向前，欲将跌倒人从地上扶起来。但盘坐在地的跌倒人却摇摇头说："等一等，我一时还站不起来。"

　　"你哪里跌伤了，让我瞧瞧。"曾焕乾弯下身来检查。他精通拳术，也粗略懂得一些治疗跌打损伤的医道。检查后，他笑着说，"你只是脚跟关节扭伤，骨头好好的，并无大碍。让我帮你拉牵几下，再按摩按摩，就没事了。"

　　"谢谢，谢谢！"跌倒人虔诚地说。

　　"不用客气。"曾焕乾边说边动手对其脚跟伤痛处用力地进行拉牵，并使劲地揉搓、按摩一番。

　　拉牵时自然疼痛极了，但跌倒人却很臭硬，不哼一声，只闭着嘴唇吸气，而头上的大汗似豆粒般地滚落下来。

　　"现在好多了。"经过一阵治疗后，跌倒人坐着踢踢腿，笑着说，"麻烦你扶我起来。"

　　"好的。"曾焕乾答应着扶跌倒人站起来后，放开手说，"你试走两步看。"

"行……"跌倒人话未了，却一个趔趄，摇摇欲倒。

"啊，小心！"正当跌倒人欲倒之际，说时迟，那时快，曾焕乾纵身一跃，环腰将那单薄的身躯抱住，轻放在路边的石阶上，让他坐着，说，"你等等。"

曾焕乾旋即转身，将其翻倒的自行车扶起来。见自行车摆头跌歪了，他就顺手把它纠正过来。曾焕乾将自行车推到跌倒人的面前时，才定睛打量他。见此人有二十七八岁年纪，身材瘦削，脸庞白净；挂着一副度数很深的银边眼镜（此眼镜在跌倒时竟未丢落），上身穿一件湖蓝色的长袖丝绸衬衫，下身着一条素白色的长筒丝麻裤，脚穿黑色皮鞋，显然是一位文质彬彬的读书人。但不知他是哪一路人，便笑着问道："先生，您家在何处？我送您回去。"

"我就住在仓前山泛船浦瑞荣坊，离这里不远。"跌倒人说，"送就不必了。"

"您不用客气，我名叫曾焕乾，是英华高二学生。"曾焕乾觉得跌倒人不是坏人，便做了自我介绍。

"我早就知道你是曾焕乾。"跌倒人笑着说。

"您早就知道我？"曾焕乾惊诧地说，"这怎么可能？"

"怎么不可能？"跌倒人道，"今天晚上，我也参加文艺剧场的演讲会。那位在舞台上领头高呼抗日口号、指挥高唱救亡歌曲的青年学生，不就是你么？"

"正是。"曾焕乾依然惊讶，"但是，大会主持人并没有介绍我是曾焕乾呀！"

"我是听你的同学郑公盾说的。"跌倒人说，"他今晚就坐在我的身旁。"

"哦，原来如此。"曾焕乾突然想起郑公盾说的"今晚李铁也来文艺剧场听李公朴先生演讲，他就坐在我的身旁"这段话，不禁惊呼道，"先生，您莫非就是李铁书记？"

"不错。我就是李铁。"

"这太好了。"曾焕乾喜出望外，忙握着李铁的手道，"李铁书记，我有事要向您请示，但苦于拜访无门，没想到今晚会在这里遇上您，真是天赐良机啊！"

"看来你我有缘分。"李铁欣然道，"我也想找你，对你谈谈当前形势和你入党的事。不过，不是此时此地。现刻夜已深，你先回校，改日我约你，我们后会有期。"

"好的。您坐上来，我送你回去。"曾焕乾边说边扶李铁坐在自行车后架上。

"好的。"李铁没有推辞，让曾焕乾用自行车载着他回泛船浦住处去。

到了泛船浦住处下车后，曾焕乾便辞别李铁回校。

在回校的路上，曾焕乾想，一个人立在天地间，欲想对社会对人民有所作为有所贡献，必须有贵人指引提携，今晚遇见的这位大英雄李铁，不就是我曾焕乾生命中的贵人吗？

第四回　书记应约冒雨来校
　　　　党员奉命顶风回乡

1938 年 8 月 1 日，福州天气有点阴晴无常，午间出了好大一会炙热的大日头，到了夜晚却一阵阵暴雨倾盆而下。

这是曾焕乾今夜不愿意看到的天气。因为，3 天前他就接到通知，说中共福州工委书记李铁今夜 8 点半要来英华中学找曾焕乾谈话。曾焕乾有事要向李铁请示，盼望回家乡平潭前能够同李铁见一面。但是，作为地下党福州工委书记，李铁工作委实太忙。自从那个凌晨两人邂逅至今 20 多天来，李铁曾经 3 次派人预约要来英华找曾焕乾谈话，但都因临时有要事而取消。

此刻，曾焕乾坐在宿舍里，看一下怀表，已过夜晚 9 点钟了，可仍然不见李铁到来。莫非是因为夜晚雨暴天不作美而又取消今夜约会？抑或是他在路上遇到什么麻烦而不能按时到来？曾焕乾心里焦急地猜度着。

有所等待的时间仿佛堵塞的溪水流得很慢。总觉得过了很久之后，"笃笃笃"的敲门声方轻轻地响起。曾焕乾喜得心头一跳，忙跑过去开门，并上前握住来者的双手道："欢迎你，李铁同志。"

"对不起，迟到了。"李铁进屋坐下，接过曾焕乾递过来的水杯咕咕咕喝了几口水之后，便将今夜约会迟到的缘由做了具体说明。

却说今天晚上7点半，李铁正欲动身前往英华中学，突然发现门口停着一部敞篷的军用小汽车。车上跳下一位穿着便衣的高个子青年，见李铁欲出门，不由分说，便拉着他的手说："上车，快！"

"你是谁？要拉我去哪里？"李铁不认识此人，便甩开他的手，反感地问。

"我叫章水和，新四军驻福州办事处秘书。"章水和见李铁脸上仍有疑团，便拿出证件让他过目，然后严肃地说，"两位领导命你立即到办事处汇报工作。"

新四军驻福州办事处是福建唯一被国民党当局允许存在的共产党公开机构。1937年冬，中共中央及其东南分局派张云逸来福州与国民党福建省政府主席陈仪一再交涉，迫使他同意设立这一机构。今年春，东南分局派闽东特委书记范式人以新四军军部秘书身份领导办事处工作，派闽东特委宣传部长王助以新四军参议身份当办事处主任。如今这两位领导都是福建省委委员，并分别兼任军事、宣传部长，使福州办事处成为福建省委的代表机构。

诚然，新四军驻福州办事处是即将成立的福州工委的上级组织。作为福州工委书记，李铁怎能不服从范、王两位领导的命令？

于是，李铁此时尽管心里惦记着同曾焕乾约会的事，也只好上了章水和的车，到新四军驻福州办事处去。

新四军驻福州办事处设在城内南后街安民巷27号（今53号）。安民巷置身于历史文化名城福州的"三坊七巷"传统历史街区。三坊七巷以福州城内南后街为中轴。南后街西侧有三坊：衣锦坊、文儒坊、光禄坊；东侧有七巷，由北至南依次为杨桥巷、郎官巷、塔巷、黄巷、安民巷、宫巷、吉庇巷。在这个三坊七巷街区内，坊巷纵横，石板铺地，白墙瓦屋，曲线山墙，布局严谨，匠艺奇巧，缀以亭台楼阁，花草假山，融人文、自然景观于一体，是中国南方城市民居群落在明清时期的杰出范例。

作为北师大历史系的高才生，李铁上个月到办事处报到，一浏览这个街区，便惊叹它是"明清建筑的博物馆"。今夜，李铁真想在这显示坊巷格局的三条纵街七条横巷上好好走一走。

　　不容李铁多想，小汽车在办事处门口戛然而止。范式人、王助两领导亲自到门口迎接李铁，足见福建省委对李铁的器重。

　　李铁博闻强记，构思敏捷，出口成章，没有书面提纲，即将一个月来到福州所开展的工作有条不紊地做了汇报。其汇报有理论观点，又有典型事例，还有形象比喻，使两位省委部长听了深受启发。

　　范式人听了李铁汇报，在充分肯定其一个月工作成绩之后，着重就发展党员问题做了指示。范式人说："抗日战争的深入发展，使共产党的抗日民族统一战线新政策产生了极大的政治影响，在共产党组织周围吸引、积聚了一大批爱国人士和进步青年，这为壮大党的队伍创造了有利的条件。今年3月15日，中共中央做出了《关于大量发展党员的决议》，提出大胆向着积极的工人、雇农，城市中与乡村中革命的青年学生、知识分子，坚决勇敢的下级军官开门。福建省委成立后，多次强调要以中央指示精神为指导，大量发展新党员，同时以城乡抗日救亡运动为契机，建立城市党组织，吸收大批知识分子和进步青年入党，以壮大党的队伍，为准备抗日游击战和坚持统一战线的斗争奠定组织基础。福州早在1926年就正式建立地下党组织，有着长期革命斗争的光荣传统。1927年和1934年，福州党组织曾两次遭到巨大破坏。然而，福州的革命火种始终没有被扑灭。眼下，星星之火正在抗日救亡运动中重新复燃，福州民众的革命浪潮正汹涌向前。所以，我们必须大力发展党员，尽快建立中共福州工委，加强党对抗日救亡运动的领导。李铁同志曾经在北平组织和参加学生运动，有一定的城市工作经验，省委书记曾镜冰派你来福州出任福州工委书记，是最合适不过的人选了。希望你大胆工作，尽快打开局面。"

　　王助同志接着说："刚才李铁同志在汇报中提出，要把发展党组织和开展抗日救亡运动密切结合起来。在抗日救亡运动中注意培养积极分子，发展组织；又在壮大党的力量的基础上，促使抗日救亡运动的进一步开展。我以为这个想法很好，很对，带有唯物辩证法意味，应该贯彻执行下去。李铁同志理论水平很高，来福州领导党的工作，一定会很快打开局面。"

李铁从南街安民巷回来时，尽管仍然是坐小车，但已经是夜晚 10 点了……

"我约会迟到，让你久等，真不好意思。"李铁歉然道。

"我在自己宿舍里边看书边等，不算什么！而你这么晚了，还冒雨来校，我才不好意思呢！"曾焕乾微红着脸说。

"听说你想最近就回家乡平潭从事抗日救亡工作，所以雨再大天再晚我也要过来。"李铁接着正色道，"我今夜来，是要对你说两件事。第一件事，党对你已经进行了多方面的考察，认为你的入党条件已经成熟，决定吸收你入党。不知你个人有何想法？"

听李铁这样说，曾焕乾喜出望外，当即激动地表态说："我志愿加入中国共产党，誓为共产主义事业奋斗终生，誓为解放全人类贡献自己的一切，随时准备为国为民牺牲自己的生命，永不叛党！"

"你说得很好，已是一节赤胆忠心的入党誓词。"李铁接着说道，"我相信你刚才说的都是真心话。我愿意当你的入党介绍人，并代表福州工委批准你加入中国共产党。但你现在需要写一份自传，正式向组织提出书面申请，争取在你回平潭之前办好入党手续。"

"我的入党申请自传，早已写好，现在就交给党组织。"曾焕乾从箱子中取出一叠字迹工整并装订成册的个人自传，恭恭敬敬地交给李铁。

李铁接过来，一页一页地翻阅了一遍，然后站起来说道："这份自传写得很好，真情实意，有血有肉。曾焕乾同志，你被批准了，我现刻就带领你宣誓入党！"

"是！"曾焕乾立正回答。

在举行宣誓仪式之后，李铁说："第二件事，你这次回家乡平潭专事抗日救亡工作，符合形势需要和党的要求。现在，我代表福州工委分配你入党后的第一项任务，就是回平潭家乡组织抗日救亡运动。眼前，是国共合作抗日时期，阶级矛盾服从于民族矛盾。你要善于团结国民党中愿意抗日救国的人士，一道抗日。你明白吗？"

"明白。"曾焕乾作答后又表态道，"我坚决完成党分配的任务。"

三天之后，福清海口通往平潭苏澳的波涛滚滚海面上，顶风破浪地行驶着一艘木帆船。奉命回乡从事抗日救亡工作的中共地下党员曾焕乾就坐在这艘专运搭渡旅客的木帆船后舱上。风狂浪高，船颠簸摇晃得厉害，许多旅客都晕得呕吐或者昏沉沉地躺在一旁，但18岁的曾焕乾却天生不会晕船。只见他时而观潮，时而听涛，时而闭目养神，不但没有什么难受不适，反而使他觉得仿佛躺在儿时的摇篮里，听着妈妈哼唱那悠悠的催眠曲。

船开出海口港约莫一个小时，突然有人连声喊道："石牌洋，石牌洋！"

正在闭目养神的曾焕乾闻声抬眼望去，果然那堪称"中华一绝"的石牌洋景观，已经出现在面前。他动情地轻叹："啊，故乡，阔别一年的游子又回到您的怀抱了。"

石牌洋，又称"半洋石帆"，是两块巍然屹立于平潭近岸海面的神奇巨石。这两块巨石一高一矮，高者高33米，底部周长57米；矮者高15米，底部周长40米。这两块相距12米的巨石前后并峙，排列有致，酷似一双卓立中流的风帆。帆下又巧生一块浑圆平缓、两端略尖、极像舟船的礁岩盘。这就使你无论是远眺，还是近观，还是亲临其礁岩盘上，都会觉得它是一艘鼓满双帆的巨型艨艟，正漂泊于碧涛白浪的海洋上。

渡船继续不断地前进着，伫立船沿观赏石牌洋的曾焕乾情思缕缕，浮想翩翩。

他想，这石牌洋不就是一对兀立海天的无字碑碣吗？它虽然无字、无画、无声、无语，却如同日月经天，江河行地，见证着历史的兴衰和荣辱，记录着人间的欢乐和痛楚，注视着人民当前深受"三座大山"压榨的苦难，守望着祖国将来的繁荣富强。

他又想，这两尊形象雄奇的巨石，不正像两位人民的卫士，屹立在故乡的西大门澳口，时刻防御外敌的侵犯？千百万年来，他们耐得住寂寞，不怕苦风凄雨的浸淫，不惧惊涛骇浪的袭击，硬是不屈不挠地坚守岗位，表现出无与伦比的坚定性。

他还想，作为一个共产党人，我曾焕乾要学习这两块伟岸巨石的坚定性，还要学习巨石顶上那一丛常年不凋的藤蔓仙草的柔韧性，学习汪洋大海那包容一切的广阔胸怀，学习海岛人在惊涛骇浪中讨生活的拼搏精神。

恍惚间，曾焕乾又觉得那徐徐靠近的一高一矮两块石牌洋巨石，犹如双双站在家门口迎接他归来的父亲、母亲。顿时一股受故乡欢迎被父母疼爱的暖流涌上了心头，口中不禁喃喃念着清末平潭女诗人林淑贞的三首石帆绝句：

> 共说前朝帝子舟，双帆偶趁此勾留。
> 料因浊世风波险，一泊于今缆不收。
> 双帆饱尽古今风，刻石为舟总化工。
> 十三万年同此渡，渡残日月转西东。
> 千寻耸拔大江中，树立遥知造化功。
> 谁谓末流无砥柱，且看障得百川东。

第五回 设据点传播革命种
办夜校点燃抗日火

"起来不愿做奴隶的人们……"

"工农兵学商,一起来救亡,走出工厂、田庄、课堂,到前线去吧!走上民族解放的战场……"

"大刀向鬼子们的头上砍去……"

"枪口对外,一齐向前……"

"救、救、救中国,一起向前走!……"

从1938年9月1日起始,连续几个月来,一到暮云四合的夜晚,这几首雄浑、高亢、激昂的抗日救亡歌曲,便在平潭县盘团小学里嘹亮地唱起来。不过,在夜晚唱歌的并非童稚的小学生,而是成年的农民、渔民。他们是附属于盘团小学的农民夜校学员。他们越唱越爱唱,越唱越会唱,唱出了同仇敌忾抗日救亡的激情。

原来,今年8月初,中共地下党员曾焕乾奉福州工委书记李铁之命,从英华中学返回平潭家乡之后,就和平潭另一位地下党员密切配合,共同以平潭盘团村为据点,以盘团小学教员的公开身份为掩护,开展地下革命活动和抗日救亡运动。他们联手创办农民夜校,在夜校里开设音乐、文化、军事、政治等课程。他们在教授农民读书识字,扫除文盲，提高文化水平的同时，宣传马列主义理论，传播革命火种，点燃抗日救亡火焰。他们还组织文艺演出队，到各村庄演出抗日话剧，教唱救亡歌曲，鼓动广大民众投入到抗日救亡运动中去。他们通过夜校和文艺演出队，把一大批进步青年团结在自己的周围，为后来的建党和发展革命武装队伍打下基础。

这天晚上，夜校上的是政治课，在唱了几首抗日救亡歌曲之后，曾焕乾向学员们解释什么是三座大山，什么是阶级，什么是剥削；讲述日本帝国主义侵略者的凶残暴行；讲述中国的亡国危险与日俱增的严峻形势；讲述国民党政府的腐败无能；讲述中国共产党的抗日政治主张。最后，曾焕乾说："在当前国难关头，我们要以民族利益为重，努力建立和发展抗日民族统一战线，促进国共两党合作抗日。但是，由于国共两党代表着两个根本不同的阶级利益，因而在抗日统一战线内始终存在着国民党的片面抗战路线和共产党的全面抗战路线的斗争。一年多来的政局，使我们认识到共产党是真心实意抗日的，是完全彻底为广大民众谋利益的，只有中国共产党才能救中国。"

曾焕乾的话音一落，另一位青年教师便走上讲台，说道："我完全赞同曾焕乾老师所说的这些话。自从去年'七七'卢沟桥事变发生后，中国共产党严格遵守国共合作抗日协议，将南方各省游击队改编为国民革命军新编陆军第四军（简称新四军）。今年3月，闽中游击队集中泉州，待命出发北上抗日，不料发生游击队领导人惨遭杀害、枪支无理被缴的'泉州事件'。这个震惊八闽大地的'泉州事件'，充分暴露了国民党的消极抗日、积极反共的反动面目，使我们深感痛心。"

上台说这番话的青年教师，便是同曾焕乾亲密合作的平潭另一位地下党员。

他叫周裕藩，平潭县盘团村（今裕藩村）人，1920年1月29日出生，和曾焕乾是"同年哥"。不过，他的身世经历和曾焕乾略略有异。

周裕藩的祖父周莲湖是清末秀才，一生热爱教育事业。辛亥革命胜利之后，他只身回到祖籍福清县松潭村创办小学。周裕藩12岁时就离开定居平潭县盘团村务农的父母亲，到福清县松潭村跟随祖父读书。1934年，他考入福清县立中学，由于他思想进步、学习优秀、活动力强，得到进步教师陈聪章、俞建曦的青睐，成为他们重点培养的对象。1936年秋，经陈聪章老师引荐，他认识了福清地下党领导人余长越，不久又认识了以开设海口医院为掩护的地下党员陈亨源。在余、陈等革命前辈的教导下，周裕藩很快就接受了马列主义真理，树立了共产主义人生观，并积极参加传阅进步书刊活动和宣传抗日救亡的街头演出。就在他即将初中毕业的1937年6月，传来了他最敬仰的余长越被捕牺牲的噩耗，从而激起了他对国民党反动政权的更加愤恨，激起了他继承革命先烈遗志，为共产主义事业奋斗终生的决心，毅然向党组织提出申请，仅仅17岁的他就被闽中党组织批准，成为一名光荣的中共党员。这时，恰逢"七七"卢沟桥事变发生，全国抗日战争爆发，周裕藩奉命回家乡平潭闹革命。1937年9月，他进岚华初中以复读三年级为名，在这个平潭最高学府开展抗日救亡活动。1938年9月，他同英华学生党员曾焕乾并肩在他的家乡盘团小学以任教员为掩护，从容地开展抗日救亡运动和党的地下革命活动。

今晚夜校下课之后，学员们都陆续走了，但有一个人却依然在教室里流连，似乎没有回去的意思。曾焕乾、周裕藩看了，乃是邻近山边村人徐兴祖。

徐兴祖出生于1917年11月13日，比曾、周还大3岁。由于家庭贫穷，他初中没毕业就失学了，如今已是一位捕鱼能手。为了追求革命真理，结合补习文化，他每夜都来盘团农民夜校听课。而且听课后总是要留下来，把自己的疑问提出来向曾焕乾、周裕藩二位老师请教。

今夜他留下来后又提出许多有关阶级和阶级斗争、共产党和共产主义的理论问题，曾焕乾听后不厌其烦地对他做了解答，直到他点头满意想回去为止。

在陪同徐兴祖走出教室的路上，周裕藩恳切地对他说："国家兴亡，匹夫有责。青年人要寻求真理，走革命道路。在民族危亡的关头，我们要团结一切可以团结的人，组成广泛的民族统一战线，共同抗敌救国。但是，真正要救国，只有依靠中国共产党。"

徐兴祖听后，默默地走了几步路后，突然站着问："我能参加中国共产党吗？"

"能，一定能。"周裕藩肯定地回答后又解释道，"当然，入党是人生的一件大事，入党是有条件的。要想入党，首先要学习党的知识，懂得党的性质、任务和奋斗目标，提高阶级觉悟，树立为共产主义奋斗终生的信念。在提高认识的基础上，还得通过一段革命实践的考验，确认其忠于革命，忠于共产主义，才可以发展其入党。但也不能把入党看成一件高不可攀的事。俗语说：有志者事竟成。只要有决心，肯学习，又有革命行动和革命业绩，一定会成为一个光荣的中国共产党党员。"

在周裕藩和曾焕乾的教育培养下，徐兴祖提高了阶级觉悟，树立了共产主义信念，在抗日救亡运动中表现突出，经周裕藩介绍和批准，于1939年夏天加入中国共产党，成为周裕藩在平潭发展的第一个党员。

1939年7月5日，伪福建"和平救国军"司令余宏清（诨号余吓惶）、副司令林光福、参谋长林少屏率部900多人，在日寇的海军炮轰和空军轰炸的掩护下，分3路从流水、娘宫、观音澳3个港口登陆进犯平潭。坚持抗日的平潭县长罗仲若因手下只有两个班20多人的保安队和一些警察，合计不到50名，明显的寡不敌众，被迫连夜退出县城，转移到大扁岛。由此平潭第一次沦陷。顿时，海坛岛成了日伪军横行霸道的天下，全县8万民众处于水深火热之中。

此时学校本来放暑假，但曾焕乾、周裕藩二人依然坚守在盘团小学这块阵地上。

盘团小学颇具规模，在学校四周由乱石砌就的围墙之内，有教学楼和宿舍楼各一座，还有一个很大的操场，宿舍楼在教学楼后面的小山坡旁。曾焕乾和周裕藩皆住在宿舍楼的二层楼上。他们俩日夜在这里策划并领导当地民众做好反击日伪军侵犯的各项准备工作，坚持开展抗日救亡斗争。

沦陷一个月后的（1939年）8月5日深夜，住在隔壁寝室的周裕藩已经打起了节奏匀称的鼾声进入梦乡了，但曾焕乾却翻来覆去睡不着。他忽然记起有人说过"睡不着就不必强迫自己睡"这样的话，便起床，下楼，走出室外，在如水的月色下散步。但散步回来，却愈发有精神，便点起洋油灯，在灯下给好友郑公盾写信。信中说，他和几个朋友实在不愿意在窒息的环境中消磨时光，希望能去革命圣地延安干革命。

信写好之后，曾焕乾随手从书案抽屉中取出一本大学校刊来，他翻开刊物上那篇题为《风烛中的平潭》的文章，重新阅读了一遍。

这篇《风烛中的平潭》，原是曾焕乾去年年底在教学之余对平潭现状进行社会调查之后写的一篇通讯，寄给在广西大学读书的好友郑公盾，被他加上这个标题发表在校刊的"信箱"专栏中。此文让事实说话，指出抗日战争的烽火已经燃烧了一年多，全国抗日救亡运动既轰轰烈烈又扎扎实实，可平潭国民党当局却毫无作为，既不发动民众抗日救亡，又不组织抗日武装，使平潭像风前之烛，随时有被侵犯遭沦陷之危险……

可如今，平潭真的沦陷了，父老乡亲正在日伪军的铁蹄下痛苦地呻吟。想到此，曾焕乾心如刀剜，本来就睡不着的他更加无法入眠。

"汪！汪！汪！"忽然一阵嘈杂的狗吠声，由远及近而来。

"出了什么事？"被狗吠声吵醒的周裕藩起来推开曾焕乾寝室的门。

"日伪军今夜要来盘团抓你们，快……快躲躲吧！"专程跑来报信的徐兴祖气喘吁吁地说。

"共产党人遇事要沉着，不要慌张。"曾焕乾镇静地说，"兴祖兄，你慢慢讲，这消息从何而来？"

"我是听刚才从县城回来的叔叔说的。据他讲，有人向日伪军告

密，说你们二人在盘团带头抗日。"徐兴祖催促道，"三十六计走为上，还是先躲躲吧！"

"先躲几天，避避风头未尝不可。但平潭巴掌大，往哪里躲呢？"曾焕乾平静地说。

"往福清躲。"周裕藩心中早有主意，果断地说，"事不宜迟，现在就开船去福清。"

"这样最好。我先去备船，你们稍稍收拾一下就到澳口来！"徐兴祖急步下楼而去。

曾焕乾、周裕藩正在各自的房间里收拾行装，徐兴祖又急步跑上楼来，惊慌地道："伪军已经进村了，学校大门口外设有岗哨，有荷枪伪兵把守，看来今夜是逃不出去了。"

"啊！"曾焕乾听说也不禁惊叫一声，但他很快便镇静下来，对徐兴祖说，"你带周裕藩老师从后门先走，哨兵由我来对付……"

"开门，开门！"曾焕乾话未了，大家便听到大门外的伪兵叫门声。接着是圆筒木擂门的"轰！轰！轰！"声响。最后听到"嘎"一声巨响，大门被撞开了，一群伪兵猛兽般涌进操场，向宿舍楼冲来。

"怎么办？"周裕藩、徐兴祖不禁惊呼。

在这千钧一发之际，曾焕乾却不慌不忙地说："有办法，我早就观察屋后有一条暗道，可以出去，你们跟我来吧！"

第六回　创杂志宣传新思想
建武装抗击日伪兵

话说平潭地处台湾海峡战略要冲，在日本侵华战争中，频遭日伪军侵犯，从 1939 年 7 月至 1941 年 9 月的两年多时间里，平潭曾"6 次沦陷，6 次光复"，成为全国艰苦卓绝抗战的典型地区。

在被日伪六度侵占的沦陷期，日伪军在平潭建立伪"维新政府"，在海上掠夺渔民的海产品，洗劫商船货物，强迫渔商船"做饷"交买路钱；在陆上打家劫舍，烧杀掳掠，鱼肉人民，海岛人民深受其害。

在中国共产党倡导的抗日民族统一战线政策的感召下，平潭军民曾 6 度击溃日伪占领军，光复失地，一次又一次谱写了绚丽英勇的爱国抗战的光辉篇章。而曾焕乾和周裕藩这两位共产党员在其中起了举足轻重的作用。

当下是 1940 年 7 月 17 日。正处在平潭民众欢庆第四度重光的舒心日子里，已经分别一年的曾焕乾、周裕藩又相逢于平潭县盘团小学，开始了他们日后 3 年武装抗日的并肩战斗。

这两个同乡同龄同党同志的亲密伙伴似一对闪闪发亮的同辉"双璧"，像一双模样相似、智慧相近的"孪生"兄弟，走在一起，令人羡慕。

好朋友久别重逢，真有说不尽的知心话。重逢那夜，更深夜静，

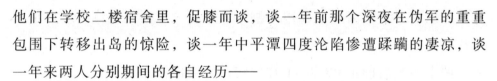

他们在学校二楼宿舍里，促膝而谈，谈一年前那个深夜在伪军的重重包围下转移出岛的惊险，谈一年中平潭四度沦陷惨遭蹂躏的凄凉，谈一年来两人分别期间的各自经历——

原来，去年（1939年）那个（8月5日）狗吠的深夜，在伪军已经冲进校门的千钧一发关头，曾焕乾带领周裕藩、徐兴祖出了宿舍楼的后门，从后山的一条暗道中成功转移后，便跑到山边村澳口乘上徐兴祖的小渔船，顶风破浪，向福清海口开去。天亮上岸后，他们弃船赶路，终于来到了目的地松潭村。

在松潭村没住几天，曾、周、徐三人便陆续离开，分别走自己的路，做各自的事。

徐兴祖从松潭直接前往长乐壶井投奔亲戚，并在那里以做工为掩护开展地下革命活动。

周裕藩接到闽南特委（1943年2月闽南特委改称闽中特委）的通知，参加省委于1939年9月在崇安县村头村绿洋山上创办的第一期马列主义训练班。尽管路途遥远交通不便，8月中旬就动身的周裕藩还是如期而至。和他一起参加学习的有省委机关和各地区的干部，主要学习《联共（布）党史简明教程》和"统一战线和阶级斗争""三民主义和共产主义"等基本理论和党的方针政策。省委书记曾镜冰亲自到训练班讲课，还亲自谱写了一首题为《武夷颂》的校歌：

　　武夷山上，十年抗争，灿烂辉煌；
　　武夷山上，生长着一群抗日健儿；
　　他们驰骋在扬子江畔。
　　武夷山上，今年是青年学习的场合，
　　明天是他们作战的战场。
　　听啊！血花飞溅，
　　伟大的武夷山，万古流芳！

每当清早，武夷山上歌声如潮，表达了大家同仇敌忾，争取革命胜利的决心。

两个多月后的 1939 年 11 月中旬，武夷山第一期马列主义训练班结束，周裕藩被福清中心县委任命为平潭县地下党负责人，返回平潭，继续以盘团小学教员为掩护开展地下革命斗争。

曾焕乾离开松潭后，经征求福州市委新任书记郑挺的意见，于这年（1939 年）8 月底前往大田，到内迁在这里的集美商业学校插班三年级就读。这时，集美商校已有地下党组织。党支部书记洪遂明知道曾焕乾是中共地下党员，十分高兴，推举曾焕乾担任集美商校学生自治会主席。洪、曾二人关系十分密切，常常在一起研究如何开展商校的地下革命斗争问题。为了宣传马列主义，曾焕乾在学校党支部的支持下，创办了《萌芽》杂志，为 24 开铅印本。曾焕乾邀请本校进步同学李幼丹和他一起担任编辑兼撰稿人。应曾焕乾去信之约，在广西大学读书的郑公盾写了一篇题为《献礼》的文章，登在《萌芽》首页作为发刊词。曾焕乾以"海岑"为笔名，在《萌芽》上发表很有分量的文章，传播进步思想，表达爱国青年的心声，深受青年读者欢迎。可惜，《萌芽》只办一期就被当局查封。

在商校读书期间，曾焕乾还在该校徐深和蒋荣昆两同学办的"漫画"墙报文艺版面上撰稿，发表抗日救亡文章，也很受同学们欢迎。

1940 年 7 月 5 日，曾焕乾在集美商校毕业后，校方本来决定让他留校担任教员，但国难当头，他无法静心留在大田山区教书，毅然选择了回家乡平潭组织武装队伍，开展抗日游击战争这一条十分艰苦的革命之路。

……

"如果一年前，我们手中就有一支自己的武装队伍，那天夜里来学校抓人的十几个伪军肯定是有来无回，我们 3 人何至于狼狈地连夜乘船潜逃？"曾焕乾对周裕藩说了自己回乡创建武装游击队的打算后，感慨地说。

"你说的何尝不是？"周裕藩说，"所以今年4月，省委决定将'建军运动'列为抗日统一战线的新任务之一，确定武装建设，朝着建立'基本武装''群众武装''内线武装'3个方向努力，尽快建立起完备的抗日反顽武装队伍。"

已有省委指示，又有现实教训，没有什么好犹豫的了。曾焕乾、周裕藩二人齐心协力，说干就干，一支由100多位青年农民、渔民和学生参加的群众性抗日武装——"平潭抗日游击队"便在平潭县大扁岛建立起来了。这是平潭第一支中共地下党领导的抗日武装。既有组织能力又有军事常识的创建者曾焕乾被推举为游击队指挥，周裕藩为副指挥兼队长，徐兴祖为副队长。骨干队员有欧秉发、周述銮等。

这支于1940年7月成立的"平潭抗日游击队"，到了1941年6月6日，便发展成为"大富民众自卫团"。

1941年6月6日下午，成立大富民众自卫团的筹备工作已经基本就绪，明天便可举行成立典礼了。然而，一团之长的团长是谁至今还没有确定下来。这使自卫团总负责人、党代表周裕藩及副团长徐兴祖十分焦急，便连夜在盘团小学召集营、连骨干开会，讨论通过团长人选。

主持会议的周裕藩话音一落，大家便七嘴八舌地议论开了。他们都说文武全能的曾焕乾是最理想的团长人选，一致推举他担任此职。但是，曾焕乾却固执地说："我只做教练，不当团长，团长应该由更合适的人来担任。"

"除了你，还有谁是更合适的团长人选呢？"一营营长欧秉发着急地质问。

曾焕乾不做正面回答，只对欧秉发微微一笑后说："由于国民党当局奉行积极反共，消极抗日的政策，省会福州已于今年（1941）4月21日沦陷了，福州周边的连江、长乐、福清等县也先后被日军占领。我们平潭从5月2日起，又被伪'和平救国军'张逸舟、郑德民部所侵占，县长罗仲若流亡福清，平潭正处于第6次沦陷期。福州的沦陷，国民党当局有不可推卸的责任。在军事实力上，日军发动福州作战的总兵力仅仅数千人，而守卫福州的国民党军队的总兵力却有8万人之众。中共福建省委获悉福州等地沦陷，发出了动员发动群众，组织抗日武装，建立抗日据点，开展抗日游击战的指示。由于国民党当局委派刘润世（中共地下党员）为长乐县游击总队长，所以闽南特委为了让我们党领导的抗日武装取得合法地位，命令福清中心县委委员陈亨源率部在罗都与刘润世会合，编为长乐游击总队第二大队，大队长陈亨源。并且决定将我们的大富民众自卫团编入陈亨源的第二大队。这样，我们便是合法的抗日武装队伍，可以向国民党当局要钱要粮要武器了，这也有利于搞好抗日民族统一战线，把各阶层的力量都动员起来参加抗日。所以，我们的自卫团不宜由我当团长。那么，团长一职由谁来当呢？就请我们的党代表提名吧！"

"我赞同焕乾的意见，为了不引起国民党当局对我们自卫团的疑忌，焕乾只当我们的教练兼军师，团长一职另选他人担任。为此事我和焕乾两人商议了多次，我们两人认为郑德明的宗亲郑模福思想进步，参加抗日救亡运动积极，反击伪军战斗勇敢，可担任我们的团长。"周裕藩接着说，"赞成郑模福当团长的请举手！"

骨干们认为既然曾焕乾、周裕藩二位老师都说郑模福当团长合适，应该是不会错的，便都默默地举起右手表示拥护。

"现在团长已经产生了，明天上午，我们就可以举行大富民众自卫团成立典礼了！"欧秉发欣喜地说。

"好哇！"大家热烈鼓掌叫好。

"不，成立典礼要推迟几天举行！"周裕藩突然说，接着又道："反正我们自卫团已经成立了。"

"这是为什么？"大家都感到莫名其妙，不禁在心中嘀咕。

"我赞成！"说话的是团长郑模福，他在徐兴祖的陪同下走进会场。坐下来之后，他接着说："我得到可靠消息，伪军郑德明部大队长郑祯道（外号郑乞食婆）明天会率匪徒前来流水一带海面抢劫。刚才，我向曾、周二位老师做了汇报，他们认为这是个好机会，一定要组织半途截击，让我们的大富民众自卫团明天在同伪军的胜利战斗中向世人宣布成立吧！"

"说得好！说得好！"曾焕乾说，"这是我们大富民众自卫团成立后的第一仗，一定要打胜。打胜了，我们再找个时间把成立典礼和祝捷大会合并起来开。"

1941年6月7日上午，平潭大富民众自卫团根据曾焕乾的精心部署，在周裕藩、郑模福的带领下，出其不意，一举截击前来大富附近海面抢劫商船的伪军船只，当场击毙伪军大队长郑祯道，活抓伪军4人，缴获长短枪5支。

下午，队伍凯旋返航时，周裕藩得悉伪军中队长王代明这天回南井村老巢，便一鼓作气前往袭击，击毙伪中队长王代明和负隅顽抗的匪徒施正发、王矮仔等3人，缴获长枪4支。

一日两战两捷，自卫团士气大振，伪军的嚣张气焰受到沉重打击。胜利消息传开，轰动整座平潭岛。

根据曾焕乾同志的建议，为了防备敌伪军报复，大富民众自卫团必须继续动员各乡村青壮年参加自卫队伍，以村为班，以乡为营，共编4个营、1个警卫队。并赶制大刀50把、梭镖500支，加强警戒，日夜巡逻，使伪军一时不敢贸然前来大富村侵犯。

1941年9月18日，流亡福清的国民党县长罗仲若在省保安团的配合下，率部从福清大壤渡海收复平潭，伪军司令张逸舟和副司令黄玉树、郑德民闻风仓皇逃窜下海，沦陷139天的平潭岛第6次光复。

自1939年7月5日以来的两年又两个月的时间里，平潭民众连续6次遭受敌伪军侵占蹂躏，全县人民吃尽了苦头，至此方告结束。

县长罗仲若，连城县人，1904 年 10 月出生。他任职 3 年期间，为官清正，廉洁奉公，开明爱国，坚持抗日救亡，与军民同生死共患难，连续 6 次带兵收复平潭，功不可没。其间，还一度兼任福清县长。可惜，到这年（1941 年）年底，便因"有通共嫌疑"被调离平潭。取代他的是县军事科长、平潭县官井村人林荫。

1941 年 9 月 18 日（即平潭第 6 次光复的当天）上午，曾焕乾、周裕藩二人不约而同再次双双出现在盘团小学据点上。

原来，自从今年（1941 年）6 月 7 日大富民众自卫团首战日伪军告捷后，曾焕乾就带着大哥曾焕明（后为地下党员）给他的 200 银圆离开盘团前往闽北南平，同林正纪、周季黑一道，创办"剑城书店"，出售进步书籍，传播马列主义，吸引了很多的知识青年，成为党的宣传教育的一个重要阵地。"剑城书店"的创办，得到了永安改进出版社的大力支持。该社负责人程小华是中共地下党员，同曾焕乾有联系。7 月下旬，曾焕乾见"剑城书店"营运已经上轨道，资金又有周季黑的哥哥周叔黑（上杭县民政科长）源源不断地供应，正常经营不成问题，便将书店交给林正纪、周季黑二人，自己潜回福清南西亭村，发动大批青年学生参加罗仲若县长领导的福长平沿海抗日游击队。

流亡在福清龙高一带的平潭县长罗仲若，成立"福长平沿海游击指挥部"，罗仲若任指挥官，兼福清县长，参谋长陈魁梧，秘书长尤崇太，下设参谋、政训、军需、秘书等室。曾焕乾的堂兄曾焕魁任政训主任（后为组织科长）兼福清县政府助理秘书。曾焕乾本人带领其另一位堂兄曾焕众及林实山等人在军需室工作，给罗仲若县长以有力的支持和帮助。

与此同时，曾焕乾还和指挥部人员陈魁梧、翁其凤、王诚、林实山、韩祯琪、曾焕魁、曾焕众等人结拜兄弟，团结抗日。就在这时，曾焕乾对其知心堂兄曾焕魁透露自己的中共地下党人身份，动员他和自己一道干革命，但没有提及曾焕魁个人的入党问题。

1941 年 9 月 18 日凌晨，曾焕乾随收复大军渡海一登陆平潭，便来到了盘团小学据点。

周裕藩和徐兴祖是今年 7 月奉命带领平潭大富民众自卫团部分骨干到长乐江田同总队会合后离开盘团的。昨天深夜刚刚从长乐回家，今天上午他们两人就在盘团小学里见到曾焕乾。

3 人见面后，徐兴祖说："3 个月前，我们就对大家许愿，要召开祝捷大会。现在我们 3 人该研究怎样召开祝捷大会的事了。不过，研究的地点可放在我家里。今天早上我钓了几条石斑鱼，顺便请你们品尝。"

"好极了！"周裕藩吞一下口水说，"我已有 3 个月未闻到鱼腥味了。现在，我去小店铺买两斤地瓜烧，我们 3 人边吃边谈！"

"地瓜烧我老婆自己会酿造，家中已有几坛，还用你去买吗？"徐兴祖说。

来到山边村，刚走进徐兴祖家门，一阵阵令人馋涎欲滴的鱼香扑鼻而来。

"先生坐，先生快请坐！"好客的徐兴祖妻子郑钿宋热情地招呼着。

"谢谢嫂子！"曾、周二人曾多次来徐兴祖家做客，同徐兴祖妻子郑钿宋已经很熟，说着便在已经摆好餐具的桌子边坐了下来。

郑钿宋端出一脸盆清炖石斑鱼放在桌子上，说："二位先生趁热吃！"

天然生长的石斑鱼，营养丰富，肉质细嫩，味道鲜美，特别那原汁原味的石斑鱼汤，呈乳白色，口感极好，喝一口便口齿生津，嘴边留香，可口无穷。

他们 3 人边喝酒边吃鱼。稍后，郑钿宋又端出一盘炒薯粉面来，给他们配着鱼汤添饱。

饭饱酒足之后，曾焕乾说："为了进一步发动群众抗日反顽，特别是号召更多的有志青年投入抗日反顽的革命斗争中去，我们要乘抗击伪军郑德明匪徒取得重大胜利和平潭第 6 次光复的机会，在今晚召开祝捷大会，并举行提灯示威游行。"

周裕藩、徐兴祖表示完全同意，并就祝捷大会的地点和示威游行的路线安排等细节发表了意见。然后，便分头做准备。

于是，1941年9月18日傍晚，一场规模空前的祝捷大会便在盘团村海边广阔的沙滩上召开了。

大会由大富民众自卫团团长郑模福和副团长徐兴祖共同主持，曾焕乾、周裕藩两位老师先后在大会上做了激动人心的讲演。会上还对战斗有功人员发了奖品。

入夜，在暮色苍茫中，声势浩大的游行队伍手提灯笼，高呼抗日口号，从盘团出发，经东尾、流水、正旺至县城北门之后返回。

这次祝捷大会和提灯游行震动全县，影响深远。县城、芬尾、大福、大中、大坪等地的进步青年林慕曾、郑杰、王韬、李增喜、陈昌荫、林实山等10多人，闻讯赶来参加大会和游行。

事后，曾焕乾、周裕藩分别接见这些有志青年，对他们的爱国行动给予高度评价，并对他们进行马列主义基本知识教育，引导他们走上革命道路。

经过教育和考察，林慕曾、郑杰等上述青年经周裕藩介绍，皆于1944年10月加入中共地下党组织。这是后话。

第七回　突击队立功获嘉奖
队骨干涉案蹲监狱

1943年3月30日。夜雾浓重，风轻浪微，一只小帆船像一片树叶在平潭南海的海面上艰难地漂移着。

船上有位一身渔民打扮的年轻人，时而大汗淋漓地站着摇橹，时而从容不迫地坐着掌舵，谁也看不出他是一位付了船租费的搭渡人。这位年轻的搭渡人就是曾焕乾。

曾焕乾此行的目的，是应周裕藩之邀请，出席在平潭南海塘屿召开的"闽中沿海突击队"骨干会议。

闽中沿海突击队，其前身就是平潭大富民众自卫团。

1942年5月，根据抗日斗争形势发展的需要，闽南特委决定以平潭大富民众自卫团为基础，成立"闽中沿海突击队"，负责从闽江口至乌丘岛海面和长乐、福清、平潭、莆田沿海一带的抗日反顽斗争。同时，委派平潭地下党负责人周裕藩负责筹建。周裕藩受命后邀请曾焕乾和林慕曾、徐兴祖、郑杰等人前往长乐壶井据点开会，一起商议组建突击队的事。商议之后，即派徐兴祖回平潭传达贯彻。

那日深夜，徐兴祖在平潭大富村周廷煌家向王韬、李增喜、洪剑生、欧秉发、林孝莲等原大富民众自卫团骨干传达成立突击队的事项时，早得密报的国民党平潭县长林荫派兵前来围剿。幸蒙潜伏在乡公所内任职的陈昌荫和进步人士施修勃的通知才得以脱险。徐兴祖等在当地基本群众的掩护和帮助下，连夜乘船出岛，安全地抵达长乐壶井据点，同等待在那里的周裕藩、曾焕乾、林慕曾、郑杰等人会合。

1942 年 9 月，闽南特委宣布闽中沿海突击队正式成立，任命林慕曾为队长，王韬为副队长，周裕藩为政治委员，徐兴祖为后勤军需，欧秉发为交通联络。

在闽南特委的任命书上，曾焕乾纸头没名，纸尾也没名，但他是中共党员，加上他的人格魅力和学识水平，大家都仰慕他，便成了突击队的当然领导人。而政委周裕藩对曾焕乾十分倚重，遇事总喜欢同他商量，请他拿主意。一心一意干革命的曾焕乾以革命事业为己任，从不推辞。于是，没有职务的曾焕乾今夜赶来塘屿参加闽中沿海突击队的骨干会议。

突击队的骨干们从乌丘岛根据地出发，临近天黑时都到达塘屿岛南楼村。曾焕乾坐的小帆船因中途船漏，7 海里多的航程足足驶了 3 个小时，直到夜里 10 点钟才上岸。所以，会议也只好从夜里 10 时正式开始。

队长林慕曾主持会议并首先讲话。他在宣布增补郑杰、卓文兰为副队长后，说："从去年（1942 年）9 月以来，我们突击队遵照闽南特委的指示，在保持自己武装队伍独立性的基础上，以统战关系的伪'和平救国军'张天桢部为掩护，在乌丘岛建立根据地，活动在闽江口至乌丘岛海域，打击了日伪军的嚣张气焰，保护了海上盐运和沿海群众的海上生产，做出了一定成绩和贡献，受到了闽南特委的嘉奖。但我们不能满足，我们还要再接再厉地干下去。"

政委周裕藩接着说道："我们沿海突击队的指战员都是来自贫苦农民、渔民和革命知识分子，具有较高的政治素质和组织纪律性，有满腔的爱国热情，士气旺盛，不怕牺牲，这是我们打胜战的重要基础。

今年1月，队长林慕增率领突击队一部，护送运盐船兼接应来自平潭的新突击队员，在平潭苏澳钟门海面打败了前来截击的比我们力量大数倍的国民党平潭县林正乾自卫队。今年2月，我们突击队在长乐东洛岛海面与伪军郑德明部遭遇，经过激战，全歼郑德明部一个分队，缴获长短枪20多支，狠煞了郑匪长期以来有恃无恐地横行于这片海域的反革命气焰。今年3月初，我们突击队护送运盐船到莆田湄洲岛海面，遭到3艘国民党武装船的截击。我指战员应用"避强就弱，突破一点"的战术，集中火力击毁国民党顽军力量薄弱的一艘小船，伤敌多人。其他2艘敌船见势不妙，即转向逃跑。突击队屡战屡胜，军威大振，大得民心，沿海民众都说我们突击队是一支英勇善战的人民武装。与此同时，突击队在斗争中也不断发展壮大，现在已有队员100多人，长短枪70多支，大大增强了战斗力。闽南特委领导多次表扬我们，还发来嘉奖令。但是，我们的武器装备还很差，我和曾焕乾同志在春节前就策划如何改善我们突击队的武器装备问题，但此事难度较大，不知能否实现。"

周裕藩讲完后，林慕曾说："现在请我们的军师曾焕乾同志给我们突击队出谋献策，提供宝贵意见，如何？"

"好哇！"大家热烈鼓掌。

"我不是军师，我们共产党领导的人民武装也不设军师。"曾焕乾摆摆手声明后说，"但我是闽中沿海突击队的同志和乡友，有些想法，不妨讲讲。古代兵书上有'兵不厌诈'之说，敌我双方作战无道德禁区。目前，我们突击队的据点设在环境险恶的乌丘岛。岛内有伪军张天桢部和伪军谢鸣岐部两派势力。虽然张天桢是我们的统战对象，可以给我们作掩护，但是，如果我们不能利用他们内部两派之间的矛盾，实施'反间计'，做分化、瓦解工作，那么，我们就有随时暴露身份被围歼之危险。所以我建议你们好好讨论、设计一下实施'反间计'的方案，并付之于行动。"

"说得好。"队长林慕曾当即表态。

后来，林慕曾根据曾焕乾这一建议，在乌丘岛上实施反间计。他首先通过张天桢的力量把谢鸣岐部逼走；接着，他又制造事端，分化离间，使张天桢部内的两小派互相攻杀，杀死了大队长陈其华，致使该大队100多人全部瓦解逃散，从而削弱了驻岛伪军的力量，保住了我们的队伍和基地。

会议开至次日凌晨2点结束。会议临结束时，政委周裕藩强调说："我们突击队骨干要齐心协力，把闽中沿海突击队建设成为一支政治上坚定、组织上巩固、军事上过硬的人民抗日武装队伍。"

曾焕乾离开塘屿岛是次日（31日）下午夕阳西挂之时。和他同乘一条船离开的还有周裕藩和党员骨干林正纪。他们3人为了解决突击队的武器装备问题，将前往福清万山拜托一位友人。

船像箭一般从塘屿南楼流驶而出。曾焕乾端坐船尾，目不斜视地掌舵。约莫过了20分钟，突闻林正纪惊叫道："啊！你们赶快回头看！"

"在哪里？"周裕藩警惕地边问边嗒啦一声将手中那把驳壳枪的子弹推上膛。

"在南楼澳南侧！"林正纪答道。

曾焕乾猛回首，一个盖世无双的奇异景观映入眼帘。他忍不住笑道："你说的是巨人石么？"

"正是！"林正纪答道，"你们看，它多像一个巨人半浮半沉地仰躺在海滩上呀！"

"原来如此！"周裕藩收起手枪，埋怨道，"你上午不是也到巨人石观看过吗？还有什么好惊奇的，真是！"

"上午是近看，现在是远望。近看不如远望，远望比近看更加惟妙惟肖。"林正纪说。

"那倒是。"周裕藩也放眼看去，赞道，"整个体态栩栩如生，令人叹绝。"

　　原来，这巨人石就是 20 世纪 80 年代才定名的"海坛天神"。因那时没有定名，当地群众称为"巨人石"，或"死人坛"，因它颇像一具海上漂来的巨型浮尸。其实，它是一组酷似一个仰卧的全裸男人的巨大花岗岩体造型。呈东西向仰卧，头枕金色沙滩，足伸深蓝海水。身长 330 米，体宽 150 米，胸高 36 米。身体各部比例匀称，错落得当，头部、耳朵、喉结俱全，身旁双臂沿躯体平伸，凸起的腹部肚皮圆挺，下身处有一块高 4.15 米的风化岩石柱，斜斜上翘，宛然勃起的男性生殖器，久为当地渔妇祈求传宗接代的膜拜物。

　　"上午听说，当地群众把巨人石视为神，一些渔妇久婚不孕，便在夜里捧着香烛来到巨人石的生殖器造型前，祈祷拜祭求子，然后摸摸这块石柱。许多妇人回去不久，果然就怀上了孩子，而且生下来多是男孩子，灵验得很！"林正纪说完哈哈大笑。

　　"既然这么灵验，应该称此巨人石为'海坛天神'才是。"曾焕乾此时只是随便说说，没想到他一语中的，40 年后权威单位对此巨石的命名同他说的无异。

　　"叫海坛天神很贴切。"周裕藩表示赞同。

　　"叫海坛天神很有气魄。"林正纪也表示拥护，接着道，"这海坛天神周边还有香炉石、木鱼石、锣鼓石、八仙下棋、渔翁独钓、双狮戏球等，造型巧妙逼真，令人称奇叫绝。"

　　"这倒是一处神奇的旅游景观，可惜它处于偏僻的海坛湾，交通十分不便，使它像一块深埋海底的瑰宝，至今还鲜为人知。"曾焕乾不无感慨地说。

　　曾焕乾兴趣广泛。他在工作之余，也喜欢观奇览胜，探险寻幽，以陶冶性情，丰富知识。每到一地，他都要设法到风景名胜区走一走；每参观一处新的景观，都要写一点随感。由于他富于想象，善于联想，巧于比喻，精于提炼出思想火光，所以每篇随感都写得生动感人，极富哲理。

当海坛天神奇观即将在视野消失之际，曾焕乾再次向它望去，觉得它像一个饱经沧桑的游人，在游累了之后，正以全裸的身躯仰卧在沙滩上，坦然地向宇宙展示人类雄性的原始美。

1943 年 4 月 1 日。已过掌灯时分，海口裕康饭店又进来三位风尘仆仆的客人。未待客人开口，饭店掌柜便微笑道："对不起，客满了！"

"啊？"三位客人失望地同声叹息，"怎么又满了？"

三位客人便是曾焕乾、周裕藩和林正纪。

昨天他们乘船离开平潭塘屿，经过福清海口，到福清万山，托万山友人向海口田粮经征处借粮，得到允诺。然后前往长乐罗都，向闽中特委汇报工作。今日他们从罗都步行回来，天未亮便起程，一路上马不停蹄地赶路，连午饭也舍不得坐下来吃，实指望天黑前赶到海口，歇一夜明日再搭渡返回平潭，没想到这里的几家饭店客栈全满了。

"既然无处住，我们走吧！"周裕藩说。

"往哪里走？"林正纪问。

"到松潭去，如何？"周裕藩看着曾焕乾的面问。

"也只好如此了！"曾焕乾说着便转身起步。

他们三人刚步出饭店大门，忽听饭店掌柜大声喊道："三位客官请留步。"

"什么事？"三人同时回过头问。

"也是你们运气好，"饭店掌柜笑道，"楼上有间客人想退房，刚好是 3 张床。"

"那太好了！"三人喜出望外，忙随饭店掌柜进店。

他们进住后，在饭店厨房草草吃了稀饭，便上楼到房间休息。按理他们走了一天路，很累，躺下后很快就会入眠才是，但由于跳蚤太多，咬得他们睡不着。睡不着的三人不知谁先起头，又说起组织到广东南澳缴枪的事。

　　说着，说着，突然房门"砰"一声被踢开，一群持枪荷弹的兵士冲了进来，不由分说，便把三人从床上抓起，捆绑得结实，随即连夜被带走，投入福清监狱。

　　原来，去年春，伪"和平救国军"内讧，副司令林少屏被另一头子郑德明杀死。林少屏的部下翁尚功兵力薄弱，无力与郑德明对抗，怕被郑"吃"掉，便把队伍拉到广东南澳。曾焕乾和周裕藩、林正纪计议趁此机会，组织人马到南澳以代林少屏报仇为名，打入翁尚功部，从中策反，缴获翁尚功的枪支弹药，以改善闽中沿海突击队的武器装备。但他们三人都不认识翁尚功，要打入该部得找得力的引荐人，且还得组织10多个人去才行。曾焕乾想到神通广大的堂兄曾焕魁。那是今年农历正月初二，天下着大雨，曾焕乾到曾焕魁家，两兄弟同榻而眠。睡觉时，曾焕乾对曾焕魁和盘说出到南澳缴枪的方案，请他大力帮忙。一心向着共产党的曾焕魁鼎力支持其弟革命，满口答应。次日，曾焕魁便召集曾焕众、王诚、林实山、许廷衡到李开祯家一起商量此事，得到这些人的赞同后，曾焕魁又去游说时任平潭自卫队后备第二中队中队长韩祯琪参加，要求他带些人马同去缴枪。韩祯琪和曾焕魁是一对交情很深的结拜兄弟，也就答应了。曾焕乾又请刘天喜（曾任余吓楻部下）托林光柱（林少屏之弟）当引荐人。林光柱受托前往南澳后回来，说翁尚功同意接收。曾焕乾得悉后，即派曾焕众设法安排船只。但是去南澳投奔翁尚功不能空着手去，所以必须借粮当见面礼。现在有粮可借，只待约定时间一到便动身。没想到秘密暴露，林荫已将在平潭举事的曾焕魁、曾焕众、王诚、林实山、许廷衡逮捕归案，途中还把曾焕众杀了，并将韩祯琪免职，只李开祯一人平安无事。"莫非乃李开祯告密？"曾焕魁这样想。幸好，除曾焕乾、周裕藩、林正纪、曾焕魁四人之外，其他人都以为去南澳向翁尚功缴枪是为了下海为匪，根本不知道是为了武装共产党领导的闽中沿海突击队，也不知道曾、周、林三人是共产党。林荫得悉曾焕乾、周裕藩为首组织缴枪下海为匪，便派特务刘友桂率兵前来海口抓捕……

几夜分别提审，几回严刑拷打，几次利诱哄骗，三人皆守口如瓶。但他们议论要到南澳缴枪的事，是刘友桂亲自隔着薄薄的木板墙窃听得明明白白，难道抵赖得了吗？而且平潭早有知情者举报。

"尽管他们零口供，但他们欲往南澳缴枪的事证据确凿。他们缴枪的目的无非是搞共产党自己的武装。他们八成是共产党，不然怎么会像粪坑里的石头又臭又硬呢？我看就把这三块臭石头毙了！"刘友桂对从平潭专程赶来的县长林荫说。

"说他们是共产党，根本没有证据，人头不像韭菜割了还会再长，岂能说毙就毙？"在场协同办案的福清县军事科长张立夫说。张立夫本是曾焕乾的朋友，又受其一双儿女的老师曾淑真之托，有意从中帮忙。

"那么，他们为什么要缴枪呢？"林荫问。

"我看他们缴枪无非是为了下海为匪。"张立夫答后悠悠道，"这年头为了生活出路，下海为匪不足为怪。"

"你说的是，我也以为有这种可能。"因曾焕乾、周裕藩、林正纪的共产党员身份此时没有暴露，林荫听完便这样说。接着，他对刘友桂道，"如果他们真的是共产党，当然格杀勿论。但是，你手头没有他们是共产党的任何证据。我们国民政府是讲究法律的，杀人要有证据。"

"再说他们缴枪也只是企图，尚未构成犯罪事实，不如把他们放了。"张立夫提出建议。

"有错抓无错放，万一放错了怎么办？"刘友桂对林荫说，"我知道，福清监狱人满为患，不然将此三人押回平潭再审，如何？"

林荫点一头说："就这么办！"

曾焕乾、周裕藩、林正纪三人被押送回平潭监狱羁押3个多月。在这失去自由的近100个苦日子里，尽管国民党特务对他们三审五训，软硬兼施，这三位硬汉还是零口供。

"他们连企图缴枪的事都不肯承认，如果不是共产党，哪里会这么顽固？我看把他们秘密活埋了，以除后患！"刘友桂再次向林荫建议。

林荫不满地道："你尽出馊主意，欲害我林某人成为一个草菅人命的昏官么？"

　　这3个多月来，由于闽中特委领导黄国璋、陈亨源通过各种渠道制造社会舆论给林荫施加压力，由于曾焕乾的父亲曾文英、大哥曾焕明、大姐曾淑芳、二姐曾淑真和周裕藩的祖父周莲湖等亲友四出奔走营救，也由于福清县军事科长张立夫从中斡旋，还由于正在蒋经国手下任职的黄埔军校毕业生、曾焕乾的亲戚兼好友郑克立给林荫写了信，很看重自己名声的林荫在衡量了利弊之后终于下了释放曾焕乾、周裕藩、林正纪三人的手令，使他们获得了自由，能够继续为党的革命事业奋斗。

　　1943年7月10日，他们三人出狱后，周裕藩被闽中特委任命为福长平海口特区工委书记；曾焕乾到福州鼓山成立"福长平抗日游击队"，任队长，队员以青年学生为主。由于学生9月1日要上课，因此，福长平抗日游击队便于是年8月底解散。曾焕乾也考取搬迁到邵武的福建协和大学，将前往学校报到上课。

第八回　久别师生终于重逢
沉睡校园开始觉醒

　　1943 年 8 月 31 日。风雨无阻，水陆兼程，车舟和步行相间，曾焕乾从平潭出发，长途跋涉千余里，终于赶在开学前一天的下午来到闽北山城邵武，跨入了因抗战内迁到这里的福建协和大学大门。

　　邵武地处福建闽北西部，境内有海拔高达 1500 多米的撒网山，又有海拔仅仅 130 米的富屯溪河床，但全县以低山丘陵为主，民间有"一滩高一滩，邵武在天上"之说。这里因富屯溪由西北向东南流贯全县，日照充足，冬短夏长，气候宜人。

　　邵武城关本来只是一个静寂的小山城，但自从 1938 年 5 月底协和大学从福州搬迁到这里之后，一下子人口倍增，热闹起来。

　　曾焕乾刚刚跨入协大校门，放下包袱雨伞，就去找好友郑公盾。他是今年初从广西大学转学来福建协和大学插班读三年级下学期的。郑公盾看到 5 年不见的挚友突然出现在面前，心中那份惊喜真是无法形容。他热烈地握住曾焕乾的手，不解地问："你怎么也来这个边远的山城？"

　　"怎么不来呢？"曾焕乾顿了顿，笑着说，"是你呀！是你把我吸引到这儿来了。"

当然，这只是一句俏皮话。曾焕乾之所以报考协和大学，是有多方面缘由的。首先，是因为福州市党组织被混入党的外围组织的国民党特务破坏，一时难以恢复。作为福州市委直接领导的地下党员，曾焕乾和党组织断联了。他知道李铁目前正在内迁邵武的格致中学教书。他是为找到党的关系而来的。其次，出狱后，他的牢狱之灾虽然消除了，但平潭国民党特务对他的共产党员身份已有一些怀疑。他是为避开平潭国民党特务的监视而来山城另找革命出路的。其三，大学对青年人来说都是一个诱惑，念完高中的学生谁不想升入大学深造？作为一个农民的儿子，曾焕乾不知自己曾经做过多少回升大学之梦。但为了抗日救亡，为了革命斗争，他只好一年又一年放弃升大学的机会。总算祖宗墓风水不错，整整迟到了4年，曾焕乾终于圆了一个农民儿子的大学梦。再说，在大学里也可以边读书边开展革命工作，同样可以发挥一个共产党员的战斗作用。

　　曾焕乾来邵武念大学的这些缘由，聪明的郑公盾略略一想，也会猜出八九不离十。但老朋友一句幽默的恭维，使他心里很是受用。所以他高兴地说："谢谢你在乎我，但是，我不敢相信自己有这么大的魅力，居然能够把你这个抗日游击队长从沿海吸引到山城来。"

　　说完，两位志同道合的好朋友都会心地哈哈大笑起来。

　　郑公盾后来回忆说，这次见曾焕乾时，他变了很多，比以前沉着、老练。他已经有了党组织的关系。

　　次日上午，山城邵武阳光灿烂，一片欢腾。福建协和大学师生正在大操场上举行颇为隆重的开学典礼，宣告一个新学年的开始。

　　校长、教务长和师生代表先后上台讲话。当大会司仪宣布请新同学代表上台发言时，会场上突发一阵不小的躁动。男女同学受好奇心驱使，都想看看这位新生代表是何模样，无不向台上望去。只见一位身材魁伟、长得很帅的青年不慌不忙地走上台。随之，一阵热烈的掌声响起。

　　"他是谁？"坐在前排的二年级女生马玉銮悄声问邻位的一个女同学。

"他是平潭人曾焕乾。"

"曾焕乾？"马玉銮心里莫名其妙地一阵狂跳，脸颊也顿时飞红。

曾焕乾像一位老练的演说家在台上侃侃而谈。他谈入学感想和学习计划，谈青年理想和抗日救亡，既热情洋溢又简明精练。他的声音洪亮、厚实而带有磁性，听起来很舒服。当大家还想听他再讲下去的话时，他却说我的发言完毕，这使听众有些遗憾。

马玉銮在台下静静地倾听时，觉得曾焕乾讲的话句句有理，字字动听。她认为，曾焕乾怀有一颗蕴蓄着热爱祖国、热爱民族的火一般燃烧着的赤子之心。他所讲的都是发自肺腑的真心话，而不是一般肤浅的"左倾"幼稚的豪言壮语。曾焕乾的精彩发言，使马玉銮倾倒；他那伟岸而英俊的模样，更给这位秀丽的福州姑娘留下了十分美好的印象。

曾焕乾欲拜会李铁委实有点迫不及待。开学典礼一结束，午饭也不吃，他便兴冲冲地往格致中学跑。

不知何故，刚刚下课的李铁此时也出了校门，急匆匆地在通往协和大学的崎岖山路上走。久别的师生、战友在山路上不期而遇，终于重逢，简直喜从天降，两人都惊呆了许久，方激动地握手言谈。

"老师，你比 5 年前更瘦削了！"曾焕乾看到一脸憔悴的李铁，心疼地说。

"焕乾，你比从前也变很多。"李铁退后一步，像欣赏一尊雕像似地说，"似乎又长高了几寸，你变得更加健壮、伟岸、英俊，变得更加沉着、老练、成熟。"

"老师过奖了！"

"不，我向来不愿意过奖人的。"李铁又说，"你今年 23 周岁了，回老家这么多年，按你们海岛早婚风俗，该成亲了吧？"

"没有，没有。"曾焕乾脸红地否认，"绝对没有。"

"看你害羞得脸上像块红布，我们共产党人又不是禁欲主义者，就是有也没错。"

"学生明白，但我确实没有。"曾焕乾反问道，"老师比学生早生9年，今年已经32周岁了。不知是否已经结婚有师娘了？"

"不瞒你说，结婚还没有，倒是有一位很痴情的福州姑娘同我好。她名叫程宝兰，目前在内迁来这里的文山女子中学读书。她长得像鲜花一样美丽，今年芳龄才17，比我小整整15岁。加上我身上伤疤累累，走路还有一点拐，自感配不上她，所以一直躲着她。可是，她却说非我不嫁。这就使我处于两难之间了。"李铁说得很坦白。

"学生听说爱情是人类男女间一种最高尚、最奇妙的爱，是一种超过生命的本能的爱，同年龄、身体等等都没有什么关系。共产党人应该敢恨敢爱，老师何必拘泥于此，不敢拥抱自己的幸福呢？学生认为这不仅仅是同自己过不去，而且还会伤害那位痴情姑娘的一颗纯洁、真诚的心。"曾焕乾反徒为师，倒劝起老师李铁来了。

"你说得很对，我今夜就可以答应她！"李铁虚心接受。

"这就好了。"曾焕乾觉得一直站着讲话不好，便建议道，"老师，我们到你宿舍里谈好不好？"

"当然好。"李铁说，"我就是出来接你的。"

到了格致中学已过晌午。李铁请曾焕乾吃午饭。他们利用吃饭时间在宿舍里边吃边谈。

曾焕乾早有准备，谈得有条不紊。他先汇报在平潭开展抗日救亡运动和组织抗日游击队的简况，后介绍在狱中同国民党特务开展面对面斗争的详情。

李铁听了十分满意，说："你这5年来做得很出色，不愧为一个共产党员。"

接着，李铁主动向曾焕乾介绍自己这5年来的简要经历：

1938年8月，李铁在积极发展党员的基础上，正式建立福州工委，出任工委书记；

1939年1月，福州工委改为福州市委，李铁任市委书记；

1940年3月，李铁升为闽江特委书记，领导福州、闽侯、闽清、古田、南平、顺昌、将乐、三元、尤溪、沙县、永安、大田等县的党组织；

1940年10月，李铁调任闽中特委书记；

1941年6月，党内委员制改为特派员制，李铁任闽中特派员；

1942年5月，省委书记曾镜冰到闽中视察工作，发现李铁起草的一份关于国共两党合作抗日的宣言文稿，思想内容右倾，不予公开发表，并严厉批评李铁，随后，李铁被撤销闽中特派员职务，调回省委机关搞译电工作；

1942年11月，李铁被通知到省委武夷干校，参加第5期训练班的整风和整训，曾镜冰到训练班讲话时宣布，李铁犯有"右倾投降主义"错误，并组织大家对李铁进行毫不留情的批判斗争；

1943年2月，第5期训练班结束，李铁被分配到格致中学当语文教员……

李铁说得很平静很坦然，仿佛是在讲别人的故事。末了，他说："我心里明白，省委现在对我这样安排，可以说是一种隐蔽精干、保存实力的措施；也可以说是我自己在革命征途中的一次挫折。就挫折而言，共产党员应该胸怀坦白，光明磊落，无私无畏，不在乎个人得失。你说是不是？"

"是。"曾焕乾用鼓励的口气说，"学生相信，老师的所谓'右倾投降主义'问题，事实总会得到澄清，历史必将做出正确的结论。"

"我对此也坚信不疑。所以我欣然来到这个穷乡僻壤的小山城，认真执掌我的教鞭，继续传播革命火种。我想，我这个李铁拐，是能够经受挫折考验的！"

"学生相信，学生相信！"曾焕乾握着李铁的手，坚定地说。

"焕乾，谢谢你相信我，理解我。"李铁喟叹一声道，"人活在世上是很需要朋友的，尤其需要一个能够无所不谈的知心朋友。这个知心朋友，不应该是势利眼，不应该患鼻窦炎，气候一变化他就感冒。

有的人在和暖的春天可以做朋友，但到了严寒的冬天就不行。这个知心朋友，当你飞黄腾达时，他会严肃地提醒你；当你挫折倒霉时，他便热情地鼓励你，帮助你，绝不嫌弃你，更不会落井下石。我看，你就是我这样的一个知心朋友。"

"谢谢你，老师！"曾焕乾有点受宠若惊。

李铁说："当前形势非常严峻，十分复杂，国民党反共浪潮一浪紧接一浪。今年4月，国民党顽固派在福建掀起第3次反共高潮，现在一个更大规模的第4次反共高潮又将降临。敌人以军事、政治、特务'三结合'的办法对我省委进行围剿，逼得曾镜冰同志四处躲藏。眼下，国民党特务多如牛毛，他们采取威胁、收买、欺骗等手段，四处收罗坏人和叛徒，还在城乡建立特务网，以瓦解革命队伍，破坏我党组织。他们在相继破坏了浙江省委和江西省委之后，进而想破坏福建省委，妄图一举扑灭闽浙赣三省革命斗争的烈火。现在设在闽北的省委机关活动非常困难，已经做出省委机关南迁决策。在此严峻复杂的形势下，我们要坚决执行中央'隐蔽精干，长期埋伏，积蓄力量，以待时机'的方针，保持高度警惕，切不可暴露身份，犯了'左倾'盲动错误。这一点，希望你记住！"

"记住了。"曾焕乾说完，便离开格致中学赶回协和大学。

从格致中学回校的当天晚上，曾焕乾就向郑公盾传达李铁同志的意见，并同他一起分析协大的形势，商讨今后该如何边读书边开展革命工作，把广大师生发动起来，使沉睡中的协大校园得以觉醒。

在一起分析时，郑公盾对曾焕乾说："目前协大没有党的组织，进步势力十分薄弱，而军统特务却十分活跃，也许你一来，就被他们列为监控对象。你上午的发言十分精彩，既可能倾倒一批多情的女同学，也可能引起无孔不入的国民党特务的关注。我建议你，还是谨慎行事，隐蔽精干，等待时机。要砸烂旧世界，建设新中国，需要几代人前仆后继的努力，岂在乎一朝一夕？"

曾焕乾对好友的劝诫十分感谢，也基本赞同他的观点。但他却有自己的一些独立见解。他说："当前形势十分严峻复杂，我们要坚决执行中央的'隐蔽精干''以待时机'的方针。但是，革命时机要积极创造，不能消极等待。我们应该在隐蔽的前提下，做好群众工作，为将来发展党员和组织武装暴动打基础。"

一对亲密战友，经过激烈的争论和充分的商讨，最后达成共识：在隐蔽的前提下积极开展革命活动，在开展革命活动中严格注意隐蔽，做到既积蓄革命力量，又发挥一个共产党员的应有作用。

认识统一之后不久，曾焕乾便开始一系列行动。

行动之一，是主动联系进步同学，找他们谈心，同他们交朋友，建立志同道合的友谊。

行动之二，是组织了一个全校性的公开读书会。读书会以自愿为原则，但是，一旦参加了，就要求会员按读书会的会规办事，如按时完成自学书目，准时出席每周一次的辅导讲座等。自学书目由曾焕乾根据本校图书馆的藏书情况进行开列。协和大学是基督教办的教会学校，购书、藏书有点不问政治，所以进步书籍很多。曾焕乾便从中选择鲁迅、高尔基的文艺作品，艾思奇的《大众哲学》，以及政治经济学、社会发展史，作为主要读物。这样，既使参加读书会的师生接受进步思想，又为自己广交朋友，物色可以发展的入党对象创造了条件。

行动之三，是积极为学校壁报"笔会"栏目撰稿，进行合法的公开的革命理论传播。曾焕乾以鲁迅为榜样，把笔杆当匕首，当投枪，投向社会，写许多短小精悍、立论严谨、富有哲理的有说服力的杂文，发表在"笔会"上。由于"笔会"有了新思想新观点的文章，围观的读者越来越多，也使"笔会"久办不衰。特别是后来曾焕乾和进步学生何友礼联手，利用"笔会"这个阵地，组织大家讨论于潮著的《方生未死之间》这本书，对全校震动很大。在讨论中，他们提出"人为什么活着？"这个人人关切的命题，引导师生树立正确的人生观和世界观。在讨论中，他们强调指出，"让方生的快生，促将死的快死"，在方生未死之际，要促进黑暗势力迅速死亡，让光明力量迅速生长。

行动之四，是秘密组织马列主义学习小组。一年之后，曾焕乾结识了许多志同道合的同学，便秘密地组织一个马列主义学习小组。小组成员有党员，也有建党积极分子。曾焕乾规定，每周集体学习讨论1至2次；学习地点则不断变更，以防不测。

曾焕乾念的是农经系，但他自学的范围很广，包括马列主义哲学、政治经济学和科学社会主义，以及历史、文艺理论、文艺作品等无不涉猎。他特别喜欢读《鲁迅选集》和高尔基的《母亲》《海燕》等作品。他采取博览和精读相结合、理论和实际相联系的办法，作索引、写笔记、谈心得体会。曾焕乾学习十分刻苦，夜晚宿舍熄灯后，他就用3根灯芯插在盛油的盘子里，点燃起只有豆粒大的微弱光线在床头孜孜不倦地攻读，直到深夜。后来实践证明，他的刻苦学习，对他那无私无畏、赤胆忠心、铁骨铮铮的世界观形成，对他不凡一生的政治生活是起了决定性作用的。

由于曾焕乾博学广识，马列主义学习小组的学习在他的指导下卓有成效，给参加学习的同学开辟了知识的新天地，破天荒第一次懂得什么叫阶级与阶级斗争，第一次懂得社会发展史所述的无产阶级必然会战胜资产阶级的原理，为后来在协大建党作了思想上和组织上的准备。

曾焕乾到协大读书只一年多，就通过上述活动，把协大发动起来了，使沉睡多年、死水一潭的协大校园开始觉醒，有了盎然生机。而他本人也被师生们公认为是一个有理想、有抱负、有胆略、有魄力的学生领袖。

第九回　神秘女郎暗传信息
风流才子金蝉脱壳

1944 年 1 月 15 日，正是学校放寒假期间。拿到这月薪水的李铁约请放假没回家的曾焕乾、程宝兰到邵武水东酒家吃午饭。饭刚刚吃一半，忽见一个卖油条的年轻女人走近来向他们兜售。这位卖油条的年轻女人虽然一身农妇打扮，但她皮肤白皙，长得秀气，还戴着一副近视眼镜，便显得神秘莫测了。李铁知道程宝兰爱吃油炸的食物，便买了几根油条放在她面前。然后，他很有礼貌地向这位神秘的卖油条女人挥挥手，示意请她离开。

可这位年轻的神秘女郎却欲退又止，一直向李铁眼送秋波。李铁好像突然记起什么，脸上顿现惊诧的神色，然后，还给她一个难以捉摸的眼神。这位神秘女郎似乎从李铁的眼神中悟出了什么，微点一下头，说声"明天此时我还来这里卖油条"就走了。

这一切当然都收入心细如丝的程宝兰的眼底。待这位年轻的神秘女郎走远之后，程宝兰红着脸小声问李铁："这位年轻女人是谁？你们早已认识？"

李铁没有回答程宝兰提出的问题，只顾自己低头沉思：这个年轻女人，名叫刘静贞，原是省委机关的女干部，1942 年 5 月省委派她前往江西协助赣东特派员庄征开展工作,今天怎么会在邵武出现呢?凭我李铁多年地下斗争的经验,这里头可能有蹊跷。莫非庄征那边出事了?

程宝兰见李铁没有理她,赌气地在一旁吃油条。看她吃着咬着,突然听她惊叫道:"啊,油条里有蜡丸!"

"快拿过来给我看!"李铁见旁边无人注意,夺过程宝兰手中的蜡丸,放在桌子上用巴掌使劲一压,发现内有一粒纸丸。李铁随即将纸丸展开摸平,见上面写着"请速约会"4个字。

李铁欲说什么,忽见门口进来一批客人。他怕里头混有国民党特务,便站起来对曾焕乾、程宝兰道:"你们跟我一起回格致中学,我有事同二位商量。"

回到格致中学宿舍之后,李铁对刚才突然出现的刘静贞的事做了介绍,并进行分析。还提出明天下午同她秘密约会的方案,请曾焕乾、程宝兰二人做保卫。并请程宝兰明天中午到水东酒家接刘静贞。曾焕乾建议约会地点由他选定,万无一失。

程宝兰表示同意李铁和曾焕乾商定的秘密约会方案,但她依然不放心地问:"这位名叫刘静贞的年轻女人成家了没有?"

"为了掩护革命工作,组织上让刘静贞和庄征手下的张树雄做假夫妻同居一室,不知后来有否弄假成真。"李铁说。

"青年男女既然同居一室,又都是未婚的,岂有不弄假成真之理?"程宝兰至此心中的一块石头终于落地了,不由欢愉地嘻嘻大笑。

"那也不一定!"李铁接着对曾焕乾和程宝兰说了点有关庄征的事。

庄征,又名赵枫,祖籍莆田西天尾石盘村,1918年11月8日出生于建阳徐市镇。1933年考入建瓯培汉初级中学读书,受进步思想影响,向往革命,被推选为学生自治会主席。1936年升入南平剑津高中,为半工半读学生。他学习勤奋,积极向上,深受同学拥戴。1937年抗战全面爆发,他积极投身抗日救亡运动。1938年初加入中国共产党,并任该校支部书记。1939年6月,任闽江工委(南平)宣传部长。

1940年夏，出任建（阳）松（溪）政（和）特委组织部长。不久，特委遭国民党顽固派破坏，他犯有解散武装、埋掉枪支、逃入建瓯城的错误。1941年4月受省委派遣，组建中共古田县工委，任工委总负责。皖南事变后，中央决定派刘英为中央特派员，统一领导闽浙赣三省党组织。福建省委接到中央指示后，派庄征做刘英的政治交通。1942年初，庄征被任命为省委赣东特派员，在赣东一带开展工作，同时派去的还有庄征的妻子杨瑞玉及张树雄，后来又派去刘静贞。他们4人隐蔽在铅山河口教堂内，庄征化名林俊仁，以老板身份在当地吸收一些党外股份，开铺经商，秘密进行恢复赣东党组织的工作……

李铁介绍到这里，顿了顿接着说："庄征很有才华，很有能力，也很洒脱，是位风流才子，但不知现在发生了什么事？"

"明天你一见到刘静贞，便一切都清楚了。"曾焕乾说。

"那当然。"李铁说，"大家都要记住刚才商议的明天秘密约会方案。"

"那当然。"曾焕乾、程宝兰同时说。

次日中午，天气晴朗，懒洋洋的春阳给山城邵武披上一层温暖的霞光。心花怒放的程宝兰拉着略带拘谨的刘静贞的手，像一对前往公园相亲的亲姐妹，走在水东酒家前往协和大学的弯弯曲曲山路上。她俩刚走进协和大学旁边那块盛开桃花的空地时，便见早在此处等候的李铁、曾焕乾二人从桃林中迎出来。然后，他们宛如两对热恋中的情人，李铁紧握住刘静贞的手步进荫蔽的桃林中谈话，而曾焕乾、程宝兰也装着谈恋爱的样子，双双坐在外沿的一株桃树下，亲热地谈着他们想谈的话。当然，曾、程俩的主要任务是负责警戒，保卫李铁、刘静贞的秘密相见，严防国民党特务的监视和破坏。

果然不出李铁所料，刘静贞一开口就含着盈盈泪水，说道："省委赣东特派员庄征出事了！"

　　原来，1943年9月，由于赣东党组织遭到破坏，党员吴友松被捕叛变，招供出他的直接领导人庄征，致使庄征、杨瑞玉、张树雄、刘静贞等4人被捕，关押在铅山五都磨盘山的国民党第三战区长官司令部直属联络站内。在关押期间，庄征等威武不屈，任凭严刑拷问，拒不承认自己是中共党员，使敌人一筹莫展。后来，已经叛变投敌的前任赣东特派员贡献（即高鹏）途经铅山联络站，认出了庄征，进行指证，庄征的身份被暴露。在此险恶复杂的环境中，庄征为了保存革命力量和自身安全，机智灵活地与国民党特务周旋，并根据曾镜冰关于"如若被捕，一定不能做坏事，在没有办法的情况下，可办个手续，但不能破坏"的指示，采用假自首的办法，在"悔过书"上签字，供出了省委在邵武的通讯处李锦堂，许诺要骗出省委书记曾镜冰，破坏省委，以此获得了特务的信任。11月，庄征被押解到邵武，特务胁迫他破坏省委机关，计划抓捕曾镜冰。刘静贞因身份没有暴露，方被释放。庄征利用释放后的刘静贞来探监之机，偷偷递给她一张纸条，交代她要把他的真实情况告诉省委，请省委迅速转移到安全地带。刘静贞和邵武李锦堂通讯处的粘文华曾经有过联系，但眼下时间仓促，环境险恶，无法找到关系。刘静贞正在焦急奔走之时，见到了李铁，真有说不出的高兴……

　　李铁听了刘静贞的详细介绍，心情十分沉重，深感庄征用假自首的斗争策略同国民党特务周旋，走的是一步险棋，处理得不好，省委将遭到破坏，他自己更是跳进黄河也洗不清。

　　"李铁同志，我该说的都说了，今后该怎么办，请您拿主意，我一切都听您的。"刘静贞见李铁低头沉思不作声，便又催促道，"您说话呀！"

　　"庄征的意图我知道了，是急于与组织联系，以保护省委。我一定会设法尽快将这一重要情况报告省委。"李铁站起来道，"今天会面就到此为止。往后你我还要秘密会面，就由程宝兰做我们的交通。"

　　李铁说到做到，当天晚上就通过粘文华把全部实情告诉省委。

随后，省委派李铁与庄征联系，庄征又把被捕情况、假自首过程和特务破坏省委的阴谋更详细地当面向李铁汇报。李铁将此写成书面材料送给在德化的省委书记曾镜冰。曾镜冰果断地决定"将计就计"与特务做斗争。并以省委名义写信给庄征说："曾镜冰同志下山前，要先开个负责干部会议，要庄征上山开会。"并要庄征以动员人员上山受训为名，带特务上山。庄征把省委的意见转告给特务，特务相信了庄征的话，但他们都是怕死鬼，没有一个敢同庄征一起上山。特务内部商定，同意先放庄征一人回去，其妻子杨瑞玉留做人质。

　　庄征金蝉脱壳。他脱离特务之后，如鱼得水，似鸟翔空，悠悠辗转数月，回到了省委新驻地德化。在庄征脱离险境安全回到党组织怀抱期间，省委从容地把已经暴露的通讯处及党员安全转移，胜利地挫败了特务破坏省委、抓捕曾镜冰的阴谋。这一斗争的胜利，庄征受到省委表扬，还得到中央的肯定。这是后话。

第十回　一路上细讲党知识
五夜晚深谈马列经

　　1944 年 8 月 23 日上午 11 时，从平潭探亲返校的曾焕乾和前来协大报到的新生翁绳金，邂逅于从平潭县潭城开往福清县海口的渡船上。

　　曾焕乾虽未同翁绳金谋面，但他早已知道翁绳金的情况。

　　1919 年 1 月 9 日，翁绳金出生于平潭县侯均区（今中楼乡）后旺久村的一个农民家庭里。小学毕业时父母双亡，被迫休学在家务农。3 年之后，他半工半读于福清明义初中。毕业后，他以优异成绩考取迁往沙县的省立福州高级中学，是该校拔尖的一位学生干部和抗日救亡骨干。省福高毕业后，他被分配在潭城中心小学当教员。一学期后，因拒绝县国民党三青团的利诱而辞职回乡当农民。为了实现其救国救民之志，他于今年夏天考取协和大学农经系。

　　那时平潭至海口渡船乃低吨位的木帆船，开得很慢，直到下午 3 时，渡船才驶进海口港。上岸后，两人到街边点心店各吃了 3 碗海蛎滑粉，便继续赶往今夜住宿地作坊。

　　从海口到作坊有 30 余里路程，一律是崎岖不平的羊肠小路，一般人要走 3 个多小时，但曾焕乾和翁绳金二人都是身高腿长的健壮青年，走得飞快，2 个多小时就到了。在作坊住一夜后，第二天又走到长乐坑田坐船到福州。第三天又从福州坐船到南平。到南平弃船上岸后，再步行两天方到达邵武协大。

一路上，曾焕乾和翁绳金两人边走边谈。曾焕乾懂得多，又健谈，他对翁绳金谈了当前的全国抗战形势，也谈共产党的基本知识和许多革命道理。曾焕乾有意培养翁绳金入党，引导他走上革命道路，因此一路上不厌其烦地对他谈。翁绳金也喜欢听，感到受益匪浅。来到协大之后，翁绳金追记了曾焕乾这一路上对他教诲的要点：

首先，曾焕乾向翁绳金强调学习革命理论的重要性和必要性。他说，没有革命的理论就没有革命的行动；懂得了革命理论，就应该把它运用到革命实践中去。他说，古圣人云，"不识道，不足以成智者；不用道，不足以驰骋人生"。这里所说的道，就是道理，就是自然规律。我们可以把它引申为，就是革命理论，就是马列主义、毛泽东著作，就是共产党纲领。他建议翁绳金到协大后要多读一些进步书籍，例如，《大众哲学》《辩证唯物主义和历史唯物主义》《政治经济学》《科学社会主义》《资本论解说》《中国社会史论战》等。另有一本书叫《太平洋两岸》，是一位进步的中国留学生写的，书中揭露美国对外掠夺、国内贫富不均的现象，以及中国被掠夺和社会贫困状况，写得很深刻，要借来读。他还告诉翁绳金，协大图书馆内有很多这方面的书籍，可以借到学生宿舍里慢慢阅读。

其次，曾焕乾向翁绳金揭露国民党政府的种种腐败和当今社会的黑暗事例，指出，凡是统治阶级都不会自动退出历史舞台，只有发动人民群众起来革命，推翻国民党反动政府，打倒压在人民头上的帝国主义、封建主义、官僚资本主义三座大山，建立人民当家做主的新中国，社会才会进步，国家才会富强，人民才会幸福。否则，中国是没有前途的。中国只有通过革命才能得救。他引导翁绳金走上革命道路。

第三，曾焕乾向翁绳金介绍了中国共产党的纲领，讲明党的性质、任务和目标。他说，中国共产党是中国工人阶级的先锋队，也是中国各族人的先锋队。中国共产党要发动全国劳苦大众起来革命，推翻国民党反动政府，而她的最终目标是解放全人类，在全世界实现共产主义。

曾焕乾动情地为翁绳金描绘了共产主义社会的美好蓝图，说那时消灭了阶级剥削和阶级压迫，消灭了城乡、工农、体力劳动和脑力劳动之间的三大差别，生产力高度发达，社会物质极大丰富，人们的觉悟极大地提高，劳动成了人们生活的第一需要，实行各尽所能，按需分配原则，人人都过上幸福美满的生活。

曾焕乾说，为了实现这个人类最美好的共产主义社会，自1921年7月1日中国共产党诞生以来，多少共产党人和革命志士，不怕艰难困苦，不怕流血牺牲，同反动派恶势力，进行了不屈不挠的斗争，这其中有许多可歌可泣的故事。他启发翁绳金积极创造条件加入中国共产党……

曾焕乾说话条理清晰，观点鲜明，说理透彻，细心地对翁绳金进行共产主义理想教育。

对于曾焕乾一路上所谈的革命道理和党的知识，翁绳金过去也有所接触，也有所听闻，但像曾焕乾这样系统而深刻的讲述，他还是头一回听到。所以他很感兴趣，听得非常入迷，深感收获匪浅。听了之后，他觉得心里就像点燃着一盏明灯，豁然亮堂起来。他听时虽然没有表态，但他知道自己已经完全接受了曾焕乾对他所阐述的观点。其实，翁绳金早已心向共产党，羡慕共产党员，只恨自己无缘遇上共产党。现在好了，共产党就在眼前。于是，他暗下决心，要牢记曾焕乾的教诲，多读进步理论书籍，积极参加革命活动，努力创造条件，争取早日加入中国共产党，为国为民多做贡献。

1944年8月底的一天，吴秉瑜从顺昌洋口英华中学直接来到邵武城关协和大学报到入学。

这日，天气晴好，下午3时许的邵武城依然阳光灿烂。吴秉瑜背着包袱，穿过熙熙攘攘的街道，来到协和大学的校大门。他一进校大门，迎面就走出来一个面善的高大身影。吴秉瑜一眼就认出来，正是同自己有一面之缘的曾焕乾。

曾、吴二人相识实属偶然。那是1940年冬天，吴秉瑜初中毕业后失学在家期间，曾同几位同学一起前往福清、长乐的几个乡镇开展抗日救亡活动。途经福清融城时，吴秉瑜无意间碰上了曾焕乾。曾焕乾热情地同吴秉瑜握手交谈。

那次见面虽然时间短暂匆促，但曾焕乾那魁梧健壮的体魄，强劲有力的握手，开朗活跃的性格，风趣幽默的谈吐，以及话语中那充满忧国忧民的革命激情，都给吴秉瑜留下了深刻的印象。一股对曾焕乾的钦佩和仰慕之情在吴秉瑜心中油然而生。

"欢迎你，秉瑜兄，你终于来了。"曾焕乾跨上一步同吴秉瑜紧紧地握手。

"焕乾兄，你怎么会在这里？"吴秉瑜抽出被紧握有点疼的手，不解地问。

曾焕乾没有回答，却接过吴秉瑜背上的包袱，挎在自己的右臂弯里，并伸出左手轻轻地牵着吴秉瑜的右手，说："走，我带你去办理注册入学手续。"

办完注册手续之后，曾焕乾又带吴秉瑜到学生宿舍，为他安排床位。然后两人一起到学生餐厅吃晚饭。晚饭后，曾焕乾对吴秉瑜说："你先回宿舍休息，今晚9点我到你宿舍看你。"

由于有同乡学友曾焕乾的热情接待陪同，初来乍到的吴秉瑜对协大没有陌生感，倒有一种朦胧的归属感。

夜晚9点准，曾焕乾前来看望吴秉瑜，说："你如果不累，现刻就到我的宿舍坐坐，如何？"吴秉瑜高兴地说声好，就跟随曾焕乾到他的宿舍去。

曾焕乾的宿舍在汉美楼，寝室较小，但也有两套上下床。此时室内无旁人，两人坐定后，曾焕乾首先回答了下午见面时吴秉瑜提出的

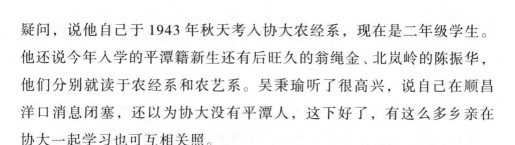

疑问，说他自己于1943年秋天考入协大农经系，现在是二年级学生。他还说今年入学的平潭籍新生还有后旺久的翁绳金、北岚岭的陈振华，他们分别就读于农经系和农艺系。吴秉瑜听了很高兴，说自己在顺昌洋口消息闭塞，还以为协大没有平潭人，这下好了，有这么多乡亲在协大一起学习也可互相关照。

曾焕乾说："是呀，一般出门在外的人都有一股乡亲情结，所谓'老乡见老乡，两眼泪汪汪'嘛。但是，老乡不能全信，老乡也会出叛徒，老乡也会出现'背后开一枪'的败类，这要引起我们共产党人和地下工作者的高度警惕。"

"你是共产党，对吗？"吴秉瑜见机小声问，他想证实社会上对曾焕乾的传闻。

曾焕乾知道吴秉瑜出身贫苦，和翁绳金一样，父母双亡，诚实可靠，是自己首先要培养教育的重点对象之一。见吴秉瑜问，他便点点头作答。接着他说："你是1920年11月11日出生，我是1920年6月19日降临人间，你我是同年，又是同乡、同学，我希望我们两人能够成为志同道合的革命同志。"见吴秉瑜只微笑不吭声，曾焕乾便笑笑问；"你愿意吗？"

"我——"吴秉瑜是位诚实的青年，一向不讲假话。他想了一下说，"我钦佩和仰慕共产党，但至今还没有人对我介绍过共产党，所以，我还没有想过自己要不要参加共产党的事。"曾焕乾听后说："你回答得很实在，我能理解，因为你还没有接触过共产党员，当然不清楚我们党和我们党领导的革命事业。那么，我今天就对你说说如何？你喜欢听吗？"吴秉瑜回答说他爱听。

曾焕乾说："我知道你很会念书，是今年协大物理系的高考状元，还是一位关心国家前途命运的爱国青年。但我不知道你对当今社会是怎么看的？你对改变当今社会现状又是怎么想的？你可以不可以对我说说？"

"可以。"吴秉瑜平时想过这些问题，便坦白地说，"我对当今社会的贫富不均、劳动人民的贫困苦难、国民党政府的腐败现象，是很不满的；对国家的前途和命运也是很担忧的。但中国的出路在何方？我却茫然不知。我想过教育救国、科学救国、道德救国，并想为之努力奋斗！"

"你同情受苦受难的劳动人民，不满腐败的国民党政府，立志改变现状，这个态度是十分可贵的。但是你所谓的'教育救国'等等想法和愿望都是不可能实现的。"曾焕乾说到这里稍稍停顿后接着说，"中国的出路在哪里？中国的出路在于革命。不推翻国民党的腐败统治，不摆脱半封建半殖民地的境况，中国是没有前途的，人民是没有幸福的。只有中国共产党领导的革命才能救中国……"

见同宿舍的同学进来，曾焕乾同其一笑后，便对吴秉瑜说："你今天刚来报到，我送你回宿舍休息。"走在路上，曾焕乾说，"今天晚上我们先谈到这里，明天晚上我们接着再谈。"

第二天晚上，曾焕乾又来找吴秉瑜谈心。时间也是晚上9时，但地点改为学校后山的一棵大榕树下，谈话的内容是接昨晚的话题。曾焕乾对吴秉瑜讲了许多国民党政府腐败和社会黑暗的具体事例，指出凡是统治阶级都不会自动退出历史舞台，只有发动广大人民群众起来革命，推翻国民党反动政府，打倒压在人民头上的帝国主义、封建主义、官僚资本主义三座大山，建立人民当家做主的新中国，社会才会进步，国家才会富强，人民才会幸福。否则，中国是没有前途的。中国只有通过革命才能得救。他强调说，面对国民党政府腐败、国家衰弱、社会穷困、人民苦难，青年人应该怀抱爱国爱民之心，担当起救国救民的责任，不能只埋头读书，不闻不管国家和人民的大事。曾焕乾之所以花两个晚上时间谈国家和社会问题，就是要引导吴秉瑜走上革命道路。

第三天晚上9时，曾焕乾再次找吴秉瑜谈心，谈的内容是中国共产党。他向吴秉瑜介绍中国共产党的纲领，讲明党的性质、任务和目标。他说，中国共产党是中国工人阶级的先锋队，也是中国各族同胞的先锋队。当前中国共产党正在发动全国劳苦大众起来革命，推翻国民党反动政府，而她的最终目标是解放全人类，在全世界实现共产主义。曾焕乾为吴秉瑜描绘了共产主义社会的美好蓝图，说那时消灭了阶级剥削和阶级压迫，消灭了城乡、工农、体力劳动和脑力劳动之间的三大差别，生产力高度发达，社会物质极大丰富，人们的觉悟极大地提高，劳动成了人们生活的第一需要，实行各尽所能，按需分配原则，人人都过上幸福美满的生活。曾焕乾说，为了实现这个人类最美好的共产主义社会，多少共产党人和革命志士，不怕艰难险阻，不怕流血牺牲，同国民党反动派恶势力，进行不屈不挠的斗争，这其中有许多可歌可泣的故事。他启发吴秉瑜积极创造条件，争取早日加入中国共产党，做一个光荣的中国共产党党员。

第四天晚上，曾焕乾对吴秉瑜谈学习理论问题。曾焕乾强调学习革命理论的重要性和必要性。他说，没有革命的理论就没有革命的行动；懂得了革命理论，就应该把它运用到革命实践中去……

曾焕乾谆谆教诲，连续4个晚上找吴秉瑜谈心，足见他对党的革命事业、对发展新党员和培养革命人才的满腔热情，也看出他对贫苦出身的高才生吴秉瑜特别器重。他认定吴秉瑜是棵好苗子，一定会成为一名优秀的革命者。

在同曾焕乾多次交谈中，吴秉瑜觉得他是一位知识面很广而又勤于思考的人。吴秉瑜听了曾焕乾4个晚上的谈话，受到启发，改变了他原来的科学救国的观念，树立了革命救国的思想，增长了革命知识，提高了阶级觉悟。他暗下决心此生一定要坚定不移地跟着中国共产党走革命道路。

后来，翁绳金和吴秉瑜两人都在各自的回忆文章中写道："是共产党员曾焕乾指引我坚定地走上革命道路的。"

第十一回　先驱牺牲乡亲难过
恶霸逃避师生欢呼

1945 年 3 月的一个下午。一个商人模样的壮年人步履匆匆地来到协和大学传达室，高声嚷嚷道："我找曾焕乾。"

"校长有令，上课时间学生不会客。"传达室依伯说。

"我是曾焕乾的哥哥，我千里迢迢从海岛平潭来到山城邵武，很不容易，我要见他。"这位壮年人固执地说。

"是他哥哥也要等下课后会见，您请坐吧！"传达室依伯知道曾焕乾是受人尊重的学生干部，很是客气地说。

这位壮年人见说，只好坐在传达室里等待，但由于过度疲劳，等着等着竟睡了过去。

下课后，翁绳金走出来，路过传达室时，看到这位正在酣睡的壮年人，不无惊讶地喊道："老七，你怎么会在这里？"

"老七"的真实姓名叫徐兴祖，1938 年参加抗日救亡活动，1939年夏天加入中国共产党，1940 年 7 月任平潭抗日游击队副队长，是一位了不起的人物。翁绳金今年 1 月寒假回乡时经曾焕乾介绍认识他。

"啊，绳金，我是专程来找焕乾的呀！"徐兴祖从睡梦中惊醒过来，抓住翁绳金的手激动地说，"你快带我去见他！"

"好，你跟我来，到他宿舍去。"翁绳金说着提起徐兴祖的包袱便朝前走。

徐兴祖跟着翁绳金来到了曾焕乾住的汉美楼宿舍。但此时曾焕乾不在房间里，翁绳金将徐兴祖的包袱放下后说："你累了，就在这里休息一下，我出去找他回来！"徐兴祖说："不，我跟你一起去找。"

翁绳金知道曾焕乾的活动规律，他带徐兴祖先到图书馆找，见曾焕乾不在，便到学校后山找。果然在后山的一株大榕树下见到正在同吴秉瑜谈话的曾焕乾。

"哇"！徐兴祖一见曾焕乾便忍不住号啕大哭起来。

"这是怎么了？"曾焕乾一头雾水，惊讶地问。

"周裕藩牺牲了！"

"啊？"犹如晴天霹雳，曾焕乾、吴秉瑜、翁绳金三人不禁都大叫一声，流下悲伤眼泪。那树上的鸟儿顿时千啁百啭，仿佛为他们的哭声伴奏哀乐。

周裕藩于 1937 年 6 月加入中国共产党。1938 年 9 月与曾焕乾一起创办平潭第一所农民夜校。1940 年 5 月任中共平潭县地下党负责人。同年 7 月与曾焕乾一起创建平潭抗日游击队，任副指挥兼队长。接着，他先后任大富民众自卫团总负责人、福长平抗日游击队队长、鼓山游击队队长兼政委、闽中沿海突击队政委等职。1943 年 6 月任中共福长平海口特委书记。他领导平潭和福清、长乐、鼓山等沿海人民，在反抗国民党反动派统治和抗日游击战争中，都做出了重要贡献。

像周裕藩这样出类拔萃的海坛革命先驱不幸英年牺牲，怎不叫曾焕乾、翁绳金、吴秉瑜、徐兴祖等革命乡亲痛惜哀哭？然而，他们个个都是刚烈的革命者，知道有战斗必然有牺牲，死人的事是经常发生的；他们更知道哭是没有用的，对于一个顶天立地的革命者，哭是不可取的。因此，他们很快便停止了哭泣。

那么，周裕藩又是怎样牺牲的呢？

收泪之后，徐兴祖择要对曾焕乾、吴秉瑜、翁绳金三人说了他所知道的周裕藩牺牲经过。

1945 年 1 月中旬，周裕藩奉闽中特委之命，负责恢复已经分散活动 10 个月的"闽中沿海突击队"，并带领刚刚集中的骨干 10 人，从长乐壶井开往长乐东洛岛活动；同时护送集结在壶井运年货的多艘平潭商船安全出港。不料商船中竟有人向平潭国民党当局告密，反共的平潭县长林荫闻讯惊恐万状，立马派遣国民党平潭自卫队的两个分队，乘坐两艘大帆船进剿东洛岛，妄图一举歼灭我游击武装。但他们哪知我突击队员个个英勇善战，神枪手队长林慕曾更是弹无虚发，只一枪便击破了敌人的一艘帆船。帆船随着狂风恶浪碰击岸礁，顿时粉身碎骨，船上敌人纷纷跳岸保命。另一艘敌帆船见势不妙，不战而逃。这场反击战，由于周裕藩、林幕曾指挥正确，反击果决，加上驻岛闽中武工队的紧密配合，前后只用一个小时，便以少胜多，取得了可喜可贺的战果。来犯的敌分队长谭龙彪和 4 名班长及其队员合计 20 余人全部放下武器，当了我们的俘虏，同时缴获机枪 1 挺、长短枪 10 多支、手榴弹和弹药好几箱。

周裕藩虽然只有 25 岁，但他已是一位文武兼备的成熟指挥员。他知道这些国民党俘虏的反动本质，特别是其中死跟林荫为恶的军官，是不会服输的。因此必须提高警惕，严格管理，加强防患和教育。他要求突击队员务必做到枪不离身，随时准备战斗。但是，东洛岛只是一个小小的岛礁，打斗起来根本没有回旋余地，一旦这些俘虏不甘心失败而群起反抗暴动，人数不足俘虏一半的我们 10 位突击队指战员，就很难制服他们。于是，周裕藩决定对这 20 多名俘虏做分别的处理。

对于敌分队长谭龙彪和 4 个班长以及所缴获的武器弹药，由武工队和突击队员王其珠于当天傍晚运送出岛交给闽中司令部。

对于余下的 10 多名士兵俘虏则集中起来进行强化教育，等待遣回平潭。

当过教员的周裕藩有理论有口才，他向俘虏兵讲解共产党的政治主张和阶级斗争学说。俘虏们听了无不鼓掌表示拥护。这难免给周裕藩产生些许错觉，以为国民党下层士兵都是来自贫苦百姓，只要加以启发教育，便可提高他们的阶级觉悟，成为我们的战士。因此，多少有些放松警惕，没有及时采取更加有效的防患措施。他根据我党优待俘虏的政策，没有将他们捆绑羁押，还安排他们食宿。由于岛上常住人员极少，没有像样的房屋建筑，只有一座两层的渔寮和一个在澳口的炮楼，只好安排他们住在和突击队员同一座的渔寮里。其实，这些俘虏兵都是林荫的嫡系人马，大多数是林荫的心腹亲信，同林荫个人都有千丝万缕的关系，都得到林荫的小恩小惠，无不对其主子忠心跟随，不同于从各地基层群众中抓来的普通壮丁，不可能经过一次和风细雨的思想教育就改变其政治立场。结果，这些俘虏兵乘我防守不备，暗中勾结岛上渔霸陈乌哥，发起了一场有预谋的复仇暴动……

那是 1945 年 2 月 1 日中午，周裕藩和林慕曾、周述銮、林秋桂等 4 人到山上瞭望有无平潭来往的船只经过，回来后正要把俘虏分散开进行监管，不料渔霸陈乌哥却热情地拉着他们到餐厅吃海鲜煮米粉，说是为了慰劳答谢劳苦功高的沿海突击队。当周裕藩等 4 人走进餐厅（兼厨房）时，已坐在那里等候的 10 多个俘虏站起来热烈鼓掌，再次表示感谢突击队对他们的不杀之恩。在吃米粉时，陈乌哥还殷勤地分送香烟。周裕藩虽然烟瘾很大，但见陈乌哥有点异常，没有接烟，而是边吃边思考如何应变。林慕曾已经吃饱了，他接过香烟想抽，摸一下身上口袋里没有火柴，忽见灶中有炭火，便走至灶口伏下头取火点烟。他正想站起来美美地抽一口烟，缓解这几天的疲惫，突然一个从背后袭来的懵拳将他击昏倒地。

几乎是同时，还在吃米粉的周裕藩也被一个暗拳猛击。被猛击的他并没有昏迷倒下，而是拔出手枪准备反击，但由于子弹来不及上膛，只好徒手与敌搏斗。敌号兵陈维雄看到周裕藩越斗越勇，连连击倒几个顽敌，就从背后搬起松木长椅向他头部飞砸过去，使他头破血流，趔趔趄趄倒地。狠毒的陈维雄见倒地的周裕藩正顽强地跃起，便向他打出两发罪恶的子弹，导致 25 岁的海坛革命先驱周裕藩同志壮烈牺牲。

周述銮、林秋桂见状早已拔出手枪，但都还来不及把子弹推上膛，就遭到袭击。他们只好赤手空拳与 10 多名眼红的俘虏搏斗。由于寡不敌众，他们二人都被击成重伤跌倒在地，再也无法爬起来反抗。后来，他俩和被击昏未醒的队长林慕曾都被早有分工的 3 组俘虏捆绑结实。守卫在澳口的其他 5 位突击队员，不知厨房里发生俘虏暴动之事，没有防备，来不及反抗，也相继被捕。

这 8 位反胜为败的突击队同志成了俘虏的俘虏，像 8 只待宰的羔羊，被绑着吊起来挂在渔寮的高高横梁上，整整苦熬了 4 个昼夜。

2 月 5 日，这 8 位反胜为败的同志被押回平潭，投入国民党潭城大牢。其中，林慕曾、李增喜、洪剑生等 3 位平潭籍的共产党员于 2 月 7 日被林荫杀害。

2 月 7 日凌晨，林慕曾得知自己将要被杀害后，挥笔写下一幅挽词："杀首足千秋，黄炎民族应有恨；伤心唯一事，白发老母更何依。"临刑前，他将身上大衣脱下送给难友御寒，并鼓励同志们继续战斗，随后昂首挺胸走向刑场，英勇就义，年仅 31 岁。

他们的壮烈牺牲，使沿海突击队从此解体。而周裕藩的牺牲，使徐兴祖等平潭地下党员断了与闽中党的组织关系，成了断联的地下共产党员……

听了徐兴祖的一席介绍，大家都不免唏嘘叹息，感慨万千。曾焕乾听后说："烈士的鲜血是不会白流的，断联的地下共产党员可以由我来继续。"

于是，曾焕乾为徐兴祖办理了重新入党的手续，使他成了在曾焕乾直接领导下的一名地下党员骨干，继续为推翻国民党反动统治建立新中国而艰苦奋斗。

　　徐兴祖本来是 1939 年夏天由平潭地下党负责人周裕藩介绍并批准加入中国共产党的。但由于周裕藩牺牲，他与党组织断联了。这样，他长达 6 年的党龄不被承认，给他本人带来了一个遗憾。

　　据吴秉瑜后来回忆，当时曾焕乾就此事曾对吴秉瑜和翁绳金两人说："像徐兴祖同志这样的遗憾，不只他一个人。在特殊的环境下，地下革命者多为单线联系，发展党员只是秘密地个别办理入党手续，并没有留下书面的档案资料。如果没有了上线领导，没有了入党介绍人，用什么证明谁是共产党员呢？不过，革命不分先后，入党不在迟早，作为一个真正的共产党员，个人的荣枯宠辱不必介意，在乎的是党的事业和本人对党对革命的贡献。"

　　次日，由周裕藩介绍入党的林正纪也专程来邵武协大找曾焕乾办理重新入党手续。

　　曾焕乾在邵武城郊居民区租一个小房间给徐兴祖、林正纪两人临时居住，派吴秉瑜负责两人的生活供应，并负责辅导他们学习艾思奇《大众哲学》。不久，因协大学生开展斗恶霸打土豪运动，邵武县城实行戒严，到处抓捕可疑的外来人。曾焕乾为了他们的安全，派吴秉瑜安排徐兴祖、林正纪两人立即离开邵武。

　　1945 年 3 月的另一天午后，一架美国飞机因缺油和机械发生故障被迫降落在邵武城郊，许多协大学生闻讯纷纷跑去观看。有一位协大同学由于好奇从地上捡起飞机掉下的几颗子弹壳和一个小零件玩赏，不料被在场的姚姓恶霸谩骂侮辱，并强行从其手中抢夺过去。同学们见状十分不满，忍不住对他理论一番，要他退还被抢夺的弹壳和小零件。但这位姚姓恶霸不但不肯归还，还将那位同学打伤。这就引起在场的协大同学的更大气愤。他们愤愤不平，奔走相告，提出要找姚姓恶霸算账，以维护协大学生的尊严。

　　曾焕乾早就知道这位曾任邵武县长、今为县参议长的姚姓恶霸的种种恶行，现在又见群情振奋，斗志昂扬，认为这是发动群众开展反霸斗争的良好时机。于是，他挺身而出，站出来高声号召大家："我们到姚姓恶霸家算账去！"说着，他就带领一大批身强力壮，敢于拼搏，富有正义感的同学，奔向姚家。

姚姓恶霸见大队学生奔向他家，就把大门紧闭起来，并派他家的爪牙卫队，荷枪实弹，站在大门两侧把守，不让学生们接近。曾焕乾见状，立即奔到没有姚家爪牙把守的围墙东边，率先跃上围墙的上头，招呼多位身强力壮的同学翻墙而进。那个曾经不可一世、一贯欺压群众的姚姓恶霸见有愤怒的学生已经越墙进宅，吓得魂飞魄散，赶忙带着一家男女狼狈地从后门急急逃避而去。已经进屋的学生，有的动手捣毁了他家的锅灶，有的打砸了其厅堂里的器物，有的则把堵塞在大门内的石板搬开，使大门敞开，让全部到场的同学都进入姚家。

见姚姓恶霸已经潜逃，有几个同学提出乘胜追击。但曾焕乾考虑到对邵武的社会情况还不甚了解，这次斗霸也没有作充分的准备，便通知大家收兵，不要追击，尽速退出姚家，撤回学校，以免遭到报复。

一回到学校，曾焕乾就叫人把学校大门关闭起来。同时把前往姚家算账回来的同学集中在一起，表扬大家主持正义敢于反霸的斗争精神，告诉大家必须提高警惕，千万不能因胜利冲昏了头脑而麻痹大意。他立即组织一批身强力壮、敢于斗争的同学，备好棍棒、石头、石灰等自卫器具，轮流值班，把守大门，以防姚姓恶霸来校反扑袭击。

接着，曾焕乾召集何友礼、陈世民、翁绳金、吴秉瑜、黄猷、鲍良钰、姚兆民等学生骨干开会，共同商讨应该采取哪些有效措施，做好善后工作。曾焕乾根据大家讨论的意见归纳为四条策略性的措施。

第一，要大造舆论，争取社会舆论同情。要通过出墙报、发传单、贴标语，揭露姚姓恶霸欺凌学生的无礼行径，让社会各界人士都知道学生打土豪斗恶霸是出于义愤，使国民党政府找不到出来干预和镇压的口实。

第二，要缩小打击面，孤立一个人。舆论宣传和斗争行动都只局限在姚姓恶霸一个人身上，彻底把他孤立起来，以防邵武土豪劣绅联合起来同我协大学生作对。

第三，要争取政府官员同情。布置与邵武县政府官员有亲戚朋友关系的同学，回去向他们做工作。邵武现任县长姓林，是福清人，此君颇重乡情，就派几位福清籍的同学前去拜访他，向他说明学生是出于义愤才对姚姓恶霸进行说理斗争，使他和政府官员同情并支持同学的正义行动。

第四，要做好保卫工作，防止恶霸来校抓人。组织一部分身强力壮、勇敢可靠的同学，各备棍棒、刀剑、石头，组成自卫队，看守大门和校园。

由于曾焕乾在斗争中讲究策略，采取了得当有效的措施，他的战友们、同学们齐心协力，分工合作，从而防止了可能发生的恶霸报复反扑事件，没有带来负面的影响。

因此，这场打土豪斗恶霸的正义斗争取得了全胜。协和大学顿时正气上升，正义师生欢天喜地，欢呼胜利；周边群众拍手称快，大长了人民群众的志气，大扫了土豪恶霸的威风。

第十二回　闹罢课协大受表彰
庆胜利恋人献初吻

　　1945 年 6 月。那时节，在邵武的协大女生宿舍，有一个小会客室，本来是男女同学活动和聚会的场所。而学校女生指导员，却把它强行占用作为自己的个人寝室，使男女同学之间的联络交往失去场所，很不方便。同学们对此意见纷纷，开头由马玉銮等女生代表与指导员协商，要求收回会客室，但遭到女生指导员的拒绝。接着，马玉銮和郭可禾等 8 位女同学联名写"呼吁书"，请求学校领导出面帮助解决，但校方却一再压制，长时间不给解决，广大男女同学对此十分不满，议论沸沸扬扬。

　　曾焕乾认为这又是一个战机，便打算在协大校内开展一场争取民主自由的罢课运动。他首先找翁绳金、吴秉瑜等几位较为知心的同学个别商量；接着，他召集何友礼、黄猷、陈世民、翁绳金、吴秉瑜、鲍良钰、姚兆民、马玉銮等学生骨干开会。他对大家说：

　　"今年 3 月，我们发动同学向校外的土豪恶霸进行斗争取得了巨大胜利，大大激发了广大同学参与现实政治斗争的热情。这种热情非常宝贵，我们要加以发扬光大。现在，学校内部反动势力活动非常猖獗，协大的三青团、明志社、训导处在国民党闽北'绥靖区'的指使下，沆瀣一气，妄图迫害进步学生。他们还挑拨闽南、福州两大语系同学之间的关系，造成同学间不团结，严重影响学习。在此严峻形势下，我们要利用女生宿舍会客室事件，举行罢课，在校内开展一场争取民主自由的学生运动，以达到打击校内反动势力，壮大进步力量的目的。

"那么，这场运动应该如何开展呢？我提两条意见，一是请学生自治会主席郭可禾主持召开全校学生大会，发表慷慨激昂的演说，指出学校压制民主的种种行径，宣布全校进行罢课斗争。二是组织力量暗中监视三青团、明志社、训导处，防止反动势力破坏。"

大家听后都表示赞同曾焕乾的意见，一致拥护举行全校罢课斗争。

于是，一场空前的全校性罢课开始了。

罢课后，教室里没有人，只见操场上有这一堆那一群学生，他们或举行演讲，或表演评话，或打扑克，全校乱糟糟的，就像一锅刚刚煮滚的粥。

学生罢课威力大，对学校的压力也大，只罢课一天，协大校长就沉不住气，当晚就把他的训导主任叫去商量对策。校长听了训导主任的汇报后暴跳如雷，他气急败坏地对训导主任下命令："谁是这次罢课运动的主帅？谁是罢课运动的干将？究竟是谁策划的？你们给我查清楚，抓起来送给县里严处！"

"我们已经查过了，学生说没有主帅，也没有干将，也没人事先策划，是大家自发自愿的。"训导主任说。

"没有主帅，没有干将，没有人策划，他们怎么敢罢课？他们怎么闹得起来？"校长依然气呼呼地说。

"他们说……说是校长逼他们罢课的。"训导主任诚恐诚惶地回答。

"胡扯蛋！我什么时候逼他们罢课？"校长恼羞成怒，口吐脏话。

"是的，我也这样问他们：'我们校长什么时候逼你们罢课？'但他们说，因为校长一再压制学生要求，不把女生会客室退还，他们事出无奈，不得不举行罢课。"训导主任反过来劝校长道，"校长，为了平息罢课风波，以卑职之见，还是把女生会客室恢复了吧！"

校长沉吟良久，方道："你叫他们派代表来谈判！"

于是，曾焕乾派出黄猷、翁绳金、郭可禾等 3 人为谈判代表，和校方坐下来进行谈判。谈判的过程也是学生代表同校方说理斗争的过程。谈判连续 5 天，罢课持续 6 天，校方被迫全部答应学生的要求。

这场在校内开展的民主自由运动又取得了全胜。这一胜利，使同学们认识到团结就是力量，只要团结起来争取民主进行斗争，就会胜利，从而消除了福州语系和闽南语系的学生间长期不团结现象。从此，协大出现了新局面，进步力量占了上风。接着，乘胜前进，改选了学生自治会，黄猷当选学生自治会主席，把领导权掌握在党领导的地下革命者手中。

中共福建省委书记曾镜冰了解协大开展民主运动的详细情况后，非常高兴。他表扬说："协大是福建学运的民主堡垒。"接着，他又说，"而领导这个民主堡垒的学生领袖是曾焕乾。曾焕乾可以领导全省学运。"

1945 年 8 月 15 日，日本天皇向全世界广播宣布，日本无条件投降。中国人民抗日战争取得了伟大胜利，全国人民无不沉浸在胜利的喜悦中。

然而，马玉銮这几天却心猿意马，开心不起来。眼看自己大学将要毕业了，有个男生寄给她的求爱信像雪片似的飞到她的案头，而自己的心上人曾焕乾却迟迟不肯表态，这使她寝食难安。

此时，她躺在邵武协大女生宿舍的床铺上，回想着一年前的事。

那是 1944 年 7 月 5 日下午 3 时，一位手执大学毕业文凭的青年学生喜滋滋地步出校长室，然后下了楼梯，拐一个弯，便急匆匆地走在铺满璀璨阳光的校道上。

他就是曾焕乾的好友郑公盾。他因为是从广西大学转学来的，所以在协和大学只念了一年半就毕了业。明天上午，他就要离开学校，离开山城邵武，赴闽北某县城做中学教员去了。

郑公盾正快步走着，忽然从路旁树下闪出一位女生，笑着对他说：

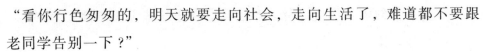

"看你行色匆匆的，明天就要走向社会，走向生活了，难道都不要跟老同学告别一下？"

"哎呀，玉銮，我走得这么急，正是为了去找你啊！"郑公盾站着对马玉銮做个鬼脸，笑道，"我有话对你说呢。"

"真的吗？"

"我何时骗过你？"

"不骗就好。"马玉銮道，"你有话就快说吧！"

"昨天夜里，我和曾焕乾长谈心曲，直谈至雄鸡报晓方休止。"

"你们是多年挚友，现在就要分手了，自然有讲不完的话，但不知你们男同学在背地里都喜欢谈些什么？"

"我们谈全国政局，也谈校内形势；谈革命理想，也谈男女爱情；谈我，谈他，也谈你——"

"谈我什么？"马玉銮急切地问。

"谈你马玉銮暗恋曾焕乾。"

"你胡说。"马玉銮羞得无地自容，欲转身跑开。

"你别跑。"郑公盾装着生气的样子，严肃地道，"我好心要成全你们的好事，你却骂我胡说。我胡说过吗？真是狗咬吕洞宾，不识好人心。你平时欣赏他、赞扬他、喜欢他、爱慕他，你眉梢眼角唇畔挂着的都是曾焕乾，难道会瞒得过我郑公盾的火眼金睛吗？"

马玉銮回过头静静地听着。许久，她方说："人贵有自知之明。你知道，他是那么优秀，那么出类拔萃，而我呢？那里配得上他呀？他又怎么会看上我呢？因此，他虽然给我留下良好印象，但我不敢有非分之想。"马玉銮说完背过脸去，拿起香帕擦眼睛，显然她伤心落泪了。

"你太过谦虚了，玉銮！"郑公盾如实地说，"昨夜，我对曾焕乾说起你对他有点爱慕意思之事时，他听后说，你是大城市富贵人家的美丽小姐，他是小岛贫苦农民出身的粗俗青年，而且他比你还低一年级，深感他自己配不上你呢！"

"这是他的婉言谢绝之辞。难道我会在乎这些无关紧要之事吗？"马玉銮平静地说。

"我知道你不在乎这些，昨夜我都替你解释了。"郑公盾接着道，"今夜，曾焕乾要在学校后山脚下煮一锅牛肉米粉，为我践行，请你陪我一道参加。"

马玉銮想了想，道："这不行，我不去！"

"为什么？"郑公盾不解。

"他欢送你，又没有请我。我去不伦不类的，很不合适。"

"你错了，玉銮，"郑公盾道，"明天我就走了，从明天起，我就不能当你们之间的爱情交通了。今晚是个好机会，我把你介绍给他，托付给他，让你们两人自己常来常往，携手培育友谊之花，联袂喜结爱情之果，这不好吗？"

马玉銮想想觉得郑公盾说得有理，便答应说："那好，我去。但我要带一位女同学跟我一起去，免得初次在一起尴尬。可以吗？你这个大好人！"马玉銮说完对他深情一笑。

"可以，当然可以！"郑公盾不加思索地答应着，然后抬抬手，笑着道，"今夜在后山山脚相见！"

……

自从一年前那夜，在后山山脚郑公盾把马玉銮介绍给曾焕乾相见之后，他们之间的来往频率与日俱增，越来越频繁了。然而，一年过去，已是 1945 年 8 月底了，他们无数次在一起学习马列主义，谈协大的革命斗争，谈双方的父母兄弟，就是没有谈及"爱情"。

这使马玉銮心里很是着急，着急得连续好几夜睡不着。

着急的缘由之一，是班上有个条件很好的男生向她求爱，写了好几封信，逼着她表态；着急的缘由之二，是她对曾焕乾摸不着，猜不准。

此时，躺在床上睡不着的马玉銮反复地问自己：他究竟是爱我，还是不爱我？如果说他不爱我，为什么同我在一起便有说有笑，很是开心

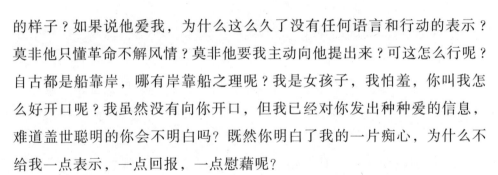

的样子？如果说他爱我，为什么这么久了没有任何语言和行动的表示？莫非他只懂革命不解风情？莫非他要我主动向他提出来？可这怎么行呢？自古都是船靠岸，哪有岸靠船之理呢？我是女孩子，我怕羞，你叫我怎么好开口呢？我虽然没有向你开口，但我已经对你发出种种爱的信息，难道盖世聪明的你会不明白吗？既然你明白了我的一片痴心，为什么不给我一点表示，一点回报，一点慰藉呢？

马玉銮想到这里，反问到这里，一个念头陡地从心中升起：为了自己一生的幸福，为了缓解自己的单恋之苦，我应该打破常规，主动向他开口。

马玉銮是位有魄力有主见的女孩子，她的决心一下，就头也不回地走到底。

这是一个周日的下午，马玉銮主动约曾焕乾到溪边谈话，曾焕乾准时赴约。一见面，曾焕乾便关切地问马玉銮："你约我出来有事吗？"

"没有事就不能约你出来吗？"马玉銮生气地反唇相讥。

"我不是这个意思，我是说……"

"你什么也别说。"马玉銮打断曾焕乾的话，严肃地说，"我今天想问你一个问题，你回答不回答我？"

"回答！"曾焕乾深情地看一眼马玉銮，觉得她今天凶巴巴的，好像变了一个人。

"我这里有一封信，是班上一个男同学写给我的，你想不想看？"马玉銮从身上拿出一封信在曾焕乾面前扬了扬。

"这是你们之间的私信，我没有窥私癖，不想看。"曾焕乾摇摇头说。

"如果我一定要你看呢？"

"那就另当别论了。"曾焕乾笑笑说。

"谢谢你这一句话。"马玉銮将信递在曾焕乾手上，说，"我一定要你看。"

曾焕乾拗不过，只好展开信笺，浏览了一下。不知怎的，只看几行，他的心里，便微微掠过一丝失望。

原来这是一封求爱信，是同班一个男同学写给马玉銮的，信的话语情深意切，很是感人，介绍他自己的情况也实事求是，并无浮夸不实之词。这个男同学曾焕乾认识，他是福州人，家庭富裕，思想进步，书念不错，人也长得很帅，和马玉銮倒是顶般配。曾焕乾看完信，深思半晌，方勉强地笑道："玉銮，我祝福你！"

"祝福我什么？"马玉銮反问。

"这一封信呀！"

"这封信值得你祝福吗？"马玉銮夺过信笺，哗哗哗，撕得粉碎，随手扔进溪中，"我才不要他呢！"

"那你要谁呢？"

"我，我——我要你！"马玉銮终于勇敢地说出口。说出口之后，她顿时脸飞红霞，仰着头含情脉脉地看着他，等待他的拥吻。

此时，曾焕乾心中怦然一跳，也喜之不禁。他本想将这位小巧玲珑的身躯拥入怀里，然后，再亲一下她那春天般美丽的笑靥。可是，他经过一番心灵的挣扎，终于没有伸出手来，只悠悠地连声道："我不行，我不行。"

"啊！"马玉銮没想到自己放下少女的自尊和矜持，主动向他求爱，却遭到他的无端拒绝，顿时头嗡一声惊呆过去。待清醒过来之后，她觉得羞愧难当，进而觉得做人没有什么意思，便向河溪奔去……

"马玉銮，你回来！"曾焕乾跑得快，只紧跑几步，便超越过马玉銮，回过身挡住她，道，"我话还没有说完，你跑什么呢？"

"好，你说吧，我听着呢！"马玉銮冷静地站着听。

"为了人类最美好的共产主义事业，为了解放劳苦大众，我随时准备牺牲自己的生命。我怕你嫁给我受连累，没有好结局。"曾焕乾说了心里话。

然而，马玉銮听了却不是滋味，她"哼"一声冷笑道："就你革命，在这革命年代，难道我马玉銮就没有随时为国捐躯的思想准备吗？你还顾虑什么呢？"

"你——你真好！"曾焕乾顿悟过来，情不自禁地将马玉銮拥入宽大的怀抱中。

"你真坏，呜……"马玉銮娇嗔地说着便小鸟依人般伏在他的怀中哭了，哽咽说，"你害我想得好苦哇！"

"我心里何尝不苦呢！"曾焕乾终于紧紧地拥抱着马玉銮，激情地接受着她献给他的甜蜜初吻。

第十三回　领导接见担任要职
同学游湖策划办会

　　抗日战争胜利之后，随着国民党福建省政府由永安迁回福州，协和大学也于 1945 年 10 月从邵武搬回福州魁岐原址。但由于校舍需要较大的修缮，协和大学一时还不能上课。马玉銮便乘隙把曾焕乾携带回家，让刚从上海回榕探亲的父亲马杰义和亲戚们一睹其未婚夫的风采。

　　这是 1945 年 10 月的一个傍晚，曾焕乾正在客厅里同未来泰山马杰义、未婚妻马玉銮拉家常，忽见一个十五六岁的少女闯进门来。

　　"你找谁？"马玉銮问少女。

　　少女细细地看了曾焕乾一眼后，用小手指之，答道："我找他！"

　　"你找他何事？"玉銮感到蹊跷。

　　"我的两位堂兄请他马上到我们家，有要事商议。"少女涨红脸说。

　　"你的两位堂兄是谁？"马玉銮又问。

　　"何友礼、何友于。"少女答道。

　　"你就是何友芬，对吗？"马玉銮明白了，笑着问。

　　"对，何友芬正是我。"何友芬羞涩地点点头。

　　何友礼、何友于兄弟家称为何厝里，位于商贾云集的福州台江上下杭街区。前门是十间角 2 号，后门可通上杭街 19 号。它是一座巨型大合院，结构复杂，规模庞大，5 天井，5 进厅，多侧房，楼上有阁楼，谁也数不清有多少个房间；房前、屋后皆为大街，左右侧俱有四通八达的小街弄，爬上天窗在屋顶还可以走人，进退隐蔽，十分方便，是个最理想的地下党活动据点。

曾焕乾随何友芬步入大合院，宛然进了迷宫，七拐八弯的，上了大楼梯后还要下个小楼梯，终于来到了一个颇为亮敞的客厅。早在客厅里等候的何友礼、何友于兄弟闻声同时站起来，一人紧握着曾焕乾的一边手，以示热烈的欢迎。

一阵寒暄之后，何友礼说："今天之所以请你来，是因为有一位重要领导想见你。"

"哪一个重要领导？"曾焕乾急切地问。

"焕乾兄，我们分别一年多，今天终于又见面了。"未等何友礼回答，李铁已经走进来，边说边同曾焕乾亲切握手。

"原来是李老师！"曾焕乾坐下来后，关切地问，"这一年多，您一切都好吗？"

"好，一切都好！"李铁兴奋地说，"自从去年（1944 年）8 月离开邵武之后，我便被省委派往南平、古田和闽东一带协助工作；今年暑假期间来到福州，巧遇奉命来榕开展城市工作的庄征。经他请示省委同意，我便留下来协助他联系过去隐蔽下来的党员，开展发展组织、建立据点、筹集经费等项工作。今年 8 月，省委根据抗战胜利后的新形势，在闽侯县一个山头的石洞里秘密召开积极分子会议，宣布成立中共闽江工委，庄征任闽江工委书记，我为委员兼组织部长。为了加强对学校党组织和学生运动的领导，闽江工委决定成立学生工作委员会（简称学委），书记曾焕乾，组织委员何友于，宣传委员何友礼。"李铁说到这里停了停，接着严肃地问，"曾焕乾同志，省委和江委两级领导对你都很器重，很信任，破格重用你，让你担任要职，但不知你个人有否意见？"

"我无条件服从组织分配，没有任何意见。"曾焕乾站起来庄严地表态。

"没有意见就好！"李铁接着说，"我今天要同你说的话就这些。现在，有一位重要领导想见你！"

"什么？"曾焕乾一头雾水，心里嘀咕，刚才何有礼说有一位重要领导想见我，难道不就是您李铁同志吗？

"曾焕乾同志，我是说有一位重要领导想见你，你稍等！"李铁强调说。

"我不是领导，更不是重要领导；只是同志，而且——"曾焕乾还在发呆，一位穿着光鲜长袍的壮年人风度翩翩地步进来，微笑着说，"还是同乡！"

"同乡？"曾焕乾有点茫然。

"你是平潭人，我是莆田人，咱们都是东南沿海人，难道不是同乡吗？哈哈哈！"

"他就是闽江工委书记庄征同志！"李铁在一旁介绍。

"啊！庄书记！"曾焕乾又惊又喜，心里道，"果然是重要领导。"

"曾焕乾同志，我们虽然素未谋面，但两年前我在邵武时就知道你。李铁常说你是一位不可多得的人才，不但可以出相，而且可以拜帅，能够独当一个方面军的领导工作，所以江委一致赞成你出任学委书记。不过，学委的工作任务很重，没有全身心投入，是无法完成的。因此，江委要你本着'革命第一、学业第二'的原则，自现在起便从协大脱产出来，同我们一样当一个职业革命家，专门从事党的地下工作。不知你是同意，还是不同意？"

"同意。"曾焕乾不加思索地高声回答。他入党时就做好了一切服从组织决定的思想准备，哪怕是上刀山下火海也在所不辞，何况只是放弃学业！

"回答得很干脆！"庄征站起来，边走边说，"现在有一位重要领导想见你，我出去陪同他进来。"

"重要领导？"曾焕乾见说又是一愕，心里暗忖道，"庄征已是一级党委的重要领导，而庄征口中说的需要由他陪同的重要领导就非省委领导莫属了。"

仿佛事先为曾焕乾会见领导排好队，只一瞬间，庄征便领着一个陌生人走进来。

这位陌生人年纪三十三四岁，身材短小瘦削，头顶黑色礼帽，身着青灰色长袍，鼻梁上架着一副金边近视眼镜，两只手的中指皆戴着超重的金戒指，倒是很像一位大商人。

"这位是我们公司的大老板。"庄征指着陌生人向曾焕乾介绍。

"岂敢，岂敢。"陌生人瞅庄征一眼，便向曾焕乾抱拳作揖道，"幸会，幸会。"

如坠五里云雾里之中的曾焕乾有点不知所措。但出于礼貌，他也只好跟着抱拳作揖："幸会，幸会。"

"你就是曾焕乾同志？"陌生人坐下后问。

"是的。"曾焕乾点头回答后，也鼓起勇气问，"您是——"

"我就是曾镜冰嘛！"

"啊！曾同志，久仰久仰！"曾焕乾有点受宠若惊，激动地说。

"李铁常对我说，他发展的一个学生党员名叫曾焕乾，是一位少见的文武全才。老实说，我开头很不以为然，总以为惺惺惜惺惺，大学生爱大学生，他难免有偏爱之嫌。但后来许多人都这样对我说，我就不得不相信了。特别是听了协和大学近两年学生运动的情况汇报，我虽然未同你谋面，却已经对你刮目相看了。而今天一见，看到你清秀又和善的眉目之间所透露出的一股卓尔不群的勇武而又睿智的气运，更觉得你名不虚传。"曾镜冰同志喝一口茶后，接着说，"我在许多场合都说过，协大是一座民主堡垒，而创建这座民主堡垒的学生领袖就是曾焕乾。曾焕乾可以领导全省学生运动。"

"不，不敢。"曾焕乾见说直摇头，但他心里像有一道和煦的春风吹过。人皆喜欢受赞扬，不喜欢挨批评，从3岁童稚小孩到90岁耄耋老人，无不如此。即使是谦虚谨慎的曾焕乾也不完全例外。他虽然一再叮嘱自己要把名利看得淡一些，但到底不能做到淡忘的地步。他虽然平时做了许多好事，从来不喜欢自己说，然而，今天受到省委主要领导的当面夸奖，他心中也觉得甜丝丝的。不过，他很快地就惊醒过来，忙道："那是省委正确领导和同学们共同努力的结果。"

曾镜冰听了点点头，心想还是学生出身的知识分子党员通情达理，他们文化水平高，接受马列主义快；他们工作能力强，能够胜任组织领导工作。于是，他睃巡一遍客厅内的庄征、李铁、曾焕乾、何友礼和何友于等人之后，便感慨地道："积我18年的革命实践经验，深深认识到正确对待知识分子，是革命胜利的重要条件之一；没有知识分子的参加，革命的胜利是不可能的。在座大家都是接受了马列主义真理的优秀知识分子。我相信，有你们这班人主持，闽江学委以至整个闽江工委的工作，都会做得既扎扎实实又有声有色。"

庄征见说赶忙表态："闽江工委一定不辜负省委领导的期望。"

已是1945年11月。11月的福州城，依然秋高气爽，黄花遍地，丹桂飘香。这日午后，双双坠入爱河的曾焕乾和马玉銮手牵着手，走过铺满温柔阳光的通湖大路，步入风景旖旎的西湖公园，来到了园内临水一块在密簇簇柳枝掩映下的短石凳处相依相偎地坐着谈话。

马玉銮触景生情地说道："有人说，七溜八溜，不抵福州。我看这话说得多少有些道理，依闽江临东海的省城福州，毕竟比内陆县镇景色秀丽，繁华热闹。"曾焕乾也感慨地说道："谁说不是啊？中国城乡差别确实太大了，贫富悬殊更是厉害。所以我们共产党人要起来闹革命，推翻三座大山，逐步实现共产主义，彻底消灭工农之间、城乡之间、脑力劳动和体力劳动之间的三大差别。"马玉銮憧憬地问："何时才能实现人类最美好的共产主义社会呢？我们能活到那一天吗？"曾焕乾说："实现共产主义的具体时间现在还不好测算。但是，根据人类社会发展规律，共产主义一定会在全世界取得伟大胜利。这是我们共产党人坚定不移的信念，树立了这个信念，人就会变得大无畏，吃苦不怕，委屈不怕，杀头不怕。生命对每个人都只有一次，一个人连杀头都不怕，还怕什么呢？"曾焕乾停了停，又说："也许我们自己看不到共产主义，但是，我们的儿子……"马玉銮见说，心中忽然怦怦跳了几下，脸红地轻声问："我们的儿子？"曾焕乾说："是的，我们的儿子，或者孙子，或者曾孙子、玄孙子总会看到的。我们今天之所以提着脑袋干革命，正是为了我们的子孙后代可以过上好日子呀！"

曾焕乾说到这里，忽然站起来，看了看周围，喃喃自语地道："他们怎么还不来呢？"马玉銮惊奇地问："他们是谁呀？"曾焕乾坐下来回答："翁绳金和吴秉瑜。"

马玉銮恍然大悟。她知道，受到福建省委和闽江工委领导充分赏识、高度信任和破格重用的心上人曾焕乾当上闽江学委书记之后，一天也没有闲过。他知道自己肩膀上担子的分量，连日来，他加班加点，三易其稿，起草了一份非常周全详细的"闽江学委工作计划"，上报给闽江工委，很快就获得庄征等闽江工委领导的批准。现在，他正按照计划逐项组织实施。因此，他今天约我来西湖并不是二人游，而是要同另外两位协大同乡同学商量实施细则。

"哎哟！"在一旁沉思的马玉銮突然惊叫一声。

"怎么回事？"曾焕乾惊问。

马玉銮说："石凳本来就太短，坐二人已经很勉强，而你又一直往我这边挤，挤得我险些跌倒！"

"真对不起，我不是故意的，来，你坐过来一点。"曾焕乾动情地说，"你干脆坐在我这里。"

马玉銮见说便坐在曾焕乾拱起的膝盖上。她仰着脸，眸子如湖水般清澈，等盼着他的热吻。

正在这当儿，一阵细细的嘻嘻嬉笑声，突然从柳树后隐隐约约地传来，耳尖的马玉銮顿时羞得"啊"一声从曾焕乾的膝盖上弹跳起来。曾焕乾不解地问："怎么啦？"马玉銮红着脸小声说："他们来了！"。

"翁绳金、吴秉瑜，你们二位几时到的？既然到了怎么不叫一声？却鬼鬼祟祟地躲在树后干什么？"曾焕乾站出来笑着问。

"我们想看一幕真人真事的爱情剧，生怕喊出声惊跑了剧中人看不成，哈哈哈！"翁绳金大笑着说。

"男大当婚，女大当嫁，自古以来皆然。"曾焕乾反戈一击，道："翁绳金今年28，吴秉瑜今年也已26，都是到了该找另一半的年龄了，我叫玉銮明天替你们一人介绍一个女大学生如何？"

"此事不敢从命。"吴秉瑜摇头摆脑地说。

"此事岂可别人代劳？"翁绳金也一口回绝。

"既然如此，我就不瞎操心了！"曾焕乾接着挥手道，"现在，我们一起划船去。"

4人上了船，曾焕乾在船后划桨，翁绳金在船前提一支竹篙点水，船便咿咿呀呀地犁开碧水驶进了广阔的湖中央。

翁绳金看一眼自己手中的竹篙，笑道："我出一个民间谜语给大家猜如何？"

"好哇！"马玉銮首先响应。

"在娘家青枝绿叶，到婆家面黄肌瘦；不提起倒也罢了，一提起泪洒江河。"翁绳金念完谜面后道，"打一物。"

"我知道谜底了。"马玉銮说。

"是什么？"翁绳金问。

"就是你此刻抓在手中的竹篙呀。"马玉銮手一指问："对不对？"

"给你猜着了。"翁绳金承认。

　　"这既是一首控诉封建礼教对妇女摧残迫害的好诗，又是一则形象生动的谜语。想不到翁绳金还有这一手。"曾焕乾说后问道，"我也出一则谜语给大家猜猜如何？"大家当然都赞成。曾焕乾朗朗道，"千锤万凿出深山，烈火焚烧若等闲。粉身碎骨浑不怕，要留清白在人间！"曾焕乾一朗诵完这首谜诗，大家便争先恐后猜出谜底："石灰，石灰！"

　　"对。"曾焕乾语重心长地说，"这是一首歌颂革命者英雄气节的妙诗佳谜。它同文天祥说的'人生自古谁无死，留取丹心照汗青'是一脉相承的。我常常被这两首诗感动得夜不能寐。"

　　过一会儿，曾焕乾又说，"我还常常想，我们从平潭岛走出来的'海山哥'、革命者，应该有我们平潭海岛的精神，那就是在惊涛骇浪中找生活的拼搏精神；那就是大海般的宽广胸怀，那就是石牌洋似的坚定立场。"

　　大家见说都不作声，但心中如波涛翻滚，激动异常。激动之后，都默默记住曾焕乾这一节犹如醍醐灌顶的话。

　　见周边无别的游船，曾焕乾便抓紧时间开会。他说：

　　"今天我请你们3位革命者来开会，一是介绍闽江工委的简要情况；二是共同策划创办平潭旅外同学会的有关问题。

　　"现在我先讲闽江工委。抗战胜利后，福建省委为开展新阶段工作的需要，于1945年8月召集在福州工作的积极分子，在福州郊区一个山头的石洞里开会，成立中共福建省委闽江工作委员会（简称闽江工委或江委），由庄征任书记，李铁任委员兼组织部长，孟起任委员兼宣传部长。林白、杨申生为委员。江委的主要任务是领导开展闽江沿岸地区的城市工作，以福州为基点，向外县发展。闽江工委下设调查委员会，孟起为书记；经济委员会，书记由庄征兼；学生工作委员会，书记曾焕乾。又设立福州第一市委，书记孙道华；福州第二市委，书记陈振先。闽江工委在庄征的领导下，以福州为中心，以协和大学等大中学校为工作重点，通过学生工作，大力发动群众，开展爱国民主活动，同国民党腐败统治作坚决的斗争，已经在福州的大中学校、郊区农村、主要工厂以及国民党军政机关中发展了 40 多名党员。开辟了连江、罗源等福州外围 14 个县份党的工作。中共福建省委充分肯定闽江工委的工作成效。庄征同志多次受到省委曾镜冰书记的表扬……"

见曾焕乾说到这里暂停，马玉銮问："我们协大何时开始发展党员？"曾焕乾说："你们 3 位党领导下的革命者都写了入党申请书，都关心这件事，我早就向庄征、李铁 2 位同志提出，但是要经省委批准。昨天省委指示学委要加紧培养党员。你们 3 位自己要积极创造条件，我亲自当你们 3 人的入党介绍人。好吗？"

"那再好不过了。" 3 人异口同声。

"现在开始共同策划创办平潭旅外同学会的有关问题。"曾焕乾说，"我想成立一个可以公开活动的合法的群众团体，作为党的外围组织。这个群众团体的全称就叫'平潭旅外同学奔涛学术研究会'，你们以为如何？"

"拥护，拥护！"几乎不假思索，翁绳金、吴秉瑜两人都高声表态。

已经参加地下革命活动一年多的翁绳金和吴秉瑜，他们今天的表态乃是发自内心的由衷之言，并没有一点盲从之嫌。他们知道，在国民党统治区开展革命活动必须有两手：一手是公开的斗争；一手是秘密的斗争。没有前者，就不能扩大革命声势；没有后者，就不能保存革命力量。无论是在平潭，还是在协大，曾焕乾都巧妙地运用这两手，使革命斗争形势一直向好的方向发展。他们也知道，曾焕乾的人格魅力是不可替代的，加上他能文能武，多才多艺，先知先觉，使他在平潭学生中有很高的威望，有很大的号召力，有很强的凝聚力。由于海岛平潭蕞尔小县只办到初中，凡念高中者都要来福州或其他地方，念大专院校更不必说了。所以，福州的所有高中、中专、大专院校几乎都有平潭籍学生。而这些学生唯曾焕乾马首是瞻。因此，闽江学委书记曾焕乾要在福州各大中学校开展革命工作，没有比依靠同乡同学的关系更容易更方便更快捷的了。然而，要经常将各校的平潭籍学生集合起来活动，没有一个合法的名义，在国民党特务横行的白色恐怖统治之下的省城福州是万万行不通的。一旦被怀疑，就有被秘密逮捕、秘密处决的危险。特务杀人是不需要经过法律程序的，无辜被害者根本无从申诉。正因为如此，曾焕乾才构想成立一个以"平潭旅外同学"为界定对象，以"学术研究"为幌子的群众团体。这样他就可以堂而皇之地把各校平潭同乡同学召集起来开展革命活动了。

见大家各自低头沉思，马玉銮突然问："我是福州本地人，并不是平潭旅外同学，我可以参加你们的学术研究会吗？"

"你虽然是福州妹，但你是我们平潭的媳妇，当然可以参加我们的研究会了。"翁绳金接着又半开玩笑地说，"你不但可以做会员，而且还可以做我们会长的贴心秘书。嘻嘻嘻！"

"你乱讲！"马玉銮不依了，忙从湖上掬一把水向翁绳金泼去。

"会长？"曾焕乾从翁绳金的玩话中听出某种不对劲，忙说，"我不当会长，我不能当会长，你们两位也不要当会长，但可以当委员，翁绳金懂经济又善于理财，可以兼任总务股长；吴秉瑜马列主义书籍读得最多，负责学术股；福建学院的张纬荣文章写得漂亮，负责文艺股；黄花岗中学的林正光是运动员，出任体育股长；学院附中的进步学生陈东岚在旅外同学中有威望，请他当副会长；会长一职我想由林荫的侄儿、福建学院附中学生林从建来担任。这样，我们就可以利用他作为挡箭牌，以麻痹平潭县长林荫，掩护我们的革命活动。而实际工作则掌握在我们几位革命者自己手中。至于我，可以在学术股下面当一名刊物编辑。你们以为如何？"

"这个办法高明。"翁绳金由衷地说，"要使我们的研究会成为合法的组织，就必须得到平潭县长林荫的承认。而让林荫的侄儿当会长，就容易得到他的认可和支持。"

"赞成，赞成！"吴秉瑜也说，"让林荫的侄儿当会长，林荫当然对研究会就一百个放心了。如果我们需要活动经费，他也会支持。"

"我们当然需要活动经费，我们一定要向林荫募捐。因为林荫搜刮民脂民膏，富甲一方，有钱可捐；林荫出钱办研究会，使研究会更像官办团体。"曾焕乾接着说，"那么，由谁回去向林荫募捐呢？"

"请秉瑜兄回去吧！"翁绳金建议道。

见吴秉瑜微微点头，曾焕乾道："好，那就由秉瑜带领一部分学习成绩优良、政治色彩不浓的学生回平潭为研究会募捐。募捐的重点对象是林荫，向其他官员和商家募捐只是做做样子。吴秉瑜，你可以完成这个任务吗？"

"可以。"吴秉瑜接着又补充一句："我将尽力而为。"

"那你明天就走，顺便带上这封信交给林荫。"曾焕乾拿出一封已经封缄的信出来交给吴秉瑜。

吴秉瑜见信封上的寄信人处只写"内详"二字，便问道："这是谁写给林荫的信？"

"自然是林荫的侄儿林从建了。"曾焕乾又嘱咐吴秉瑜道，"你回去见到林荫，就说是林从建会长派你回来募捐的。"

吴秉瑜点一下头，又不放心地问："从建本人知道此事吗？"曾焕乾说："当然知道。"

原来，曾焕乾已经找过林从建谈话。林从建是林荫的亲侄儿，受到林荫的关爱和资助，同林荫的感情很深，其政治立场同林荫是一路的。他是一个爱出风头的人，曾焕乾要推举他当会长，他受宠若惊，感激不尽，岂有不出力之理？

曾焕乾接着说："翁绳金还起草了一个'发起组织平潭旅外同学奔涛学术研究会宣言'，放在募捐簿的前面。秉瑜，你等下到马玉銮家里，由她交给你一并带走。"吴秉瑜点点头。

曾焕乾宣布今天西湖会议到此结束。

会议结束后，翁绳金、曾焕乾两人一前一后各提起手中的木桨，宛如挥笔疾书，猛划几下，便使小船像一只飞鱼在平滑、光洁的水面上飞驰。

　　平潭旅外同学奔涛学术研究会成立后，通过经常性的会员活动，闽江学委在福州各个大中学校都有广泛的群众基础，团结、培养了一大批青年学生积极分子，走上革命道路。同时，从中发展了一批又一批党员，建立了各个大中学校的党支部。从1946年1月开始，陆续建立了中共协和大学支部，书记陈世民，委员翁绳金、吴秉瑜；中共黄花岗中学支部，书记林中长、林正光，委员施修莪、洪通今、何本善；中共三一支部，书记林维榕；中共英华中学支部，书记陈学仕。有的学校党支部未成立，但已有个别联系的党员，如福建学院的张纬荣、王毅林，高工的詹益群，协职高农的林维梁、翁强吾等。

第十四回　回岚募捐满载而归
文史书店生意兴隆

　　1945 年 12 月，为了筹集地下革命活动经费，吴秉瑜奉闽江学委书记曾焕乾之命，带领 3 位在榕读书的同学返回岚岛，以平潭旅外同学奔涛学术研究会的名义，向平潭县长林荫募捐。

　　那日天刚破晓，吴秉瑜和随行的 3 位同学就从福州台江第三码头乘船。船至长乐坑田上岸后，他们步行了 30 多千米羊肠小道，到达福清海口时已是暮色苍茫的夜晚了。晚上自然没有渡船去平潭，只好住宿一夜。次日早饭后，他们赶往渡口准备搭渡，却被告知今日风狂浪高渡船不开。没奈何，只好住下来等待，一直等到第三天，他们才坐上在惊涛骇浪中颠簸的渡客帆船回到平潭县城。当天下午 3 点，吴秉瑜等 4 人就来到县政府。

　　县政府那时叫县丞公廨，位于潭城镇江子口村，是清雍正九年（1731）的建筑，坐北朝南，木石结构，有平房 30 多间，中为四进正厅，前进门卫，后进后衙，左厢营房，右厢监狱。抗战初期又在东北、西南两侧各建一座四方形的枪楼。

　　县丞公廨的大门口日夜都有 4 个荷枪实弹的卫兵把守，颇为威武吓人。一般城关百姓平时都不敢从县丞公廨门口路过，但见过世面的吴秉瑜等4位青年学生连省政府都敢进，何惧小小的县衙？于是，他们列队闯入大门，对一旁门卫高声说要拜见林县长说公事。可是不巧，门卫说："林县长这几天回官井老家度假，不知何时回县里，你们有紧急公事就到官井去见他。"

官井村（今平原镇所在地）离潭城有二三十里之遥，那时没有车，步行要走两三个小时。

"怎么办？秉瑜！"有位随吴秉瑜来的同学问。吴秉瑜反问大家："你们累不累？"大家都说不累。吴秉瑜说："那好，我们这就迈步到官井去。"

然而，还是不巧，当他们马不停蹄地来到官井村时，却听说林荫今天下午坐竹轿回县城去了。由于吴秉瑜等是走小路，所以在路上没有碰上走大道的林荫竹轿队伍。于是，吴秉瑜他们只好不顾疲惫不堪的身躯又连夜赶回县城。

第二天上午，他们终于在县丞公廨里见到林荫。一见面，吴秉瑜就把林从建会长的信递交给林荫。看信时，林荫脸素如纸，没有表情，看不出是喜是怒，只见他的右手一直摸着蒋介石似的光溜溜头壳。

吴秉瑜突然想起年初林荫残杀共产党员林慕曾等3人的事，恨不得把他的光头敲碎。但吴秉瑜知道自己今天的使命是募捐，为了顺利完成任务，还得装作对林荫很恭敬的样子。

见林荫还在摸脑袋，没有吭声，吴秉瑜便笑着开口道："林县长，我们几位同学是奉林从建会长之命特地回来向您募捐的。您看能给我们多少款目？"

林荫当作没听见，过了许久都不作声回答。突然，他笑一笑问："秉瑜，你们在福州读书的学生哥对我这个当县长的都有哪些品论？不管是骂我的坏话，还是赞我的好话，你所听到的统统说出来，我都爱听。"

吴秉瑜知道，旅外同学对林荫3次指挥平潭自卫队袭击日船和围歼日寇军队，都取得很大胜利，颇为赞赏；但对他大肆杀害共产党人、进步人士和异己分子，深为不满。吴秉瑜还知道，林荫心胸狭窄，睚眦必报，只能听好话，不能听坏话。所以，他不能如实说，说了这次募捐必然泡汤，还可能给自己留下后患。于是，他笑笑说："林县长，据我所知，平潭旅外同学对林县长都是很赞赏很佩服的，还听到有人说，林县长抗日有功，是一位了不起的抗日英雄。但我没听到有谁在我们学生面前说林县长的坏话。"

"是吗？"林荫听得喜上眉梢，蓦然站起来，笑一阵又坐下。其实，老奸巨猾的林荫，并不相信吴秉瑜说的全是真话，他爪牙密探多，对社情民意了如指掌。他知道自从民国30年（1941年）12月当上县长以来，平潭人对自己的评价褒贬参半，旅外学子不可能都赞赏他，但他听了吴秉瑜这样说心里还是很受用的。接着，他便笑道，"你们这些青年学生有文化，有理想，都是国家栋梁之材，前途无量，党国将来就靠你们。所以我对你们是很看重的，多次想资助你们。但是，平潭蕞尔小县，贫穷落后，我这个芝麻官能有多少进项？不过，你们既然开口了，我手头再拮据也得表表我林某人爱惜人才的一片心意，总不能让你们白跑一趟吧？至于捐款多少，我还得查查家底，明天答复你们。"

吴秉瑜听后马上说："多谢林县长慷慨解囊，那我们明天再来听候佳音。"

"那好，你们慢走。"林荫站起来以手示意送客。

走出县丞公廨后，有位同学对吴秉瑜说："县长并有没有说要捐多少款，你怎么就谢他慷慨解囊呢？"

吴秉瑜说："我不但是出于礼貌这样说，而且我从他的话语中听出他会捐出不菲的数目。一是他有钱捐，林荫是平潭的土皇帝，他贪得无厌，控制了全县经济命脉，把盐场据为己有，富甲一方，所以他拿得出钱来捐；二是他有心捐，林荫到处收买人心，他正想笼络平潭旅外学生为他所用，能够为他歌功颂德，所以他愿意拿钱出来捐。"

吴秉瑜分析很准确、很透彻，果然，林荫慷慨解囊，捐出了8万元巨款，让吴秉瑜一行携带回福州。

满载而归的吴秉瑜回到福州后，根据曾焕乾的决定，将这笔巨款交给学术研究会总务股长翁绳金手下的财务人员保管，然后由曾焕乾计划安排使用。

曾焕乾利用这笔 8 万元巨款为地下革命办了很多事。其中大笔的开支有：

一是上缴给闽江工委一部分款目，作为工委的活动经费；

二是购买大量进步刊物和书籍，分发给协大、学院、英华、学院附中、黄花岗中学和协职高农等大中学校的进步学生，秘密传阅；

三是留一笔款目准备在福州开设一家书店之用。

吴秉瑜这回出色完成募捐任务，受到闽江工委庄征、李铁、曾焕乾等领导的表扬。

这是 1946 年春天的一个绵绵阴雨子夜。正准备熄灯就寝之际，曾焕乾夫妇却听到有人敲门的声音。

曾焕乾举手正欲开门，马玉銮突然抓住他的手，警惕地悄声道："且慢！"

"凭感觉，不像是坏人！"曾焕乾不以为然，但声音也很小。

"你暂且躲一旁，让我来！"马玉銮说。

"笃笃笃"又一阵敲门声响起。

"谁？"马玉銮问。

"我！"门外人答。

"哎呀，公盾兄，我就猜可能是你了。"门一打开，曾焕乾便大步奔出门外，同郑公盾握手。

"焕乾，你我协大一别，又是将近两年未见面了。"郑公盾反拉着曾焕乾的手进屋坐下。

"快说说这两年来你的情况！"曾焕乾说。

"我从协大毕业离开山城邵武之后，便到闽北一个中学当教师，后来就应杨潮(又名羊枣,共产党员,省政府顾问,著名国际时事评论家)之约到临时省会永安工作。年初,杨潮被国民党哄骗去'谈话'后一去不复返,我便转到集美中学任教。10天前,我突然接到组织上通知,要我即刻离校回省城。所以我便回到福州来了。"郑公盾介绍说。

"福州的革命工作正需要你,回来好呀!"曾焕乾热情地说,"不过,你还是找个学校教书,以中学教员的公开身份为掩护开展革命工作最好。"

"当中学教员于我轻车熟路,所以我也是这么想的,而且已经有人推荐我到省福中代课。"郑公盾接着道:"我现在有一件事情向你汇报。就是前天晚上,有20多位思想倾向进步的好朋友在城里小聚餐,说他们打算在福州办个名为'大众书店'的书店,并且想让我当书店经理。"

"你答应了吗?"曾焕乾焦急地问。

"还没有。"郑公盾说,"我认为这个书店名字倾向性太鲜明,一开始就会受到国民党反动派的注意,希望换个名字。但书店的发起人王亚南先生却坚持要用这个名字。"

"福州地下党已经知道这件事情了。"曾焕乾强调指出,"那位王亚南先生想在这个时候成立个农民大众党。因此,我劝你不要介入这件事。"

"我明白了。"郑公盾说。

"书店是个重要的思想阵地,我们地下党必须占领这个阵地。"曾焕乾说,"因此,我建议你考虑一下,是否可以设法开个地下书店,由上海运进一些'生活书店''新知书店''读书生活出版社'出版发行的新书,一方面供应福州地下党的同志传阅,另一方面供应嗷嗷待哺的其他进步青年阅读。至于书店的开办经费,我已经为你备好了。"

"我无条件地服从组织决定!"郑公盾接着建议道,"我想书店就叫文史书店,由我和潘文凤一同负责。潘文凤在福州海关工作,有许多优势。同时吸收陈毓淦参加,充当卖书人。你以为如何?"

"我同意你的意见。"曾焕乾表态后，站起来说，"夜已深，这里有客房，你就在这里过夜吧！"

郑公盾点点头，没有推辞。

过了几个月之后的6月中旬，也是一个万籁俱寂、阒无人声的深夜，厅上一阵又一阵"嘀铃铃，嘀铃铃，嘀铃铃"的电话声终于把酣睡中的郑公盾吵醒了过来。但是，当他从卧房床上一跃而起冲到厅上准备接听时，对方的电话却挂断了。

"已是夜间12点一刻了，这电话会是谁打来的呢？"

郑公盾看一眼厅堂横桌上的座钟，心里这样问着，双脚却不由自主地踱回卧房，上床躺着。他觉得很困，很想再睡。

这几个月来，郑公盾既是文史书店经理，又是省福中教员，确实一天忙到晚，到此时真不希望有电话干扰他休息。他想把电话听筒拿掉，但电话是他和地下党组织之间的重要联络手段，要24小时保证畅通。他分析，挂断的电话还会再打进来，所以他躺在床上不敢睡去。不敢睡的他心里一直回想着这几个月来开办地下书店的事。

根据曾焕乾在几个月前那个深夜的指示精神，郑公盾等3位同志行动很快，不过两三周时间，文史书店便在地下流动开了。进步书籍的购买工作由在福州海关工作的潘文凤负责。他又有一个名叫陈鼎祥的表哥在上海海关任职。他就托这位表哥在上海的几个进步书店里购书。书购到后，也由这位表哥亲自交海船托运到福州直接送给潘文凤。这样就避免书籍被检查罚没的危险。潘文凤还和陈毓淦一道充当卖书人。文史书店开张没多久，生意就非常兴旺，十分红火，每天宾客满堂。每到一批新书，不但各大专院校和中等学校都争先恐后地跑来抢购，福建省政府图书馆也经常前来买书。曾焕乾还开列出几个注有居住地址的重点地下党员读者名单交给郑公盾，要文史书店按开列的地址直接向他们贩书。

"丁零零，丁零零，丁零零！"

一阵急促的电话铃声又响起来了。郑公盾立即奔出拿起话筒："喂，喂，我是郑公盾。"

"请你随带简易行装马上来洋中亭我堂叔父曾文勇家。"

"是！"郑公盾听出曾焕乾不容置疑的命令口气，没有问为什么，便下意识地向电话做个立正的姿势。

半个小时后，郑公盾见到曾焕乾，急切地问："出了什么事？"

"你已经受到特务的盯梢，随时有被敌人下毒手的危险，你必须火速离开福州。"曾焕乾开门见山地说。

"我走了，文史书店怎么办？"

"你走后，我就把文史书店交给协大地下党员陈贞懋负责，由他当书店经理，这不用你挂心！"曾焕乾说。

"那么去哪里呢？"郑公盾知道杨潮下狱后，特务在到处寻找自己。现在被盯梢上了，说明特务将对自己动手，不走是不行的。

"有两个去路可供你选择：一是到崇安县打游击；二是去上海从事地下斗争。"

"还是由党决定吧！"郑公盾说。

"党根据你身体不大好的实际情况，认为你去上海工作更为合适！"曾焕乾说后站起来道，"你以为呢？"

"那就去上海吧！"郑公盾说。

"现在我就送你去乘船！""曾焕乾说。

"这时候走，能买到船票吗？"郑公盾不放心地问。

"船票已经替你买好了，在我身上。"曾焕乾推开门，拉着郑公盾的手，一同坐上一辆三轮车，急急到闽江边的一个码头上船。

临上船时，曾焕乾说声"保重"后便同郑公盾拥抱告别。

第十五回 工作出色调换岗位
筹款最多评为英雄

1946 年 7 月 22 日。日头刚刚落山，一席原汁原味的正宗平潭菜已上桌。但是，等到天黑了，闽江工委委员曾焕乾邀请的 2 位宾客尚未光临。

女主人马玉銮浏览一下桌面，边看边念道："炸糟海鳗鱼、软炸干原蛎、生炊河豚干、清蒸黄瓜鱼、八珍焖茹粉、葫芦炒花蛤、三星花蟹羹、赤肉煮紫菜，就差一竿九纹甘包拼咸米时和一盘五香甜油饺尚未上来。"她喃喃地说完，伸手摸一下盛三星花蟹羹的大碗边沿，叫声"啊"便将这个大碗端起来向厨房走去。只听她喊道："大姐，蟹羹凉了，等客人到时再热一下端出来。"

"晓得了，四嫂！"大姐笑着答道。

大姐乃曾焕乾的大姐，名叫曾淑芳，卫生学校助产专业毕业，在福清县卫生院任助产士。她 1905 年出生，是曾文英和周氏（1885~1947）的头胎，有 6 个弟弟，4 个妹妹，它最疼的就是四弟曾焕乾。自从年初曾焕乾和马玉銮结婚后，她常常来福州小住。前日，她是先回平潭看望父母双亲大人后，再携带着平潭土特产直接前来福州的。今日这桌正宗平潭菜肴正是出自她那双巧手的杰作。

宾客终于来了。马玉銮迎着笑道："友礼、友于，你们兄弟俩架子好大，菜都凉了，此时才到！"

"在嫂子面前，小弟怎敢摆架子？只因路上遇到一点小麻烦，迟到了。"何友于边说边拱手道，"请嫂子多多原谅。"

"夏天吃凉菜正合时令，没关系。"何友礼接着问，"大哥呢？"

未等马玉銮回答，从楼上下来的曾焕乾便抢着说："我在这里呢！来，请上桌，尝尝我大姐做的平潭菜！"

4人上了席，便各取所需地吃起来。曾焕乾问："你们觉得平潭菜口味如何？"

"好吃，好吃。"何友礼、何友于兄弟异口同声。

"更好吃的还在后头呢！"马玉銮笑着站起来到厨房去，同大姐一起把另外 3 道菜端出来。

何友于夹一粒五香甜油饺送进口里咬着咬着便吞下肚，笑赞道："太好吃了，好吃得连舌头都和着一起吞下肚！"

一句话说得大家都大笑起来。

"这油饺的皮是什么做的？"何友礼吃完一粒油饺后问。

"你们兄弟猜猜看！"马玉銮想考考他们。

"面粉！"何友于答。

"不对！"马玉銮摇头。

"糯米粉！"何友礼答。

"也不对！"马玉銮笑着摇头。

"是蒸熟的番薯和番薯粉合起来放在石臼里舂烂而成。"曾焕乾不想难为何氏兄弟，便如实地说，"这竿里九纹甘包的皮和咸米时的皮也是如此。"

"平潭菜真好吃！"何友于半开玩笑地说，"玉銮姐嫁给平潭哥做媳妇真是有福气！"

"你羡慕了，是吗？"马玉銮落落大方地反唇相讥："你不是有个漂亮的堂妹何友芬吗？我已经帮她相中一个平潭哥了。"

"真的吗？他是谁？"何友于惊问。

"这是机密，现在不能公开！"马玉銮故弄玄虚。

"你说的是福建学院的张纬荣吗？"何友礼也猜起来。

"你们看此君如何？"马玉銮没有正面回答，却已经承认了。

"倒是一位品学兼优的拔尖人才。"何友于转而沉吟道，"但不知他会否看中我那位调皮的小妹。"

"友芬是位人见人爱的好姑娘，这一点你们不用担心。"马玉銮说。

"你们怎么不再吃？"曾焕乾见友礼、友于已经停筷，便问。

"吃饱了。"何友礼答道。

"来大哥大嫂家里吃饭，难道我们兄弟会客气？"何友于笑道，"这就叫'好菜不中饱人吃'。"

"吃饱了，我们就上楼开会！"曾焕乾站起道。

"我就知道书记叫我们吃饭有文章。"何友于向马玉銮做了个鬼脸。

"你这促狭鬼！"马玉銮笑骂道。

学委3委员在楼上坐定后，曾焕乾首先说："已经接到通知，江委定7月24日在螺洲召开干部会议，检查江委'四九'桐口会议提出的几项工作目标的贯彻执行情况。特别是要检查总结发动募捐、筹集革命经费的情况，研究如何进一步巩固和发展工作成绩问题。江委书记庄征同志认为我们学委贯彻'四九'桐口会议工作最为出色，成绩很大，要求我们学委将此项工作好好总结一番，并在会上做个筹集革命经费的专题发言，以便交流和表彰。今夜我们3人碰头，就议这件事。"

这里所说的江委"四九"桐口会议的简况是这样的：1946年4月9日，江委在闽侯桐口召开干部会议，传达省委"二月会议"精神，总结江委成立8个月来的工作情况，贯彻省委提出的"赤手起家，自力更生""城市工作基本上为着农村服务"的方针，确定了以各大中学校为重点，广泛联系社会各阶层的知识分子、民主人士以及国民党军政人员，开展统战工作，以推动各条战线党组织的建立。会议提出，为争取民主，坚决反对蒋介石发动反共反人民的内战，必须保证实现组织上安全，不受破坏；培养二层干部20个，作为党组织的领导骨干；巩固福州，开辟外地15县；纪念"红五月"，筹募经费100万元等工作目标。会议要求广大党员、干部要在工作上不声不响地拼。江委认为，之所以要不声不响地拼，是因为：一方面，过去长期隐蔽的城市工作方式满足不了新任务的需要，必须建立新的工作据点；另一方面，闽江区域仍然处于反动势力统治之下，工作任务十分艰巨，所以这个拼是不同于大后方或解放区的拼，而只能不声不响地拼。会议强调，由于城市工作经费基本上由自己筹措，加上国统区物价飞涨，使城市党组织的活动经费十分紧缺。同时，省委面临国民党反动派军事'清剿'、政治迫害、经济封锁的威胁，经费发生了严重困难。再说，为了帮助农村游击队解决武器、给养、医疗等等，也需要大量钱。因此，开展经济工作就成为我们城市党组织的一项重要任务。这次会议增补曾焕乾、何友于为闽江工委委员……

听完曾焕乾开头说的一段话之后，何友于说："我们学委成立10个月来，在曾焕乾同志的主持下，各项工作都取得很大成绩。'四九'会议后，我们学委派出大中学校毕业生20多人，分赴南平、建瓯、福清、长乐、平潭等地开辟外县工作，以及到厦门、台北等城市活动。我们学委利用组织马列主义学习小组、读书会、联谊会等多种形式，团结、培养了一批青年学生积极分子。1946年初，我们建立了福建协和大学支部、黄花岗中学支部、福州英华中学支部、福州三一中学支部。1946年5月，又建立福建师专、福州音专、建阳师范（书记吴启江）等中共支部。黄花岗中学党员林中长、林正光等在平潭建立联络站，在福清东张、琯口、龙田建立据点，打通了平潭经福清到福州的秘密交通线。学委还积极响应江委提出的'产生干部，积蓄干部'的号召，做到'革命第一，学业第二'，大力在学生中培养干部，先后为省委调出未毕业的学生干部 23 人，分赴各地农村开辟革命工作。这 23 人还不包括年初离开协大成为职业革命者的我们 3 位。"

何友礼接着说："关于筹款事，无论是我们学委，还是整个江委，都取得了很好的成绩。年初，江委提出'发动募捐，寒衣、毯子贷金'的口号，号召党员动员家属、亲友和基本群众积极捐献，不到 3 个月，超过原计划数倍完成了募捐任务，及时把经费送到农村游击队，有力地支援了农村游击战争。江委'四九'桐口会议提出了'纪念红五月，筹款百万元'的口号，由于筹款数额巨大，江委除了专门召开会议进行动员外，还采取与党员个别谈话的方式，发动大家'集腋成裘'。经过江委多方面的工作，许多党员自觉地捐献粮食、黄金、首饰、银圆、药品、衣服等，终于超计划完成了纪念红五月的筹款任务，总额达到 200 万元以上。其中学委筹款最多，计划筹款 40 万元，实际完成了 100 万元。在筹款过程中，涌现出许多先进人物。有位同志为了捐钱而节衣缩食，鞋子破了也舍不得买新的，每天东奔西走赚钱，捐出了 15 万元；有位女同志靠摆摊卖菜为生，日子过得比较艰难，当她听了募捐动员后，每天早晨由原来 4 点起床提早到 2 点起床，忙着给附近学校的学生洗衣赚钱，每餐不吃菜，只靠咸橄榄下饭，终于节省出 1 万元贡献给党。这方面的好人好事的确层出不穷。他们的事迹确实很感人，这都是由于我们募捐动员工作做得仔细的结果。我们学委的筹款工作在曾焕乾的领导下，通过'个人捐献'和'到台湾办商行'两条途径，取得了较好成绩。在个人捐献方面，由于曾焕乾带头，没有一个党员不捐的。关于去台湾办商行方面，这是曾焕乾最先想出来的一个筹款好办法，也算是一个创造性吧！抗战胜利之后，台湾回归祖国，两岸人民可以自由通商，大陆的物品在台湾很吃香，台湾的土特产成为大陆的抢手货。平潭与台湾只一水之隔，往来极为方便。因此，曾焕乾早在去年 10 月就派地下党员王韬到台湾基隆筹办'福兴商行'。去年 12 月又派党员骨干徐兴祖赴台，加强对'福兴商行'的领导，使商行的生意越来越兴旺，成为闽江工委的主要经济来源之一。徐兴祖根据曾焕乾的通知，最近又交给党组织黄金30两，以解决江委眼前的用钱急需。"

"你们两位都说得很好。"曾焕乾接着沉吟道，"我提议，在即将召开的江委螺洲会议上，由何友礼代表学委作筹款专题发言。"

"不，不，"何友礼忙道，"还是由学委书记代表学委发言，更恰当。"

"是啊，就由学委书记何友礼代表学委发言吧！"曾焕乾大笑道。

"此话怎讲？"何友礼一头露水。

曾焕乾解释道："昨晚李铁同志通知我，由于学委工作出色，成绩很大，已经走上轨道，江委决定调换我的工作岗位。闽江学委书记由何友礼继任。所以我请你代表学委发言，不过，你在发言中，应该强调江委的正确领导和学委的集体努力，千万不要提我个人。"

"知道了。"何友礼知道曾焕乾一向不喜欢宣扬自己，便颔首同意。

1846年7月24日，闽江工委在闽侯螺洲召开干部会议，连续开了3昼夜。庄征、李铁、孟起、林白、曾焕乾、何友于、何友礼、林立、孙道华、黄猷、陈世民、王毅林等17人参加。会议由李铁主持，庄征作题为"联系群众，深入群众，巩固党，提高党"和"关于英雄问题"的报告。孟起、林白和何友礼等先后在会上发言。最后由李铁做会议小结。

会议通过设立特派员方案，由特派员到各地领导党组织开展工作，决定江委委员曾焕乾为福（清）长（乐）平（潭）特派员兼台湾工委书记，并分管学委的工作；江委委员何友于为闽西北特派员；黄猷为厦门特派员；林立为闽东特派员。会议决定调整学委领导班子，何友礼为新一届学委书记，陈世明、王毅林分别为学委组织、宣传委员。

会议强调知识分子都要做到理论联系实际，由革命的理论家变为革命的实践家。号召干部党员要"毁家纾党"，争做"据点英雄""经

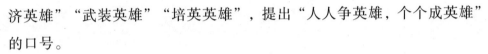

济英雄""武装英雄""培英英雄",提出"人人争英雄,个个成英雄"的口号。

李铁做会议小结时重申了庄征在报告中所列的各路英雄条件。

所谓"据点英雄",就是要使特务嗅视不着,建立起能安全居住的隐蔽据点;打通关系,建立起可以住在机关开会的解放据点;新地区新方向,建立党组织或个别种子的组织据点;在敌军里建立工作关系,搞好掩蔽于敌军内的据点。

所谓"经济英雄",就是要为党的事业做到克己利群、大公无私;为党牺牲英勇果断,敢于变敌人的财富为革命的财富;创造性地工作,通过各种征募方式、生意方式筹集经费贡献给党。

所谓"武装英雄",就是争取民间的武装,打进敌军,争取变敌武装为我武装,建立地方军的武装,建立山头的武装。

所谓"培英英雄",就是培养干部与培养英雄,保证英雄竞选运动的胜利。

江委"七二四"螺洲会议之后,广大干部党员热烈响应江委的号召,踊跃参加争当英雄的竞选活动,各系统的英雄模范人物层出不穷,从而大大地加强了江委及所属组织的思想建设和组织建设,进一步提高了城市党组织的领导核心作用。

评选的结果,在 1947 年 2 月 22 日召开的"龙山会议"上公布。评上英雄的共有 4 位,其中一位就是曾焕乾。他因筹款最多,被评为经济英雄。

第十六回　精构想平潭搞暴动
选帅才主持县工委

连续3昼夜的江委螺洲会议开到最后一个晚上散会时已是子夜12点了，疲惫不堪的17位会议代表一回到住处大都就呼呼地睡去。但精力过人的福长平特派员曾焕乾回到自己的住处后又急匆匆跑出去找庄征，意在向江委汇报由他精心构想的平潭武装暴动方案，以便组织实施。

同样不知疲倦的江委书记庄征对曾焕乾的请求二话不说，便通知李铁、孟起二位部长立马到他的下榻房间，一起听取曾焕乾的汇报。

大家坐定，待庄征招手示意后，曾焕乾便开门见山地汇报说："我细细构想了一个在平潭搞武装暴动的方案，这个方案的目的是夺取敌人的大批武器，来装备我们的地下游击队伍。这个方案的设想是，平潭国民党的地方自卫队在抗战期间曾发展到6个中队900多人枪，而在抗战胜利后进行整编裁缩，只剩下1个中队150人。裁下的士兵解甲归田不用说，余下的武器则储藏在县武器库里。"

"啊，太好了。如果能够把这批武器夺到手，足足可以装备我们地下游击队的两个团哪！"孟起听后十分兴奋，忍不住高声插话。

孟起，原名孟琇焘，1913年8月出生于福州。幼年时因家贫只读过几年私塾，13岁便当了学徒。1926年北伐军入闽时，他接触了许多进步读物，接受了革命思想教育，于 1927 年参加进步的福州典当业店员工会，投身工人运动，不久便被选为执委，领导同行业工人开展斗争。1935 年到上海江南造船厂工人子弟学校当教员，参加进步教师组织的抗日救亡宣传活动。1937 年"八·一三"上海沦陷后回到福州，参加文化界的抗战宣传工作。1938 年考入福建省县政人员养成所学习，结业后被派往南平县任教育科科员。同年底，加入中国共产党，担负中共南平工委交给的组织南平学生运动的任务。1941 年任沙县工委书记。1942 年受党组织的委派，先后到崇安、长乐、永泰、福州等地工作。1944 年任福安县委书记。1945 年 6 月回福州。江委成立后，任江委委员、宣传部长兼调查委员会书记。他浓眉大眼，长相英俊，投身革命义无反顾，冲劲十足。

"能够夺取大批武器当然很好，但是，你有成功的把握吗？"李铁沉吟着问曾焕乾。他同孟起的兴奋相反，听后心情却很沉重，深感眼下就向武装到牙齿的平潭国民党政府夺枪不大可能。

"有，我有成功的把握！"曾焕乾满怀信心地响亮回答。接着，他分析道，"第一，平潭没有国民党正规军防守，也没有省保安团驻扎，守卫平潭的只是一个 150 多人的地方自卫队，加上林荫的 30 多名私人卫兵，总共也不过 200 人左右。这些杂牌军武器虽足，但未经严格训练，战斗力不强。第二，平潭是座边远海岛，交通十分不便，又没有电讯设施，信息不灵，一旦我们举事，消息传到省城后再派兵前去增援，那是三天之后的事。有这三天时间，我们游击队可以从容不迫地把缴获的武器弹药转移到闽清永泰山区。"

曾焕乾说到这里，见 3 位领导的脸上都蒙上一层不浓不淡的睡色，便不再往下说了。他心里想，在这 3 天 3 夜的会议期间，江委 3 位领导比大家都睡得少，委实够累了。人毕竟不是机器，老打疲劳战也不是长久之计，应该让他们早些休息才是。所以他就长话短说，点到为止。

其实，这 3 位领导都没有睡意，他们正边听边分析"曾焕乾的分析"

是否合情合理。在这特殊的革命时代,地下党领导通宵达旦开会已是家常便饭。

"好,好极了。"仍在兴奋中的孟起首先表态,"我认为,曾焕乾刚才的分析非常正确,在平潭组织一场以夺枪为目的的武装暴动不但具有重大意义,而且有很大的成功把握。我个人举双手赞成。"

孟起讲完后静场片刻,庄征见李铁低头不语,便问他:"李铁同志,你的意见如何?"

李铁抬头看一眼庄征,说:"我也同意曾焕乾同志刚才对有利条件的分析。但是,怎样组织这场武装暴动,他没有说。这才是计划的关键部分。"

"我现在就说。"曾焕乾简明扼要地说了自己早已构思过的计划要点。

"关于怎样组织这场武装暴动问题,我初步考虑了几条:第一,为加强党的领导,拟定成立中共平潭县工委,由县工委统一指挥这场武装暴动;第二,积极而又慎重地在平潭发展几批党员,充分发挥共产党员在武装暴动中的先锋模范作用;第三,组建平潭地下游击队,并加以政治和军事培训,使之成为一支特别能战斗的武装暴动主力军;第四,在国民党军警特队伍中物色倾向革命的分子,培植武装暴动时的内应力量。"

"现在时间不早了,公鸡都已叫两遍了,最后我说两句吧!"庄征站起来道,"我相信在平潭组织一场以夺枪为主要目的的武装暴动不是一次盲目的、冒险的行动,而是一场建立在对敌我双方条件的正确分析上的革命行动。这场革命行动,不但具有巨大的深远意义,而且也有一定的成功把握。因此,我原则同意曾焕乾同志构想的计划,并委托他代表江委组织这一场武装暴动,希望曾焕乾同志会后就按刚才说的计划做好准备工作。不过,在一个县举行武装暴动,事关重大,对我们江委来说还是头一回,缺乏经验,所以能否正式开始暴动,还得看准备工作做得怎么样,切不可仓促从事,而且此事还得报告省委领导批准。——会议就开到这里,大家回去休息吧!"

散会后，李铁又把曾焕乾拉到自己房间，语重心长地嘱咐说："什么事都有变数，既然有成功的可能，自然也有不成功的可能，宁可把困难想得多一点，千万不可过于乐观。"

"是。"曾焕乾毕恭毕敬地回答。

"加强党的领导，是这次暴动成功与否的关键。而县工委书记的人选，又是关键的关键。这个主持县工委的书记人选必须是一个能够运筹帷幄之中，决胜千里之外的帅才。"李铁说到这里，问，"你考虑派谁出任平潭县工委书记？"

"我初步考虑了一个人选，但尚未征求他本人的意见，所以未向江委报告。"曾焕乾认为李铁是组织部长，对江委的党员了如指掌，便问道，"您认为派谁出任平潭县工委书记最合适？"

"我刚才也考虑了一个人选，不知同你考虑的是否一致？"李铁接着笑道，"这样吧，你我二人都把自己考虑的人选暗写在一张纸上，而后拿出来看是否相合。"

"好！"曾焕乾当然同意。

两人很快就将暗写上自己考虑的人选名字的纸片放在背后，然后齐念"一二三"，拿出来一看，不禁"啊"一声大笑。

李铁大笑后道："这可是不谋而合，英雄所见略同呀！"

原来，他们二人暗写的都是"吴秉瑜"三个字。

1946 年 10 月 14 日清晨，吴秉瑜从辐州湾边码头上岸。一上岸，他就到仓前山曾焕乾住处向他报到。

曾焕乾见到吴秉瑜出现在眼前，忙迎上去同他紧紧握手："秉瑜，你可回来了！这几天，我真是望眼欲穿呀！"

"我也是日夜盼望着早一刻见到你呀！"吴秉瑜的手被曾焕乾强劲有力的手握痛了，忙缩回来。

"我们坐着谈！"曾焕乾指着一张木沙发，让吴秉瑜坐着，他自己在另一张木沙发椅上坐下来。

静场片刻，曾焕乾一本正经地说："秉瑜，我想问你一个问题，不知你能否给我一个满意的答案。"

"你尽管问好了，我一定如实回答。"吴秉瑜笑着说。

又静场片刻，曾焕乾突然严肃地问："秉瑜，你从何处回来？"

"什么？你问我从何处回来？"吴秉瑜以为自己听错了。

"对。"曾焕乾点头肯定后，又强调地再问一遍，"我问的就是，你究竟是从何处回来的？"

"我是从省委机关新驻地山头回来的呀！"吴秉瑜对曾焕乾的明知故问，虽然匪夷所思，但也只好如实回答。

"不对，不对。"曾焕乾摇头否定。

"怎么不对？"吴秉瑜如坠五里云雾之中，忍不住抬头反问。

"就是不对，你再想想。"曾焕乾说完站起来板着脸孔走到一旁。

看到曾焕乾脸色那么冷峻，吴秉瑜心里不免一时发慌："莫非他怀疑我是从国民党特务那里回来的？"可冷静一想，又觉得他不可能对自己有这个怀疑。

突然，吴秉瑜想起在山头培训期间收到曾焕乾寄来的一封长信。信中的内容要点：一是说他已经从台湾视察和筹款回来了，现担任闽江工委委员兼福长平特派员，负责领导福清、长乐、平潭三县的地下革命斗争，并兼管台湾地下党工作；二是闽江工委已经发信给省委，要求让吴秉瑜回来安排到海岛平潭工作，省委可能会批准；三是命吴秉瑜立即亲笔写一封信给其族长、平潭县副参议长吴自寿，告诉吴自寿自己因家庭经济困难暂时休学到台湾寻找工作，现刻还在台湾，以避免平潭县国民党政府对吴秉瑜行踪的怀疑，为他潜回平潭工作创造条件。曾焕乾还在信中夹着一个印有台湾公开通信地址的信封，让吴秉瑜填写。然后将亲笔写的信纸信封一起寄回给曾焕乾，由他设法寄到台湾，再从台湾邮局投寄给平潭吴自寿收。吴秉瑜那时完全理解曾焕乾的良苦用心，一切遵照曾焕乾的设计办理……

　　吴秉瑜想到这里，恍然大悟，忙朗声回答道："我是从台湾回来的。"

　　"回答正确，可得满分！"曾焕乾欣喜地回转身坐下，解释道，"台湾在抗日战争胜利后才回归祖国，虽然也有一些地下党员，但还没有建立党的组织，根本不成气候。所以，你对人说你是从台湾回来的，林荫就不会怀疑你是共产党派遣的。如果林荫知道你是从省委机关回来的，你还能以平潭县参议会文书的公开身份为掩护担任地下党平潭县工委书记吗？"

　　"你深谋远虑，对问题看得远，虑得深，我自叹不如。你当时布置我写信回平潭给吴自寿的作用，现在就显示出来了。"吴秉瑜由衷地说，但他又不解地问，"你刚才说我以平潭县参议会文书的公开身份为掩护担任地下党平潭县工委书记，是怎么回事？"

　　曾焕乾说："闽江工委任命你为中共平潭县工委书记，直属我领导，李铁同志要我向你宣布。"

　　吴秉瑜听了又喜又忧。喜的是组织信任，得到破格使用；忧的是责任重大，难以完成任务。

　　见吴秉瑜在一旁沉吟，没作声，曾焕乾问："怎么？你不接受党的指派？"

　　"不，不，我岂敢不服从党的安排？"吴秉瑜马上申明，接着道，"我只是觉得担子太重，怕自己挑不起来，有负党的重托。"

　　"挑不起来也得挑。我们共产党人连杀头都不怕，难道还惧怕重担压垮身心？"曾焕乾接着说，"李铁曾经对我说过，在平潭籍的几个地下党员中，他很器重你和翁绳金、张纬荣、林中长几位，你的稳重老成、翁的魄力胆略、张的忍辱负重、林的多谋善断都是他很欣赏的。你有独立思考能力，又有开拓进取精神，是位帅才，能独当一面。李铁和我对你担任平潭县工委书记，都是很放心的，都相信你能挑起这个重担，出色地完成任务。"

　　"请组织放心，我是不会让你失望的。"

　　"至于平潭县参议会文书的事，那是吴自寿说的。吴自寿收到你的信后，曾回信到台湾给你，说你如果在台湾找不到工作，就回来当县参议会文书，他身为副参议长有把握保荐。"曾焕乾忙从口袋中拿出由台湾转来的这封吴自寿寄的信，交给吴秉瑜。

在吴秉瑜看信时，曾焕乾又拿出几张从台湾带回来的钞票给他，说："你回平潭后可以向人展示这些台湾钞票。"

"你想得真周到。"吴秉瑜接过台币细看着说。

接着，曾焕乾滔滔不绝地向吴秉瑜介绍台湾的基本情况、城市容貌、风景名胜、风俗民情，以及不久前发生的几起重大事件。同时，还介绍去台湾该办那些出入境手续。曾焕乾讲得眉飞色舞，吴秉瑜听得津津有味，仿佛亲历其境。最后，曾焕乾说："我想，凭这些资料，加上你那过人的三寸不烂之舌，让平潭国民党头头脑脑们相信你确实是从台湾回来的，并不困难。"

"我有这个信心。"吴秉瑜点头说。

见吴秉瑜信心满满，曾焕乾便开始对他布置工作任务，他说道：

"你回平潭打入县参议会，担任地下党平潭县工委书记。当前总的任务是发展党的组织，建立据点和武装队伍，组织武装暴动。但要分两个阶段进行。第一阶段是调查研究，发展党的组织，建立据点和武装队伍。第二阶段是做好充分准备，组织一场以夺取敌人武器为目的的武装暴动。我今天要同你研究的是第一阶段任务问题。第一阶段你要在3个月内办好三件事。

"第一件事是调查研究。知己知彼，百战不殆，这是为完成第二阶段组织武装暴动任务的先期准备工作，一定要做好。要调查平潭国民党的武装队伍的武器装备情况，其枪支弹药的种类、数量、存放地点以及保管人员名字等等，都要尽可能准确地掌握。要调查平潭国民党政府武装队伍的组织情况，他们的编制、番号、人数、驻扎地点和各级军官的姓名、家庭背景、本人特点等，都要了如指掌。要调查平潭国民党上层的内部矛盾和派别斗争情况，平潭国民党头头们不是铁板一块的，他们争权夺利，钩心斗角，矛盾重重；林荫狡猾、阴鸷，结党营私，打击异己，独揽平潭党政军大权，其内部有许多人都对他不满；也有一些开明人士，同情我党，支持革命。你回去要摸清这些情况，努力物色可以争取、团结和联合的对象，作为开展统战工作和策反工作的依据。

"第二件事是发展党员。既要发展苦大仇深的渔农民，也要发展国民党内部的开明人士。如平潭警察局督察长陈徽梅，他同情我党，曾帮助过我们。你要培养并吸收他入党。

"第三件事是建立据点和武装队伍。至于怎样建立？我想听听你的意见。"

吴秉瑜听后说："你讲的这些，我都同意，我会按你的意见去办。关于建立据点和武装队伍事，平潭三区（今苏澳、平原、白青3乡镇）群众基础较好，又是我的老家所在，所以我想办这件事先从三区入手。"

"我同意你的意见。"曾焕乾突然拿出怀表看了一下，道，"李铁昨天对我说，你如果今天回来，就到何友礼家里见他，他要亲自接见你。你现在就去，见过李铁后就回到我这里吃午饭。"

"好的。"吴秉瑜站起来答应后就走。

吴秉瑜到何厝里何友礼家见李铁回来，已是中午12点半。他一进屋，曾焕乾便招呼道："快上桌吧，饭菜都快冷了！"

在吃饭时，吴秉瑜向曾焕乾简要汇报了被李铁接见的情景。曾焕乾听后说："李铁同志的指示很重要，党员的组织纪律性，地下工作的保密性，切不可等闲视之。"

吃罢午饭，吴秉瑜说："我下午先到协大看看老同学，明天就动身回平潭，你还有什么吩咐？"曾焕乾说："该说的我都说了。"吴秉瑜站起来说："那我这就走了！"曾焕乾喊道："玉銮，你送送吴秉瑜。"

"不必了，不必了。"吴秉瑜说着快步离去。

但马玉銮却用更快的步伐赶上他，顺手送给吴秉瑜一小袋东西，说："这一点水果糖，是他从台湾带回来的，你拿到平潭去，既可做见面礼，还可证明你确实是从台湾刚刚回来的。"

"太好了，我收下。"历来客气的吴秉瑜这回没客气。

吴秉瑜从此脱下学生装，成了职业革命家，离开城市，离开协大，走向农村开展地下革命斗争。但他对协大有深厚感情，临离开时必须向母校告别。同时，要告诉同学他是从台湾回来的，以备平潭国民党特务来协大调查他的行踪。

这日下午，吴秉瑜来到魁岐协和大学母校，刚好是下课时间，一群男女同学把他团团围住。他便拿出马玉銮送给他的台湾水果糖，分给大家吃。

"好吃，好吃，甜而不腻，不硬不软，又有水果的清香，好吃极了。"有个女同学赞不绝口，问，"这是哪里来的？"

"是我刚从台湾带回来的。"吴秉瑜煞有介事地回答。

"你什么时候去台湾，我们怎么都不知道？"有个男同学似乎不相信。

"今年7月放暑假时去台湾的。你们都放假回家了，哪能知道？"吴秉瑜说。

"既然去了台湾，怎么不留在台湾找工作，又回来干什么？"还是那位男同学问。

"我村上亲属不放心，一直托人去台湾催促我回来。我能不回来吗？"吴秉瑜灵机一动，这么回答。

"那怎么办？上课都快两个月了。"那位男同学相信了。

"是呀，现在时间已过，学校注册都截止了，当然上不了学。"吴秉瑜一脸无奈地说，"所以我不得不暂时休学回平潭，找一份工作，积蓄一点钱，留待以后复学。"

吴秉瑜平时不苟言笑，讲话实在，同学们又吃了他带回的福州买不到的台湾水果糖，当然都信以为真。

第十七回　隐身份假说赴台事
明心志真言内中情

1946 年 10 月 15 日早晨，吴秉瑜到马尾港乘便船回平潭。在船上，他也分一些台湾水果糖给船工们尝新，也有类似上述和协大同学的对话，船工们没有不信的。

吴秉瑜一回到平潭城关，就去找平潭县副参议长、他的族长吴自寿。吴自寿乡情观念很浓，他十分器重、疼爱这位堪称家族骄傲的唯一大学生。当吴秉瑜突然出现在面前时，他仿佛见到天上掉下来的金元宝，喜笑颜开，道："你终于回来了。我寄到台湾的回信，你收到了吗？"

"收到了。"吴秉瑜感激地说，"我就是读了您这封热情洋溢的回信后，才下决心从台湾动身回来的。路经福州时，我也到协大查问能否复学，可协大教务处却说注册已截止两个月了。没办法，只好回到您身旁，找一份工作，混口饭吃。不过我才疏学浅，缺乏社会经验，还望您多多关照。"

"你是个顶尖的秀才，能说会道，写文章出手不凡，办事精干老到，谁不会喜欢用你？刚好我们县参议会缺一个会写大文章的笔杆子。收到你从台湾寄回来的信后，我就同郑（叔平）参议长通气，他就叫我赶快写信请你回来到县参议会任文书。"吴自寿实话实说，没含水分。

接着，他把吴秉瑜手中的行李拿过来，道，"你就住在县参议会宿舍里，房间已经整理打扫过了。"

"谢谢您周全安排。"吴秉瑜见吴自寿降尊纡贵为他提行李，很是过意不去，便一把将行李接过来，道，"还是让我自己拿吧！"

"你一路车舟劳顿，辛苦备尝，我决定今晚6点邀几位你往日的好朋友在潭城十字街菜馆二楼雅座设便宴为你接风洗尘。"

"不必如此破费，我看还是免了吧！"吴秉瑜口里这样说，心里却想这倒是一个让自己在公开场合亮相，宣称是从台湾回来的好机会。

"我虽然官小薪微，又无额外黑路收入，但请你在菜馆吃一餐平潭菜，还是绰绰有余，你就不必客气了。"吴自寿诚心诚意地说。

"那恭敬不如从命，我听从您的安排。"吴秉瑜不由心里叹道，这位族长可是一把自己开展地下革命斗争的保护伞啊！

进了宿舍，放下简单行装后，吴秉瑜拿出两张台湾钞票和一包台湾水果糖出来给吴自寿，道："我在台湾本想买一套西装送给您，但在台北商铺挑来挑去，总是不满意其式样，最终没有买成，真是不好意思。这两张台币送给您收藏，做个纪念吧。另外一包台湾水果糖就给弟妹们吃吧！"

"这可是千里送鹅毛，礼轻意重呀！谢谢你了。"吴自寿欣然收之。

傍晚，不喜欢迟到的吴秉瑜如约而至，没想到雅座里的八仙桌除了留给他的东一位外，已经坐满了陪客；更没想到陪客中竟然有县警察局长游澄清等几位政府要员。他们见吴秉瑜进来，如同见到上级高官驾临似的，齐齐站起来鼓掌说着"欢迎台湾客"。受宠若惊的吴秉瑜调整一下心态，也落落大方地同他们一一握手叙礼。

礼毕坐下后，吴秉瑜拿出一包台湾水果糖，宛如天女散花一般撒在干净的油漆八仙桌上，笑着说："这是我刚从台湾带回来的，让诸位乡亲好友尝尝台湾货味道。"

众陪客像群鸡争食似的，个个伸手拾起面前的水果糖往口里送，边嚼边赞："好吃，真好吃。"

　　主人吴自寿也捏一粒台湾糖吃。由于那台湾水果糖有红、黄、蓝、绿、白各色，外无纸片包装，表面又粘着细细的白糖粉，他吃完后拿出手绢擦擦嘴巴和手指，不无自豪地道："瑜侄从台湾带回的水果糖，既好看又好吃，吃完还想吃。刚才他送一大包给我家，平时什么都相让的几个孩子，竟对这稀罕的台湾糖你争我夺的，差点打起来。"

　　一席话，说得大家都大笑起来。接着，吴自寿拿出那两张台湾钞票，在众人面前扬一扬后退还吴秉瑜，说："这两张台湾钞票，侄还是拿回去，留做这趟台湾之行的纪念吧！"

　　"不，不，我这里还有好几张呢！"吴秉瑜又顺手拿出另外几张台湾钞票来。

　　出于好奇，在座的人都争相把吴秉瑜手中的台湾钞票拿过来细瞧慢看。

　　"现在时间还早，菜等一等上桌，先请秉瑜讲讲台湾情况怎么样？"吴自寿首先提议。他之所以提议，一是他确信吴秉瑜是刚从台湾回来的，由他讲台湾情况并不难；二是吴秉瑜品学兼优、出类拔萃，是吴氏家族中的唯一大学生，他常常为之感到骄傲，让吴秉瑜讲台湾情况似乎自己脸上有光；三是台湾刚回到祖国怀抱，在大陆民众的心目中，有些神秘感，他本人也不例外，很想听听台湾情况。

　　"好呀，讲讲赴台见闻吧！"在座的个个欣喜雀跃，七嘴八舌地嚷道。他们都喜欢听吴秉瑜讲台湾经。

　　"好吧，我谈谈。"吴秉瑜笑一笑后，便侃侃而谈起来：

　　"我这次台湾之行，在岛上旅游、参观、考察前后3个多月，给我最深的感受有两点。

　　"感受之一，台湾自古以来就是中国的神圣领土。台湾的历史和祖国的历史息息相关，荣辱与共，台湾的根在大陆。台湾的最早居民直接来自大陆的东南沿海地区。台湾与大陆血肉一体，密不可分。台湾的种族97%是汉族。台湾的语言一向通行福建的闽南语。台湾的风俗习惯与大陆基本相同，一般保持福建、广东的特点。民间节庆与大陆完全一致，均以农历纪时。重要的节庆，有春节、元宵节、清明节、端午节、中秋节、重阳节等，其庆祝方式和大陆几乎一模一样。追溯历史，我国最早的史书之一《尚书》就有将台湾称'岛夷'的记载；隋朝时称台湾为'琉球'，隋炀帝曾三次派人往台湾；元朝时，台湾和澎湖隶属福建泉州同安县，正式成为中国行政区之一。明朝时的1642年，台湾沦陷为荷兰的殖民地。1661年，郑成功率领25000大军，由福建厦门经澎湖向台湾进发，同荷兰军展开激烈的战斗，取得伟大胜利，沦陷了38年的台湾，终于回到祖国怀抱。清政府统一中国，在台湾经营212年，使台湾发展为我国的一个重要省份。可是，从1895年到1945年，日本侵略者占领台湾达50年之久。1945年8月15日，日本无条件投降，我国恢复在台湾行使主权。同年10月25日，中国政府正式接收了台湾省。从此，台湾人民不当亡国奴，可以扬眉吐气过日子了。台湾人民心向祖国大陆，对大陆同胞十分崇敬，非常友好。他们知道我是从大陆去的，所以我每到一地，都受到他们的热情接待和周到照顾，使我在台湾期间乐而忘返……"

"台湾现在有多少人口？"有人突然问。

"600多万。"吴秉瑜顺口而答，接着又补充道，"准确地说，是6090860人。"

"那么，面积呢？"有人又问。

"台湾总面积为35989.76平方公里。"吴秉瑜不加思索地回答。

"秉瑜的记忆力真好，连小数点都能背出。"在座的人无不为之纳罕。

"因为我在台湾期间听台湾人常常讲这些数字，也就记住了。"吴秉瑜笑笑答。

"大家别打岔，让秉瑜再说下去吧！"吴自寿说。

"感受之二，台湾是祖国的美丽宝岛。台湾四面环海，四季如春，物产丰富，景色秀丽，素有'美丽宝岛'之称。我这回刚到台湾不久，几位朋友就带我游览阿里山，亲身领略了阿里山的森林、云海、日出三大奇观。那天，我们到时是黄昏，看到白云从山谷涌起，迎风飘荡，把山谷和林海遮得若隐若现。人立山峰，林涛阵阵；遥望足下，仿佛是一片白云翻滚的海洋，犹如置身于海上仙山之中。次日清早，我在阿里山看日出，看到的是太阳从玉山主峰升起的奇景。朝阳将出之前，霞光逐渐从东方升起，将天空染成金红一片，灿烂夺目。刹那间，朝阳自峰顶拳然腾空，像断了线的巨大红球，接着云霞逐渐隐没，顿见万丈光芒四射，照耀青山翠谷，气象万千，使我流连驻足，舍不得离去。我临回来前几天，又去游览风姿如画的日月潭。日月潭是台湾最大的天然湖，面积900多公顷。潭中有一小岛，名叫珠子屿，也叫光华岛。以此岛为界，北半湖形如日轮，南半湖状似上弦之月，故得名。日月潭之美，在于环湖皆山，重峦叠峰，郁郁苍苍；湖面辽阔，水平如镜，潭水湛蓝，美不胜收……"

吴秉瑜从岚华、融美、英华到协大始终是最拔尖的高才生，他博闻强记，对台湾的历史地理早有涉猎，曾焕乾又对他介绍了台湾近况，所以他说起台湾经来如同决堤的湖水，滔滔不绝，无法停息。有关台湾方面的提问，他对答如流，滴水不漏。在座的个个听得入迷，没有人有丝毫的怀疑。他本想再谈下去，但几道菜已经上桌了，吴自寿便委婉地打断说："菜凉了，先谈到这里吧。我们平潭乡下有句俗语，'一日去海口，三日讲不了'。秉瑜这回去台湾，一去就是三个多月，如果让他讲，恐怕三年也讲不完。好，大家吃菜喝酒……"

菜当然是地道的平潭土特产菜，有鱼丸、鱼面、鱼炸、鱼染、蟹羹、对虾、海蛎煎、紫菜肉、番薯丸（时来运转）、炸饺仔（天长地久）、调薯粉（八珍糕）和炒薯粉面等，碗碗味美好吃。酒也是本地酿造的番薯酒，杯杯清醇可口。

饭饱酒足从菜馆回到参议院宿舍后，吴秉瑜方觉得有一点后怕，

125

后怕得出了一身冷汗，连洁净的内衬衣都被溢出的汗水洇湿了。刚才自己在接风便宴上大谈祖国宝岛台湾，只要稍稍出一点纰漏，便会功亏一篑。

洗浴更衣之后，吴秉瑜躺在床铺上想想，又觉得好笑。学了"兵不厌诈"之道，一向不喜欢讲假话的自己，居然也学会了编造谎言。这好比演了一出成功的话剧，导演曾焕乾的巧妙构思、精心设计，我这位演员的从容不迫、步步到位演出，便使充当观众的县国民党头头脑脑们觉得无懈可击、真实可信了。更好笑的是，宛如孙悟空钻进牛魔王的肚子里，我这位共产党的县工委书记却堂而皇之地住进了国民党的县参议会里，大摇大摆地走在街路上。住进县参议院既有利于掩护地下革命活动，又有利于窥探敌人动态，还方便于进行统战工作，做到身处虎口，安如泰山……

1946年11月的一天上午，从台湾回来探亲的徐兴祖独自在街上走，突然听到背后有人问他："兴祖老弟，你何时回来？"徐兴祖回头一看，见是曾焕魁，忙答道："前天刚回来。"曾焕魁小声问："你回来时吾弟曾焕乾有没有对你提起我？"徐兴祖说："我刚从台湾回来，路经福州时，因急着回平潭，所以没遇上焕乾。"

曾焕魁见说，知道徐兴祖不相信自己，有点不高兴地道："我焕魁虽然不是共产党，但我对党赤胆忠诚。我虽然心直口快，但不该说的话，打死我都不会说出去。我分析你对我还不放心。"

"你分析错了。"徐兴祖接着道，"焕乾曾经对我说过，你为人忠烈，一心向党，一向热心革命和公益事业，堪称党外布尔什维克，是他最尊敬的堂兄。作为焕乾的朋友，我对你岂有不放心之理？"

"真的吗？"曾焕魁笑笑问。

"千真万确，一点不假。"徐兴祖有意转移话题，便明知故问道，"焕魁兄，你为什么还不是一个共产党员？"

　　"不是我不想做党员，也不是不敢做党员。自从1941年5月，焕乾在福清南西亭协助罗县长抗日时对我说，他是中共地下党员，并对我宣传中国共产党的性质、任务和奋斗目标之后，我就把自己的一颗心交给党了。然而，我这位堂弟，说来也怪，却从来不对我提半句入党的事。我分析其原因不外有三：一是我不够党员条件；二是他怕我入党有丢脑袋之险；三是他认为我不入党可以对党的事业起到一个党员所不能起到的特殊作用。"曾焕魁说到这里不无自豪地问，"你说，我这样分析有没有错？"

　　"你这般鞭辟入里的分析，把我的一个疑团解开了。"徐兴祖举起大拇指称赞，接着又问，"我听说，你为避开林荫迫害，逃往永泰任县民政科科员，为永泰民众办了许多实事好事，但不知你为什么又回平潭来？回平潭之后又在哪里做事？"

　　"说来话长啊！"曾焕魁很健谈，他唱然一叹后，便一五一十地回答了徐兴祖的提问。

　　原来，1943年4月，曾焕魁因参与曾焕乾、周裕藩等人策划南澳缴枪事泄，被林荫以企图下海为匪罪关押监狱4个月。经各方营救，于同年8月释放出狱后，被分配在潭南小学任教。这时，有一位好心的朋友对他说："1941年冬林荫当县长时，欲委任你为平潭三青团主任，而你无意与林荫一班人为伍，逃往南平。那时，林荫对你的不合作态度就很不满，扬言要伺机报复你。果然，你因参与策划南澳缴枪事被他重罚蹲监狱。后来，有地下党严重嫌疑的曾焕乾、周裕藩都释放了，而你一个人仍被关在牢房里。可见他对你愤恨之深。现在你虽然释放了，但林荫对你愤恨并没有消除，他随时都有可能以共产党嫌疑犯的罪名对你下毒手。古人说，三十六计走为上策，你为什么不走？难道你要留在平潭等死吗？"朋友的一席话，犹如醍醐灌顶，说得曾焕魁不由自主地打了一个寒战。于是，他次日便出走永泰。凭其才干，他很快就当上了民政科科员。1944年5月，国民党平潭县书记长王开

诚到永泰开会，他奉林荫之命，动员曾焕魁回平潭工作。曾焕魁拒绝
道："你难道要我回去到北门啃草皮吗？"北门是平潭城关枪毙死刑
犯的地方。曾焕魁的意思是说，"你要我回去让林荫枪毙吗？"王开
诚当然听得懂，便回答道："你不是共产党，又不犯法，这怎么可能
呢？其实林县长很爱才，对你也很器重。他说你才华出众，为人勤快，
办事精干，性格豪爽，流在外地是平潭工作的一个损失。"曾焕魁听
后，忍不住大笑一阵，回答道："你说林荫很爱'财'，这倒是事实，
不然他怎么能富甲一方？至于说到我，我可没有那么多优点。书记长，
你是老好人，我谢谢你的好意，但我一时还不想回去。"1944 年 10 月，
曾焕魁收到郑锡康的一封信，信中说他受林荫县长之托，邀请曾焕魁
回平潭县任职。只要他愿意回平潭，任什么职都好商量。曾焕魁读了信，
一气之下，将信纸撕得粉碎，心中骂道："这个狗 X 养的，居然要我
送死给他的主子！"1945 年 1 月，林荫亲自给曾焕魁写了一封热情洋
溢的信，再次邀请他回平潭工作。信中说，"齐齐平潭人应该捐弃前嫌，
携手合作，共同为建设家乡尽心尽力。"信中还许诺，回来后做什么
工作，都尊重他本人意愿，不会勉为其难。信中甚至发誓，如有害他
之心，将遭电击雷殛，不得善终。

那日上午，曾焕魁刚刚读完林荫这封亲笔信时，不免有些感动，觉
得可以接受他的邀请，回平潭家乡工作。他想，林荫毕竟是平潭人，而
且是平潭建县以来头一位平潭籍县长，他多少也想有一番作为，把平潭
县的各方面工作做好。而要做好平潭工作，则需要大批的各方面人才。
我虽然才疏学浅，办不了大事，但也是一位学有所长、能够独当一面的
人物。林荫要我回平潭工作，也在情理之中。我虽然衷心拥护中国共产
党的政治主张，热情支持堂弟曾焕乾干革命，甚至满心希望自己成为一
个共产党人，但我还没有参加党的组织，并不是共产党员。林荫没有理
由非杀我不可。再说，我和林荫还是一对抗日战友，共同在罗仲若县长
手下当参谋，有一定的同乡之情、同袍之谊，而林荫也不是一个都不讲

义气，都不念旧情的人，即使我现在不愿和他同流合污，沆瀣一气，而坐在县长交椅上的林荫，又何必欲置我于死地，留下千古骂名呢？

但是，到了下午，曾焕魁转念一想，又觉得回去不妥。一个可怕的念头从他心中陡地升起：一县之长的林荫纡尊降贵亲自给他写信，必有其不可告人的政治目的。国民党的政治是最肮脏的，完全不讲良心和道德，根本没有实话可言。林荫这封信，乃是一个美丽的圈套，一片香甜的钓饵，他妄图诱惑我跳进去，吃下肚。已经摆脱林荫掣肘一年多的我，躲在永泰山城工作，犹如鱼游深海浅底，自由自在，岂能如此轻易地被林荫的一封信就钓上钩，然后任其宰割烹煮？罢罢罢，不回去，不回去，好男儿志在四方，在永泰同样也可以为民办实事，也可以救民于水深火热之中啊！

然而，到了灯阑人寂的夜晚，凡事三思而行的曾焕魁躺在床上再想，又觉得还是回平潭工作为好。平潭家乡教育极端落后，全县念书的人屈指可数。我是一个师范毕业生，为何不回去兴办学校，让那些嗷嗷待哺的青少年有书可念，有师可承，脱掉文盲愚昧的帽子，走上科学兴国、革命救国之文明大道呢？再说我父母年迈多病，我能在家乡工作也便于尽孝，回报点滴父母养育之恩。我今年已经三十有一，还是一个单身哥。父母抱孙心切，见我未婚焦心如焚，难道不应该找门亲事，以满足风烛残年的父母这个合乎情理的心愿吗？

不过，次日天亮之后，曾焕魁又将一夜所想的结论翻了过来："不回去！"

正当曾焕魁处于想回又不敢回的两难之际，恰巧到永泰做生意的中共地下党员林正纪来访。曾焕魁便将此事对他和盘托出。林正纪听后说："你为何不同焕乾商量？"曾焕魁说："可他如今远在邵武山城协大呀！"林正纪道："我正好明天要去邵武协大找他。"

几天之后，林正纪从邵武返永泰，向曾焕魁传达了曾焕乾的意见："速回平潭办学，暗中只做一件事，为我党通信息！"

"好，我下决心回去。"曾焕魁虽然比曾焕乾大5岁，是其堂兄，但他对这位出类拔萃的堂弟却唯命是听。

于是，1945年4月的一天上午，从永泰回平潭的曾焕魁大摇大摆地走进县长办公室。林荫喜出望外，笑着站起来紧紧握着他的手道："焕魁，你终于回来了。你给我面子，我好高兴。现在，我这里有一张虚位以待的县教育科长椅子，正等着你这位省师高才生坐坐呢！"

"我是省师毕业的一点不假。临毕业时，校长林炯还恳切地要求我们负起教育重任，做个教育救国的先锋。但是，当科长非我焕魁所长，还是分配我到乡下教书吧！"

"焕魁，你在我林荫面前谦什么虚？想当年你在罗仲若县长手下当训政主任和组织科长，几乎做了福清县的半个县长，不是当得很漂亮吗？再说，教育科长领导全县教育工作，不正是一县教育之先锋吗？"林荫嬉皮笑脸，却非虚情假意，接着他严肃地说："就这么定了。"

"不，不，不，千万别这么定！"曾焕魁赶忙阻止。

平心而论，教育科长位高权重薪水丰，又能在教育事业上大显身手，哪个师范毕业生不趋之若鹜？曾焕魁当然也非一点都不动心。但他看到国民党政府的腐败无能，林荫为人的阴鸷、奸猾，下决心同其保持距离，以免出现尴尬局面。曾焕魁想到此，灵机一动，拿出林荫给他的信扬了扬，笑笑道："你信中不是说过，我回来后做什么工作，都尊重我本人的意愿吗？"

林荫见说，顿了一下，心中已有了主意，道："既然如此，就任命你为中山中心小学校长吧。"

没有理由再拒绝了。曾焕魁回到中山乡大坪村老家一放下行装，便往学校报到。说是学校，实乃至凤村的张氏祠堂；除了课桌椅外，就一无所有。它名为中心校，却只有5位教师，5个年级。曾焕魁上任后，立志改变学校落后面貌，一是努力扩大招生，增设6年级，使之成为完全小学；二是苦苦兴建校舍。为了筹集资金，他简直磨破嘴皮跑断腿。基建动工后，他日夜守卫现场，在苦雨凄风的工地上熬过了数十个不眠之夜。颇具规模的新校舍落成了，但他却瘦得皮包骨。中心校迁入新校舍上课时，曾焕魁主动把校长交椅让给另一位乡贤张建勋坐，而他自己只当教导主任兼教员……

徐兴祖听完曾焕魁诉说的这段曲折的心路历程，不禁为之动容。

第十八回　智赚药品人药两得
巧调粮食钱粮双获

　　1946年12月间,曾焕乾召"紫电队"党支部书记陈书琴专程来福州,就委派吴秉瑜回平潭任县工委书记和计划在平潭组织武装暴动这两件大事,同他打招呼。

　　陈书琴听了满心高兴,向曾焕乾表态说:"我们紫电队党员个个赤胆忠心,人人英勇善战,一定会在县工委的统一领导下,为这场破天荒的武装暴动取得全胜大显身手。"

　　"紫电队"乃平潭县的一个业余篮球队的名称。其首批12名队员都是从小一起长大、一起读书打篮球、一起抗日打游击的亲密伙伴。因共同不满国民党腐败政府,于1944年1月在杨建福家歃血盟誓,约为兄弟,结成以反对林荫统治为一致目标的小团体。为了便于公开活动,便组织了一个号称"紫电队"的篮球队,开展活动。曾焕乾对"紫电队"十分关注。今年六七月间,他曾两次在鼓山接见陈书琴等"紫电队"骨干,对他们进行党的基本知识教育,指导他们写自传申请。今年8月,曾焕乾派洪通今为陈书琴、陈孝仁、念克谦、杨建福、林祖耀等紫电队骨干办理入党手续,先成立党小组,后成立党支部……

　　次日早晨,陈书琴就动身到台江码头准备乘船回去。走在半路上,碰巧遇见也想回平潭的林中长和施修莪。

林中长，平潭大福人。施修莪，平潭霞屿人。林、施二人于今年6月黄花岗中学高中毕业，已于今年2月加入党组织。他俩毕业后奉命回平潭以潭南小学教员为掩护从事地下革命斗争。

于是，他们三人便联袂而行。当路过台江福清会馆时，他们顺便进去看望一下住在这里的乡亲陈宜福。

陈宜福，又名陈佑民，平潭城关人，1919年2月出生。他在厦门大学读书时，同女青年曹玉珍相爱，后成婚，生了一个女儿名叫陈洁庄。

陈宜福见林中长、陈书琴和施修莪光临，喜出望外，道："你们来得正好，上午帮我一道去救济总署福州办事处替平潭县基督教卫生院领西药。"他们三人都说可以，就跟着陈宜福到位于仓前街的救济总署福州办事处去。

走进救济总署福州办事处的西药库里，只见各种药品琳琅满目，真令人羡慕。

"地下党的所有据点与游击队不是正需要这些药品吗？能弄一些送去该多好呀！"林中长、陈书琴与施修莪三人同时这样想着，彼此交换了一下心照不宣的目光。那天，陈书琴刚好穿一件大衣，可以装好些药品带出去。但由于来领药的人与仓管人员太多了，使他们无从下手。

陈宜福和林中长、施修莪、陈书琴几人忙了一整天，领了满满两板车的西药运到台江福清会馆。一路上，陈宜福再三向林中长、施修莪、陈书琴致谢，说帮了他一天的忙，真不好意思。但他哪里知道，林中长、施修莪、陈书琴三人一路上一直在肚子里打着怎么弄走这两板车西药的算盘子。

当天晚上，林中长、施修莪和陈书琴三人便到程埔头据点，向曾焕乾汇报今天帮助陈宜福领药和他们想偷药的事。

曾焕乾听后想了想，沉吟道："我们要开辟第二战场，可药物奇缺。

这批西药对我们太重要了。不过，我们要研究个行动方案，再请示上级组织批准。"

那天晚上，曾焕乾和他们三人研究了好些方案。偷、抢，都不是办法，最后，曾焕乾决定采取把陈宜福争取过来的办法。他说："人变成我们的人，药品就不难到手了。这个方案如能实现，不但药品弄到手，又多了一位同志。"

曾焕乾还分析了这个方案的有利条件与难点。有利条件是曾焕乾早就认识陈宜福。陈宜福于1943年3月还帮助地下党弄到了一些经费。难点是他已经有了妻室，拖儿带女的，不会轻易抛弃其小家庭的温暖生活投身到革命的惊涛骇浪中来。因之，不得不像梁山好汉请卢俊义上山那样，采取"逼上梁山"的办法。接着就研究了逼陈宜福上"梁山"的具体步骤，交给林中长、施修莪执行。陈书琴因紫电队事多，曾焕乾叫他赶快回平潭去。

第二天上午，林中长、施修莪就到陈宜福家里玩，并请他看电影，深入了解他的思想动态与家庭情况，建立起更加深厚的友情。

第二天晚上，曾焕乾告诉林中长、施修莪说："上级组织已经同意我们的行动方案。"并且指示林中长、施修莪住到陈宜福家里去，好开展争取他的工作。同时，还拿出一笔款交给施修莪，作为结交陈宜福之用。

于是，林中长、施修莪便住到陈宜福家里。陈宜福收入不稳定，家里经济景况不好，施修莪就拿钱给他买柴籴米，又常常请他看戏、看电影、吃点心。相处中，逐渐了解到他富有正义感，对现实也是很不满的。

过了几天，陈宜福因用了施修莪许多钱又无力还谢而感到难过，整天愁眉苦脸的。林中长趁机说："你家生活有困难，何不把你姐寄的药品卖掉一些以济眼前之急呢？即使你姐知道了，也不至于会怎么样。"

陈宜福听了有些动心，说："卖也得有主顾呀。"

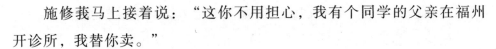

施修耒马上接着说："这你不用担心，我有个同学的父亲在福州开诊所，我替你卖。"

陈宜福想了一下，便点头同意了。

林中长、施修耒立即将这一情况向曾焕乾汇报，又按照他的意见，当晚就带去一个皮箱和一块包袱布到陈宜福家。和宜福商量后，把他的妻子和小姨子安排去看电影，他们三人关起门来将西药装满一皮箱和一包袱。翌日，天还未亮，施修耒雇一辆人力车，将药品运到事先约定的据点交给曾焕乾收转给上级组织。

傍晚，林中长、施修耒又带空皮箱与包袱布去，同时交给陈宜福一笔买药款目，并告诉他，款目长短以后再结算。

就这样，陈宜福连续4次将西药卖给地下党。这时，曾焕乾又指示林中长、施修耒："现在火候到了，可以进行第二个步骤，同陈宜福摊牌了。"

晚上，林中长、施修耒俩空着手到陈宜福家。一见面，林中长就佯装懊恼的样子，说："我们为你办了一件坏事，这批西药原来是县政府的，林荫一旦知道这批西药是放在你家里被人偷了，他会放过你吗？"

林中长这么一说，吓得陈宜福半天说不出话来。他原以为药品是送给卫生院的，偷卫生院的东西，作为院长的姐姐是不会难为他的。现在经林中长提醒，方知药品是给县政府的，林荫县长知道了一定会追究，这才感到问题的严重。他忧心忡忡地叹道："这可怎么办呢？"

施修耒接着转环说："天无绝人之路，办法总是有的！"

陈宜福并不相信，喟然道："还有什么办法呢？"

"三十六计走为上嘛。"林中长说。

"谈何容易，我一家四口，往哪儿走呀？"

"我有个保证你安全的地方。"施修耒单刀直入地说。

"什么地方？"陈宜福半信半疑地问。

"到解放区去，到我们游击队控制的地方去。"施修菱说。

施修菱的话使陈宜福大吃一惊。他瞪着一双怀疑的目光说："这么大的事情，我得和我老婆商量商量再说。"

此时林中长心想，"我和施年纪比他小，又是高中刚毕业的学生，有这么大的本事说服他投身革命吗？"林中长想着便有了主意，笑道："我知道你不大相信我们，但我们可以请一位你相信的人来和你谈。"

"他是谁？"陈宜福问。

施修菱笑而不答，竟拉着陈宜福往外走。

林中长、施修菱带陈宜福到程埔头据点和曾焕乾相见。起先没说出曾焕乾的名字。进了门，陈宜福见是曾焕乾，高兴得很，笑骂林中长、施修菱为什么不早说。似乎他一天的疑虑，见了曾焕乾，便消除了一大半。晚上，在曾焕乾同志的耐心说服教育下，陈宜福提出入党要求，并且答应交出所有药品，全家撤离福清会馆，跟着曾焕乾一道干革命。

陈宜福思想通了，他爱人的工作，由他自己去做。结果他老婆也答应了。

曾焕乾知道他爱人同意后，对林中长、施修菱说："要趁热打铁，今晚我们仨一起到福清会馆过夜，务必使陈宜福夫妇跟我们走的决心坚定下来。"他说完又交代林、施如何运走西药，如何帮助陈宜福全家撤离等细节。

这天晚上，曾焕乾和林中长、施修菱一起到陈宜福家过夜，进一步做他们夫妇的思想工作，并把如何行动也告诉了他们。

陈宜福根据曾焕乾的意见，事先对邻居说："昨天平潭来信，说我父亲病危，要我一家人马上回去。明天一早，我就要坐船回平潭，并将西药带回去。"他这样一说，次日就可以大模大样地装运这批西药与搬家撤离了。

然而，就在陈宜福要撤离的时候，却发生了一件意想不到的事：邻居们都说要送陈宜福上船，说什么也不能阻止他们。真可谓盛情难却。

可是，如果让他们送，不就露了马脚吗？若不让他们送，必将引起怀疑，也会败事。在这进退两难之际，陈宜福急中生智，想出了一个脱身之计。他拿出房间的钥匙对邻居们说："我这一走，不打算再回来了。在相处的日子里，我家多有打扰诸位，现在即将分别，我没有什么礼物送大家，只有我房间里的一些旧家具，你们如果不嫌弃的话，就分了去，作个纪念。因为开船在即，恕我不能亲自一一奉送了。"他说完将钥匙交给邻居中的一个老年人后，返身就走。

陈宜福这一席话，实在太突然了。邻居们听了都不知怎么回答是好。这时钥匙已在一个老年人手中，谁都怕那些家具被别人先搬走，因此谁也没有再坚持要送陈宜福上船。

1947 年元旦过后没几天的一个上午，曾焕乾通知郑杰和洪通今二人到他居住的福州仓前山竹林山馆，布置他们当天晚上前往林森县林浦田粮经征处调运 300 担粮食，并取回一小箱钞票。

手无寸铁的地下党人到国民党的粮仓去调运粮食，简直等于与虎谋皮，当然非同小可。这是曾焕乾经过相当长时间的周密部署而采取的一次非常行动。

根据省委"变国顽财产为革命财产"的指示，早在 1945 年 11 月，曾焕乾刚当上学委书记不久就策划从国民党粮仓中搞到一批粮食支援游击队。那时，他首先是选定了林森县林浦田粮经征处作为夺粮目标。因为，林浦地处闽江边，水陆交通两便，夺粮容易成功。其次，他物色了地下党员丁敬礼，让他活动当林浦田粮经征处主任。

丁敬礼，平潭东澳人，1912 年 1 月出生，1938 年毕业于省立高等农业职业学校。1941 年任平潭农场场长。1945 年上半年起就任国民党林森县政府助理秘书。所以，他有资格竞争到田粮经征处主任这个肥缺。

果然天从人愿，丁敬礼经过活动当上了林浦田粮处经征处主任。上任后，他根据曾焕乾的指示，又把其胞兄丁金木和乡亲李德金安排当仓管员，并发展他们入党，使田粮处大权控制在地下党手中。

从那时开始，林浦田粮处在丁敬礼的精心安排下就陆陆续续运出一些粮食到地下党游击队的山头据点去，至此时，加起来少说也有200担之则。但大批调运粮食给地下党，却还没有过。

现在，为了调运出这批300担粮食，曾焕乾又做了周密部署：一是把潜伏在林浦田粮处当主任的地下党员丁敬礼预先撤到福州来，二是留丁金木和李德金两同志在田粮处做内线配合，三是派郑杰和洪通今提丁敬礼在福州签发的紧急调粮令到林浦田粮处提粮食，四是请江委下属的福州第一市委出动两条船负责运粮。

郑、洪两人的具体任务是提紧急调粮食令到林浦粮食仓库办理调粮出仓手续。但是，要办妥这个调粮出仓手续得冒风险。因为，这张调粮令只经过田粮处主任签字，没有加盖公章，不是政府正式调粮单，手续不完备，有漏洞，只要稍稍审查核对，就有露出马脚的危险。然而这个任务却是很重要的，又必须顺利地完成。开辟第二战场，对粮食的需求是十分迫切的自不必说，而完成好这个任务，给国民党在经济上和在政治上都是一次沉重的打击。

为了瞒过其他人，曾焕乾安排运粮船只和他们两人都得在傍晚之时到达林浦码头，这样可以利用夜色作掩护，以减少被敌人发觉的危险。

郑杰、洪通今两人乘坐小船来到林浦时，正是傍晚，天气阴沉，细雨霏霏。出纳经办人员看了郑杰拿出来的紧急调粮令，又看到郑、洪两人化装得很有派头的模样，都有些心虚，谁还敢刁难他们？另一方面，他们也想不到主任会是共产党。既有主任的亲笔签字，最后还会有仓管员核对，出事有人负责，他们何必自讨麻烦？因此，没有费多少口舌，就办妥了出仓手续。但如果仓管员不是我们的人，这张有漏洞的调粮令被发现之后，也会发生麻烦甚至还会出现危险。因为仓管员有责任审核调粮令的真假，所以，这最后一关也是很重要的。郑、洪两人和丁金木、李德金对上暗号，交割出仓单和调粮单之后，丁金木就去集中搬运工人，开仓搬粮。负责运粮的两条船的船员也积极配合，前后只花2个多小时，300担粮食的抢搬装船就完毕了。

郑、洪两人利用工人搬粮装船的空隙时间，以丁主任要他们到其房间拿东西为名，到丁敬礼房间去。他们出示了丁敬礼的一串钥匙，田粮处的人都毫无怀疑地让他们自由进出。

走进丁敬礼的房间，果然看到床下有一个小箱子。打开一看，满满的一箱钞票，也不知有多少。他俩担心小箱子拿出去会被敌人发觉，就叫丁金木打开一个粮袋，将小箱子塞在里面搬出去。到了船上，都是自己人了，再把这个小箱子拿出来转到他们坐的小船上。

小箱子搬出去之后，他俩看到丁敬礼房间的墙上挂着两支步枪，很想把它带走。可是步枪那么长，米袋放不进的，无法瞒着人拿出去。但又不甘心再落到敌人手里，所以就把枪栓拆下来，回船时扔到江里去，让这两支步枪报废！

郑、洪两人还把抽屉里的所有账本和单据拿走，抛到江里去，使敌人无从盘点。

直等装满300担粮食的两条船开走之后，郑杰和洪通今两人才回到小船上，由原路驶回福州第二码头上岸。然后，提着一箱子钞票到竹林山馆，向曾焕乾复命。此时，曾焕乾才告诉他们，小箱子内的钞票是1000万元。此款本该上缴给国民党林森县政府，但丁敬礼为了支持地下党游击队有意拖延着没交。

到了第三天，国民党林森县政府才发觉300担粮食被人调运走了，1000万元现金也不翼而飞，田粮处主任更不知去向，大为震惊。像这样的事，全省还没有发生过，所以，当局立即下令彻底追查，并派要员到林浦坐镇指挥。但在曾焕乾的精心安排下，丁敬礼和丁金木、李德金三人早已安全撤到他处了。

第十九回　头三月成绩很显著
后六周万事皆俱备

1947 年 1 月 15 日。根据曾焕乾通知，吴秉瑜来到福州洋中亭延平路 228 号其五叔曾文勇家，向暂在这里落脚的闽江工委领导李铁、曾焕乾汇报头 3 个月的工作情况。

此时，已是下午 5 点，吴秉瑜开门见山，如实汇报道：

"3 个月来，遵照曾焕乾同志的指示，我打进平潭县参议会，以该会文书的公开身份，秘密开展党的工作，办了 3 件大事，所取得的成绩颇为显著，较好地完成了头 3 个月第一阶段的预设任务。

"第一，关于调查研究事。首先，我们查清了平潭县国民党拥有的武器装备和武装队伍情况。回县后，我把这项工作列为县工委的硬任务来完成。我通过多种渠道的调查，经过多次反复的核实，弄清了其重要武器的种类、数量和存放地点；同时弄清了其武装队伍各部分的建制、人数和战斗力。在武器弹药方面，全县共有重机枪 6 挺、轻机枪 30 挺、驳壳枪 100 多支、步枪 500 多支，还有大量的手榴弹和各种弹药，足够武装我游击队 4 个团；在武装队伍方面，县自卫队 1 个中队 3 个分队 9 个班 130 多人，拥有机枪 2 挺、步枪人手一支；林荫私人卫队 30 多人，拥有机枪 3 挺、驳壳枪 30 多支；县警察局武装警察 30 多人，拥有机枪 2 挺、精良长短枪人手一支；林氏家族林正乾中队 30 多人，机枪多挺、精良长短枪人手一支；武装特务组 20 多人，有机枪 1 挺、短枪 20 多支；盐缉队 30 多人，每人一支步枪。其次，我们对平潭国民党态势进行研究分析，认为平潭岛孤悬海上，风大浪高，交通不便，既没有国民党正规军驻守，也没有省保安团驻扎，就只有这几部分充其量 280 人左右的地方武装队伍。由于平潭县巨头林荫极力培植个人势力，对各部分武装队伍划派分亲疏，不能一碗水端平，导致队与队之间钩心斗角，往往因给养不均而内讧。所以，他们就像一盘散沙，很难拧成一股绳对付我们的奇袭。加上他们都没有经过严格的正规训练，因此战斗力较差。当然，我们不能麻痹轻敌，必须做到充分的准备和周全的安排，以便一举成功。

"第二，关于发展党组织事。我在老家玉屿村发展党员，建立党的组织，使之成为可靠的革命据点。我出生长大于玉屿村，从小与父老乡亲友善，有很好的群众基础。我以探望亲属为名，多次回乡开展工作。玉屿村又是平潭的一方穷乡僻壤，当地群众受尽压迫剥削，穷得'三块菇片一碗汤'过日子。他们迫切要求革命，渴望有人能够把他们从苦难的深渊中解救出来。我深入浅出地对他们讲中国贫穷落后的原因，讲改变苦难现状的出路，讲推翻'三座大山'，讲中国共产党是中国人民的救星，使他们很快就觉醒起来，发誓要跟着共产党闹革命。每当夜间，我就组织一批知识青年学习从福州带回的革命小册子，讲解社会发展规律和共产主义理论，使他们进一步提高了马列主义觉悟。在此基础上，于去年 12 月首先发展了吴聿静、吴聿杰、吴秉汉、吴吉祥等 4 位知识青年入党，并于元旦那天宣布建立以吴聿静为书记的玉屿党支部，紧接着由吴育静发展了 8 名党员，合计 12 人。为了掩护革命活动，我建议吴聿静出任国民党保长，并由他和支部党员负责加强对村民的摸底、联系和教育，继续发展党员，努力把没有山头掩蔽但有群众基础的玉屿村建成为铜墙铁壁般的可靠革命根据地。与此同时，发展平潭县警察局陈徽梅入党。陈徽梅现任平潭县警察局督察长，是我在岚华初中读初一时的同学，又是曾焕乾的挚友。1943年曾焕乾因策划到南澳缴枪被林荫以准备下海为匪罪羁押在县警察局内。富有正义感的陈徽梅，出于同情和爱才，暗中百般照顾身陷囹圄的平潭精英曾焕乾，并与之建立了诚挚的友谊，成为一对生死与共的莫逆之交。我进驻平潭县参议会后想方设法同陈徽梅接触，对他叙同窗之友谊，谈国家之大势，讲救国之正道，论人生之真谛。在提高其认识的基础上，对他说明共产党的性质、宗旨和奋斗目标。然后，对他传达曾焕乾的嘱咐，由曾焕乾和我两人当介绍人，吸收他加入中国共产党。发展陈徽梅入党，不但对这次调查掌握国民党武装情况帮了很大忙，还可在今后武装暴动时发挥重要的内应作用。近日，上级把平潭县内所有独立活动的党员和党组织移交县工委统一领导，现在平潭县党组织情的情况是，县工委书记吴秉瑜，委员林中长、林维梁（微凉），下辖紫电队党支部，书记陈书琴，党员念克谦、陈孝仁、杨建福、林祖耀等，合计5名；玉屿村党支部，书记吴聿静，党员吴秉汉（组织委员）、吴吉祥（宣传委员）、吴聿杰（武装委员）等12名；大富党支部，有党员欧秉发、魏思达、徐凤祥、周廷煌、陈恭惠等14名；岚华学生党支部，负责人郑熙钰、张锡九，有党员15名；潭南党小组，组长林中长（兼），有党员4名；教师党小组，组长李登熙，有党员4名；林达仁党小组，组长林达仁，有党员12名；单线联系的党员有林维梁、陈徽梅、周祖杰、陈书坊、吴翊翔等4名。全县合计有4个党支部，3个独立党小组，党员70名。当然，平潭籍的党员不止这些，有的在县外从事革命活动，不属平潭县工委领导，没有统计在内。

"第三，建立武装队伍事。我们已在玉屿村组建了一个游击大队，大队长吴聿静，政委吴秉瑜（兼），下设3个中队，9个分队，配备了中队长和分队长。但队员人数不够多，有待进一步发展。"

李铁对吴秉瑜的汇报很满意，他听后说："吴秉瑜同志回平潭工作仅仅3个月，就办了3件大事，成绩很显著，特别是通过多方面调查，掌握了敌人的武器装备和武装队伍状况，这为我们江委提供了十分重要的决策依据。"

"李铁同志说得很对。吴秉瑜办事效率高，仅仅 3 个月，就取得很显著的成绩。"曾焕乾对吴秉瑜头 3 个月第一阶段的工作也很满意，接着他对李铁说："以我看，江委可以做出在平潭举行武装暴动的决定了。您同意吗？"李铁说："我当然同意，不过，兹事体大，要报省委批准。刚好曾镜冰同志这几天在福州，他由庄征同志陪着，你我二人一起去他住处向他汇报，吴秉瑜同志就在这里休息，等待我们带回来好消息。"

吴秉瑜在这里一直等待到次日凌晨两点，才见曾焕乾一个人回来，说："省委已经批准了，天一亮，你就赶回平潭进行武装暴动的准备工作。待你各项准备工作都做好，武装暴动的条件完全具备时，我就回平潭参与指挥。"

"那太好了。"吴秉瑜由衷地说，"你亲自回去指挥，这回在平潭举行以夺枪为目的的武装暴动必定马到成功。我的心里也踏实了。"

曾焕乾浅浅一笑说："其实，成功与否的关键不在于我，而在于你，在于你回去准备工作做得是否步步到位。"

曾焕乾这句并非言不由衷的话，使吴秉瑜深感自己肩上的担子沉重，便说，"我这次回去该怎样做准备工作，还望你对我再说一遍。"

曾焕乾十分欣赏这位为人厚道、处事稳重、临机果断、在许多方面都不亚于自己的老乡战友吴秉瑜，便说："我们一起商量研究吧。"

于是，两人又一起具体研究了发动武装暴动的准备工作，一起分析了平潭当前的状况。一致认为，林荫对平潭反动武装的控制仍然强有力，要策反这些反动武装队伍起义是不可能的，必须组建自己的革命武装队伍。但单纯依靠革命武装队伍的进攻，也是难以取胜的，还需要隐藏在敌人内部的革命力量的配合。所以，要采用派进去和拉出来的办法，在敌人内部安插我们的同志。然后采取突然袭击的办法，里应外合，夺取胜利。

关于组建革命武装队伍问题，曾焕乾对吴秉瑜说："你回去之后，很快就可拉起两支革命武装。一支是你已经在玉屿村创建的以吴聿静为队长的游击大队，可命名为'平潭革命游击队'。一支是以'紫电队'党员为核心，团结队内外那些愿意跟党走的基本群众，成立一个'紫电队'武装。由于他们拥有两艘商船，可以在海上活动，可称为'平潭人民海上游击队'，队长由该队党支部书记陈书琴担任，政委我打算派洪通今回去担任。吴聿静和陈书琴两位都是难得的人才。陈书琴武艺高强、英勇善战、浑身是胆，是个赵子龙式的虎将。吴聿静对党忠肝义胆，又能文能武，勇而有谋，是位帅才。你手下有这两员得力干将，何惧这场武装暴动不成？"曾焕乾说到此，顿了顿又说，"但我还要强调的是，鉴于平潭情况特别复杂，有的党员未经严峻考验，为了防止遭受破坏，各支地下党仍然暂时不打通横向的关系，由你这位县工委书记分别给他们布置工作，安排任务。待到举行武装暴动前夕才召开各支联席会议，打通关系，宣布行动计划，安排各支任务，互相配合，协同作战，以夺取武装暴动的全胜。"

接着，两人又研究平潭武装暴动胜利之后的去向问题。拟定暴动胜利后在平潭逗留2天，最多3天，第三天夜晚必须撤离平潭。队伍乘海船前往福清海口和龙田之间的林浦港登陆，目标是撤往东张的灵石山，驻扎在山上打游击……

"喔喔吁——"突然，一阵报晓的雄鸡啼鸣，像催人奋发前进的号角，划破静寂的夜空。

曾焕乾说："啊，天快亮了，你再睡一会吧。"

"不，我不睡了。"吴秉瑜拎起包包说，"我这就回平潭去。"

"那你慢走。"曾焕乾陪吴秉瑜走出大门口，目送他溶入初露的晨曦中。

1947年1月16日，吴秉瑜从福州赶回平潭进行武装暴动的准备工作。

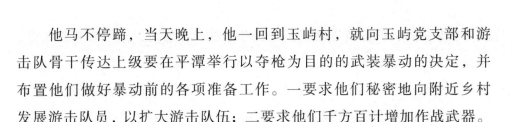

　　他马不停蹄，当天晚上，他一回到玉屿村，就向玉屿党支部和游击队骨干传达上级要在平潭举行以夺枪为目的的武装暴动的决定，并布置他们做好暴动前的各项准备工作。一要求他们秘密地向附近乡村发展游击队员，以扩大游击队伍；二要求他们千方百计增加作战武器。

　　次日上午，吴秉瑜赶回县城，分别向林中长、林维梁、陈书琴、林达仁、陈徽梅等各支党员骨干传达上级关于在平潭举行武装暴动的决定，并分别同他们研究和布置各自该担负的准备工作任务。

　　吴秉瑜在传达时还对他们提出要建立每周汇报一次的制度，并确定了与他们联系的具体时间、地点，要求他们在规定的时间里到指定的地点向县工委书记吴秉瑜汇报准备工作的进程。玉屿基点村，党支部工作和游击队工作，由吴聿静定期汇报，有时吴秉瑜安排时间亲自回玉屿村指导，并听取汇报。如果吴聿静来到县城，则在合掌街他岳父家同吴秉瑜会见。林达仁汇报地点定在城北后围村他亲戚家。紫电队念克谦汇报地点定在岚华初中北面的红山仔村王孝桐家。陈徽梅汇报地点定在坛城小学教师休息室。林维梁汇报定在岚华初中内。

　　听了吴秉瑜传达，各支地下党同志个个摩拳擦掌，人人开动脑筋，夜以继日，紧张而稳当地进行武装暴动的各项准备工作。

　　紧张的准备工作进行了 6 个星期，即到了 1947 年 3 月上旬，由于以吴秉瑜为书记的平潭县工委的强有力领导和周密组织，由于各支党员骨干的艰苦努力，平潭县武装暴动的准备工作有了突破性的进展，成绩显著。

　　第一，三支革命武装待命出击。

　　以玉屿支部党员为骨干的平潭革命游击队，今年 1 月刚组建时只有队员 40 多名，近 6 个星期以来，队长吴聿静、副队长吴聿杰、吴吉祥又分别到附近土库、看澳、康安、下岳厝、芹山边、斗门底等村庄发展新队员，现在有队员 200 多名，编为 3 个中队，9 个分队，成为一支强有力的游击队伍。武器方面，先集中村中为抵御封建械斗而备

145

的长短枪,后又往福清等地购买一批枪支弹药。现在合计有轻机枪1挺、冲锋枪1支、长短枪43支、各种子弹500多发。并请吴红红、吴秉信等村上能工巧匠打制了50多把大刀、30多杆长矛和一批土地雷、土手榴弹。吴秉瑜兼任该队政委,亲自对他们进行革命思想教育,使他们的觉悟日益提高。副队长吴聿杰抓军事训练,对他们讲各种枪支的性能和使用方法,并进行实地操练,以提高他们的杀敌本领。

以紫电队为基础的平潭人民海上游击队,虽然遭受去年12月底松下海难的惨重损失,但在队长陈书琴、政委洪通今的领导下,经过整顿,仍有队员30多人。这些队员都是久经抗日抗伪沙场考验的勇猛战士,个个武艺高强,枪法高超,对国民党林荫又恨之入骨,只要战斗号角一响,便会义无反顾地冲入敌阵拼杀缴枪夺取胜利。

以大福湾地下党员为骨干的大福武工队,有经过林中长严格培训的30多名队员,有50多支长短枪,还有一艘海上武装交通船,是一支能够随时投入战斗的武装队伍。

第二,策反工作卓有成效。

与此同时,策反工作全面铺开,做到了各部反动武装中都有我们的人做内应。而且这些内应能够在武装暴动时,或内部响应,动摇其军心,瓦解敌军;或率众起义,里应外合,歼灭敌人。

林荫卫队。这是平潭最强的反动武装,成员多为林荫亲信,武器配备精良。擒贼擒王,武装暴动的主要目标就是抓获林荫,解除其卫队武装。林荫一擒获,卫队武装一解除,其他部分的反动武装就容易解决。所以,解决林荫卫队武装是最关键的一步。这部分工作,由县工委委员林维梁负责进行。因为林荫卫队队长林建枢是林维梁的堂兄。今年1月中旬,吴秉瑜向林维梁传达了曾焕乾的指示后,他就开始对林建枢进行工作,引导其认清形势,参加革命。接着,曾焕乾亲自写信给林建枢,由林维梁转交,信中劝他拿下林荫,带领人枪起义,投奔革命。最好能达到这个要求,如果林建枢不能这样做,也要做到在革命武装暴动时,他不进行抵抗。经过林维梁多次思想工作之后，林建枢表示说："要我拿下林荫，我是下不了手的；我只能做到革命暴动起来时不作抵抗。"根据这种情况，如能选择适当时机，突然举事，抓获林荫，解除其卫队武装，则胜券可操。

县自卫队。只有1个中队3个分队9个班130多人。由紫电队的念克谦负责进行工作。紫电队党员杨建福是自卫队的一个分队长，紫电队队员洪通华是自卫队的事务长，念克谦与陈孝仁两人着重对另一分队长孟新民进行工作，已建立了友谊。经过一段时间紧张的工作，与9个班的班长也都建立了友情。这样，在武装暴动时，从自卫队内部策动起义，也是有把握的。

警察局武装。这方面工作，由陈徽梅负责。陈是警察局的督察长，地位较高，他主要是采取结交朋友的方式，有意识地与部分警察和警官建立友谊。按陈徽梅说，由于局长游澄清对警局的控制还是强有力的，在正常情况下，由他去发动兵变或起义，都不可能有成。只能在革命武装暴动举行之际，兵临城下之时，他从内部作瓦解士气的工作，或拉一部分人起义响应，内外配合，可以解除警察局的武装。

林正乾中队。这也是战斗力比较强的一支林荫嫡系部队，属于林氏家族武装。但他的驻地在苏沃，离县城15千米，武装暴动采取突然袭击的方式，林正乾中队是远水救不了近火的。但也是革命暴动后续必须解决的隐患，所以也要认真对待，力求从其内部拉出人来。他们对林正乾中队的两位重要骨干进行工作。一位是杨尊良，一位是游天柱，前者是林达仁的表兄，后者是林维梁的姑丈。所以命林达仁负责对杨尊良做工作，林维梁负责做游天柱的工作。林维梁还派他的侄儿林圣龙到林正乾中队当兵，届时也可充当内应。对林正乾中队，他们计划在解决县城各个反动武装后，乘胜进军。这时他已成孤军，如不归降，发生战斗时，这些人从内部响应瓦解军心，估计也可以很快解除其武装。

其他还有两支敌人武装。一是林诚仁特务组，有地下党员周宏水在特务组里工作，可作为我们的耳目；二是盐警队，也有基本群众张纬奇在里面工作。所以，解除这两支武装并不难。

1947年3月1日，根据准备工作的进展情况，吴秉瑜主持召开县工委（扩大）会议，进行汇总和研究。与会同志一致认为，平潭武装暴动经过6个星期40多天的准备工作进展很快，已经基本完成，拟订举行平潭武装暴动的条件已经成熟，可谓是"万事俱备，只欠东风"了。东风就是曾焕乾亲自回平潭，落实情况，确定日期，发布号令，指挥战斗。

为此，吴秉瑜于当夜写了一个平潭武装暴动准备情况的报告，派县工委委员林维梁专程送到福州给曾焕乾，请他回平潭亲自指挥这场暴动战斗。

第二十回　龙山会议战略转移
岚岛暴动因故流产

　　1947年早春二月，春寒料峭。地处山高林深的林森县桐口乡龙山村，连日来阴雨绵绵、地冷水冻，居然寒死了许多老鼠。但是，到了2月22日至25日这4天，也许是因了一场标志着城市工作历史转折的重要会议在这里召开，却突然变得阳光灿灿、山欢水笑、和暖怡人起来。

　　出席省党代会归来的庄征同志，踌躇满志地主持了这个有30多位党员干部参加的2月22日江委龙山会议。

　　会议议程之一，庄征传达省党员代表会议的简要情况和主要精神。

　　1946年9月，曾镜冰到延安汇报工作后回到福州。为了传达贯彻党的"七大"精神和毛泽东、刘少奇、朱德等中央领导的指示，总结福建党组织9年斗争的经验教训，建立坚强的省委领导核心，实现福建省党组织及武装力量在全面内战爆发后从继续隐蔽发展到发动游击战争的战略转变，迎接革命高潮，他不失时机地决定召开中共福建省党员代表会议。

　　曾镜冰在福州做了一系列会议准备工作后，于11月由庄征陪同上省委机关的驻地南平巨口乡黄连坡山头，主持11月25日在这里召开的省党代会。由于国民党军队不断袭扰，会议地址换了南平、古田、

149

建瓯3个县的5处地方，最后于1947年1月15日在建瓯小绿村结束，历时达52天，成了一次罕见的马拉松会议。

曾镜冰在会上传达和做报告中强调指出，今后要把爱国游击战争摆在党的工作首位。并说这是党代会在政治上和军事上实现战略转变的标志。

会议根据中央有关指示，决定改中共福建省委为中共闽浙赣区委(1947年9月改称为中共闽浙赣省委)，并选出了新的领导班子。曾镜冰为区党委书记；曾镜冰、左丰美、陈贵芳、王一平、黄国璋等5人为区党委常委；区党委委员除上述5位常委外，还有王文波、苏华、黄宸禹、庄征等4人；李铁、孟起、刘润世、沈宗文为区党委候补委员。

会议进一步强调城市工作的重要性，高度评价城市工作所取得的成绩，认为闽江工委在庄征领导下工作发展很快，不仅发展了城市工作，而且发展了农村工作，从省内发展到省外的浙江、江西、台湾等地。因此，仍以江委的组织形式已不能适应工作的需要了。根据中央要加强城市工作和建立城市工作部的指示精神，会议决定撤销中共闽江工委，成立中共闽浙赣区委城市工作部(简称城工部)，任命庄征为部长，李铁为副部长，孟起、林白、杨申生为委员。

会议议程之二，庄征做《论开辟第二战场》报告。

庄征在报告中强调，城工部今后的工作方向，就是坚决执行曾镜冰同志的"城市工作基本上为着农村服务"的方针，规定城工部今后工作的具体任务是：（一）在学校内开展爱国民主运动，在工人中领导下层斗争；（二）动员输送干部到农村中发动"民变""兵变"；（三）开展内应工作，多找军队关系；（四）打入敌特组织，取得情报；（五）利用敌特内部矛盾，打击敌人，瓦解敌人；（六）开展经济工作，支持游击队和党组织。

会议议程之三，宣布区党委决定，正式成立中共闽浙赣区委城市工作部，原江委下辖的党组织均划归城工部领导。同时根据省党代会关于把爱国游击战争摆在党的工作首位的精神，决定成立闽浙赣地下军司令部，由林白任司令员，曾焕乾任副司令员，庄征任政委，李铁任副政委，下辖四个纵队，曾焕乾兼任其中的闽海纵队司令员和政委。

会议议程之四，表彰英雄模范人物。

根据1946年7月24日庄征在螺洲会议上所做的"关于英雄问题"的报告精神，表彰了各个系统评选出来的英雄和模范人物。曾焕乾被评为经济英雄，庄征为培英英雄，何友于为开辟工作英雄，何友礼为据点英雄。关平山、洪通今等18人为模范。

最后一天晚上，李铁做会议小结，强调这次"龙山会议"的重要意义。

他说："这次龙山会议是闽浙赣城市工作的一个历史转折点，使城市工作从江委时期的'精干隐蔽、积蓄力量、以学生运动为重点'的方针，转变为'为农村服务、为游击战争服务，依靠山头、面向群众、到处发展'的方针。特别是城工部的建立，将大大加强闽浙赣区党委对城市爱国民主运动的领导，有利于进一步开展统一战线工作和城市支援农村工作。因此，这次会议在福建党组织有关城市工作的发展史上，具有重要意义。"

会议结束之后，庄征对曾焕乾说："福长平工委所属党组织都是你一人直接发展的，今后福长平工委依然归属你直接领导。还有台湾工委的事也由你负责。这就叫能者多劳。你同意吗？"

"同意，我坚决服从党组织的决定。"曾焕乾表态后以为没事了，便告别道，"我这就回去贯彻龙山会议精神。"

"不，不，"庄征道，"曾镜冰同志要见你，我带你去见他。"

"是去南平省委驻地？"曾焕乾不禁一愣。

"不是，"庄征笑道，"曾镜冰同志就在福州。"

原来省党代会结束后，曾镜冰和庄征等5位同志由区党委统战部负责人郑乃之护送，经古田到达福州。曾镜冰到福州后，通过郑乃之和区党委社会部负责人陈矩孙的联系，做国民党福建省调查研究室主任、军统特务王调勋的统战工作，眼下正在福州。这项统战工作经过曾镜冰长达4个月的艰苦努力，终于获得了成功。这年5月间，曾镜冰离开福州返回闽北游击区，便把这个统战关系移交给庄征，由庄征通过陈矩孙继续与王调勋保持联系。这是后话。

曾镜冰在闽浙赣地下党员的心目中，威望很高，几乎把他看作是党的化身。听说区书记曾镜冰要见自己，曾焕乾心中难免有一些紧张，但见面之后，却被曾镜冰那平易近人、亲切和蔼、说话风趣的作风所感染，便轻松自如地向他汇报了赴台湾筹资，组织"药变""粮变"，策划平潭武装暴动，以及福州一浪高过一浪的学生爱国民主运动等等的情况。曾镜冰听了十分满意，笑道："好好干吧，青年人，党不会亏待你的！"

曾焕乾回到福州仓前山家里，已是子夜了。上床休息后，马玉銮笑着说："你的职务像走马灯似的，在龙山会议上又变动了？"

"谁说的？"

"怎么？你要对我保密？"马玉銮不满地说，"不才我也是一位地下党的女干部，你还这样不相信我。难道一个妻子会出卖自己身心相许的丈夫吗？"

"我不是这个意思，你别生气。"曾焕乾悠悠说道，"其实职务只是一种分工和责任的标志，怎么变动对一个共产党人来说并不重要，重要的是其职业乃永恒不变的，那就是革命。只要是革命需要，担任什么职务，对我都是一样的，何必当作一件大事急着告诉你呢？"

"我知道你心里只有'革命'二字，可就是没有我。"马玉銮真的生气得翻个身把脊背朝向曾焕乾。

"谁说我心中没有你？"曾焕乾使劲地把她的柔软身躯扳过来揽进怀里，动情地说，"也许你不相信，离开你这10来天，每当夜间躺在床上，我就想你，有时竟忘情地把棉被虚拟成你，抱进怀里。"

"既然你心中有我，为什么我叫你买包杨梅干，你都忘到爪哇国去了。"

"一点也没有忘，而且还买了3包。我一回来就放在厨房里，不信我起来拿给你看。"曾焕乾真的欲起床。

"我相信了，你别起来了。"马玉銮紧紧地抱住他，问道，"你知道我为什么要你买杨梅干吗？"

"为什么？"曾焕乾一时不解。

"你这个大傻瓜！"马玉銮轻轻地捶一下曾焕乾的结实胸脯，娇羞地说，"我有了。"

"啊！"曾焕乾恍然大悟，"几个月了？"

"3个月了。"

"让我轻轻摸一下？"曾焕乾轻声问。

"不行，不行。你一摸，就会男变女。"

"男变女才好呢！"曾焕乾欲伸手过去。

"你太累了，睡吧！"马玉銮理智地推开他的手。

"好……"曾焕乾说着便打起轻微而均匀的鼾声。

"你真好。"马玉銮梦呓般说了一句，也睡了过去。

1947年3月2日，曾焕乾收到并阅读了吴秉瑜亲笔写的情况报告后，认为平潭武装暴动的准备工作很充分，拟定暴动的条件已经具备，便立马绕道回平潭参与指挥举事。

不料3月3日到了平潭，曾焕乾却发觉岛上形势有异常的紧张，风声鹤唳的白色恐怖氛围笼罩着岚岛城乡。岛上的码头、澳口、路边和重要场所，都有荷枪实弹的国民党兵站岗放哨和巡逻，严格搜查可疑的行人。曾焕乾前次回平潭，看到的是一片死寂的平静，很少看到兵士的影子，即便有兵士出现，也是松松垮垮、无精打采的模样。可眼前他们个个如临大敌，全副武装，子弹上膛，好像林荫当局早已知道他今天会回平潭指挥一场以夺取武器为主要目的的平潭武装暴动。

莫非平潭地下党内出了叛徒，暴动计划已被告密？

由于受吴秉瑜的报告信所鼓舞，一路上心情极佳的曾焕乾对眼前局势的突变多少有点猝不及防。但他是一位临危不惧、临变不乱的老练领导者，他冷静思考后觉得首先要做的事是尽快了解情况，情况明，才能做出正确的决断。这次曾焕乾回平潭是从吉钓上岸的，此时他人还在平潭下山，同坐镇上山玉屿指挥暴动的吴秉瑜碰头根本不可能。他本想亲自向吴秉瑜传达今年2月成立中共闽浙赣区委城工部的事也没有机会。

此时，曾焕乾想到林正光的家就在下山北厝乡高坪村。林正光奉自己的命令已从福清龙田回平潭暗中观察和协助武装暴动。他想只要问问林正光便一切都清楚了。

曾焕乾见到林正光后才知道，一个令人惋惜万分的意外事件在即将举行暴动的关键时刻发生了。

这个意外事件史称"码头事件"，又称"码头劫案"。参与者是紫电队地下党员。次日一早，曾焕乾就请林正光派他的弟弟通知紫电队党员陈书琴、陈孝仁、林祖耀、念克谦等人前来高坪村开会。党支部书记兼队长陈书琴向曾焕乾如实汇报了紫电队参与"码头事件"的始末。

去年12月底，平潭人民海上游击队的全部武器都放在"紫电1号船"内，可该船遇风沉没于长乐松下海面，武器尽失，又溺死刘道安等5名队员。作为武装暴动的主力，海上游击队遭此惨重损失，势必严重影响暴动的胜利举行。陈书琴等同志认为，为了不影响武装暴动的举行，海上游击队就得立即设法补充武器。

当时林荫小舅子高尚民在城关码头开设"民生公司"，林荫的1挺轻机枪和一些长短枪都寄存在他的公司里。陈书琴打算把这些枪支搞过来，以补充丢失的武器。陈书琴曾多次带领陈孝仁、林祖耀到民生公司，以打麻将为名暗中了解枪支存放的地方。由于情况未弄明白，无从下手。恰好此时国民党涵江党办服务社一条商船停泊在潭城码头，船上有自卫枪支。陈书琴得悉后便在陈学英家开会研究到船上夺枪的方案。除洪通今还在福州外，党员全体参加。会上通过两个方案：一是用"紫电 2 号船"伪装哨船，在竹屿口以检查为名寻机把商船上的枪支弄走；二是在这艘商船临开航时，伪装林荫自卫队上船抓赌，没收走枪支和款目。在这两个方案中应选哪一个方案须根据该商船开航时间而定。

会后，陈书琴派念克谦去福州，把"劫船"行动计划向曾焕乾请示。曾焕乾听后，认为劫船会影响整个武装暴动计划，不予批准。并嘱咐道，大事不决找吴秉瑜。可是，当念克谦赶回平潭时，"劫船"行动已实施一天了。

为什么未得上级批准就行动呢？因原来侦知该船于一星期后开航，不料突然提前，等不及曾焕乾指示。若不立即行动，眼见到手的枪支就要溜走，于心不甘，乃决定按第二方案行动。

1947 年 1 月底的一个晚上，陈书琴等 6 人伪装自卫队士兵上船抓赌检查。自卫队分队长杨建福（地下党员）带亲信士兵，在主要通道布哨"保驾"。不想陈书琴等上船时，船老板还没有下船，枪支还未带上船来。又不知船老板何时才会带枪下船，怕时间拖久了引起船上人的怀疑，争执起来就不好办了，所以只搞到一小部分款目立即撤走。

船老板回船得知县自卫队来查船并拿走一袋子钱，大为恼火。钱的数目并不多，本来不值得计较，可是竟到邻县党办的"官船"上来检查，未免太不给面子了。为了出这口恶气，他们就小题大做起来，以该船遭抢劫为由告到林荫那里去。

林荫素来向上司吹嘘平潭治安良好，社会稳定，来平潭经商绝对安全，谁知在他眼皮底下竟发生"劫案"。林荫接到报告后大为震惊，立即查问自卫队长游世杰。游世杰否认派人查船。可是船上的人明明看到查船的为首者穿绿色呢军大衣，其他人也都是一身自卫队士兵的打扮。这到底是怎么一回事？问得游世杰瞠目结舌，哑口无言。林荫虽然相信游世杰不会干这种事，但自卫队的服装与枪支竟会落到行劫人的手里，而细查仓库，并不丢失服装与枪械。这显然是自卫队里有人将服装与枪支借人使用。这个人又是谁呢？游世杰弄不清，未免有失职之过，因之被林荫撤职，丢了乌纱帽。同时林荫下令加强戒备，严密查缉。

林荫万万没有想到他的自卫队会给他捅这么大的娄子。他思来想去，会干这种恶作剧的，一定是自卫队内原"紫电队"成员。只有这伙人才有如此胆量干此等无法无天的事。全县绿色呢军大衣没几件，林荫已查清有一件被陈书琴借去。又根据商船上人比画穿绿色呢军大衣者的个头、脸型、神态，断定此人就是陈书琴，便立即派兵抓捕他。但陈书琴早得吴秉瑜亲自来家通知，他借绿色呢军大衣的事已经暴露，便躲了起来，使林荫抓不到。

原告得知自卫队队长因此被撤职，也有了面子，且丢失款目无多，就不再追究了。

可林荫绝不肯让有疑点的人继续留在他的自卫队里。因之，他进行一番清洗。管自卫队物资的事务长洪通华被免职，分队长杨建福被调下乡充当乡队副，陈孝仁被调离林荫私人卫队。

这些人都是平潭县工委安插在敌人队伍中的内线，这样一来便严重影响暴动计划的实施。这个损失，比沉船丢枪的损失更为惨重，且影响深远……

铁汉陈书琴汇报到这里，竟痛心得呜呜咽咽地哭了。林祖耀等也跟着流下了悔恨的眼泪。

曾焕乾没有生气，没有插话，他静静地听完陈书琴的汇报后说："由于翻船丢失武器，便想方设法得到补充，这个心情是可理解的。但是，缺乏全局观念，没有想到这个行动会给全局带来怎样的后果，同时，缺乏组织观念，我早已同你们打过招呼，紫电队支部归县工委直接领导，大事不决找吴秉瑜。而吴秉瑜就在平潭，为何不事先向他请示？"

"陈书琴派我到岚华向吴秉瑜请示，可他去玉屿了。"林祖耀辩解道。

"县城至玉屿往返也只有 6 个钟头的路程，难道跑不到？"曾焕乾点到为止，没有再追究下去。他换个口气说："革命不容易，既要勇敢又要谋略。'码头事件'打草惊蛇，过早地暴露了自己，使我们这次武装暴动失去了一个乘敌不备、突然袭击的条件。所以说，损失是惨重的，影响是巨大的。"曾焕乾说到这里，见大家都埋头伤心地沉思，便道："失败是成功之母。人生的最大成就，就是从失败中站起来。现在要研究如何最大限度地减少损失。林荫已经派人抓陈书琴，林祖耀的目标也太明显了，所以你们两位立即撤离平潭。陈孝仁暂时留在平潭，主要任务是当县工委警卫员，保护县工委书记吴秉瑜的安全。念克谦继续到紫电 2 号船往罗源运学米。但回平潭时，必须先在芬尾停泊，了解县城情况后，再行动，以防不测。"

由于形势危急，曾焕乾被迫于当天（3 月 3 日）下午就携林正光、陈书琴、林祖耀一行到芬尾大福湾林中长家落脚，待夜间分别乘小船离开平潭。

随后又出现一件事，让林荫进一步证实"码头劫案"是紫电队干的。原来事有凑巧，紫电 2 号船在连江黄岐海面俘获一艘匪船，到福清北俺时将其释放。船上匪徒怕当地政府找麻烦，弃船逃走。空船漂到平潭看澳村，紫电 2 号船船员林祖麟回家时听说俘获释放走的空船漂到看澳，就伙同本村族人前往看澳，悄悄上船查看，想捞点东西。不想被看澳人发现，扭抓到县城交给林荫。林祖麟在压力下，向林荫交代了"码头劫案"是紫电队几个人干的事实。但他不是党员，根本不知道劫船是为了抢枪，抢枪是为了暴动。他的供词虽没有牵涉到共产党，但证实劫案确实是紫电队干的，林荫便下狠心要逮捕紫电队的成员了。

可是，曾焕乾在林荫下令之先，即布置有被怀疑危险的人撤离平潭。

弄得林荫该抓的抓不着，不该抓的，却抓了一大批。潜伏下来的共产党员，仍然安如泰山。

林荫虽不知道共产党在平潭准备暴动，但此时林荫已觉察紫电队背后有共产党的影子。"码头劫案"是共产党蓄意的，因之乃加强防卫，这就使武装暴动失去了必需的客观条件。

由于遇到了意外事件，迫于平潭当前形势，事出无奈，曾焕乾果断决定，武装暴动暂时停止进行，当即派郑杰以闽江工委特派员身份返回平潭，向吴秉瑜下达曾焕乾关于暂停平潭武装暴动的命令。

于是，这场好不容易准备好的平潭武装暴动流产了。但为了举行暴动所做的一切工作，却都没有白费。发展的党员，建立的组织，设置的据点，购买的武装，打入敌人军警心脏的内线，统统都没有暴露，都没有被破坏。

玉屿村一直成为平潭人民游击队的根据地。原游击队员后来都成为以高飞为支队长、张纬荣为政委的平潭人民游击支队的骨干队员。当时玉屿的所有武器弹药都移交给平潭游击支队使用。大福村也一直成为我地下党的基点村，大福武工队的武器也都转移交给平潭游击支队使用。这就为1949年5月5日张纬荣、高飞领导的平潭人民游击支队解放平潭打下了坚实的基础。

第二十一回　榕城反暴取得全胜
灵石比武胜负难分

1947年3月25日这一天，对曾焕乾来说，又是一个从早忙到晚的马不停蹄的日子。

忙是革命者的常态。要推翻一个旧世界，不忙行吗？"一个人活在天地间的价值，不在于生命的长度，而在于生命的质量。"不记得这句话是谁说的。博闻强记过人的曾焕乾，也有看过的名句记不住出处的时候。

今天早晨6时至下午3时，曾焕乾在福清东张灵石山据点上忙。

傍晚6时，他刚回到福州，就被城工部学委请去参加那个统一对"中央撤离延安"认识的讨论会。他和张纬荣先后在会上谈了对国民党号外"延安收复"的看法，使省福中严子云等几位与会学生党员深受教育。

晚上8时过后，他一回到竹林山馆住处，便伏案起草关于建立灵石山据点的报告。现在是夜间9时30分，他终于写完了这份准备送呈省委的报告。他走出房门，来到前院天井，但见星月满天，万籁俱寂，心里顿时有些许宁静之感。

突然，张纬荣气喘吁吁地扑进门来，说声"快救人"便急得口吃说不下去了。

张纬荣，平潭城关人，1923 年 9 月 14 日出生，1946 年 2 月考入福建学院，同年 9 月由曾焕乾介绍入党。入党后，他根据曾焕乾的指示，联络团结了 100 多个福清平潭籍的福州大中学生在自己周围，并发展了一批党员。

"救谁？"曾焕乾把张纬荣扶进室内问道。

"严子云被抓进警察局了！"张纬荣喘了气说。

严子云，平潭城关人，1929 年 2 月出生，1946 年 9 月考入省立福州中学念高中，担任"平潭旅外同学奔涛学术研究会"省福中联络点召集人。由于思想进步，热心革命，助人为乐，于 1947 年 2 月由张纬荣介绍入党。

"这是怎么回事？"曾焕乾为张纬荣倒了一杯开水，道："你坐下来慢慢说。"

原来，今日傍晚，省立福州中学高三学生陈昭弼、林洪照从南台乘公共汽车回城。上车时，因乘客拥挤，购票不便，售票员说等下车时再补票。但车到南门站时，汽车公司几名查票员突然上车查票，却硬说他们是"坐白车"，强行将他们拖下车，并肆意对他们拳脚相加。设在车站斜对面巷中的南门派出所的警察不分青红皂白，也帮着动手毒打学生。林洪照挣脱逃回学校。严子云刚刚从学委开会回校，在教室里开始做作业，听曹于芳说此情况，赶忙组织在校寄宿的 100 多名同学跑步赶往南门兜援救。当同学们跑到时，凶手已逃避无踪，南门"汽车公司"内空无一人，只见满身是血、不能动弹的陈昭弼躺在地下发出声声凄惨的呻吟。100 多名同学见状无不怒火中烧。他们一分为三，一部分抬重伤的陈照弼到省立医院治疗；一部分找派出所讨公道；一部分捣毁汽车公司家具泄愤。岂料警察和汽车公司沆瀣一气，居然气势汹汹地对学生抡起警棍。这时一伙全副武装的宪兵也乘车赶来，妄图镇压手无寸铁的学生。严子云见形势不妙，忙指挥同学从巷道撤退回校。他自己为照顾同学断后。谁知尾随其后的警察，途中竟将严子云和林致尧、郑学濂三位同学拘捕，押到南门派出所毒打。然后用汽车将他们押送到鼓西路福州市警察总局羁拘动刑……

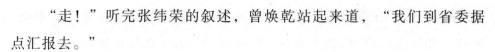

"走！"听完张纬荣的叙述，曾焕乾站起来道，"我们到省委据点汇报去。"

曾焕乾带着张纬荣来到仓前山的一个省委据点时，见曾镜冰、庄征、李铁正在听取学委书记何友礼的汇报。汇报的内容，就是张纬荣说的省福中学生被殴打的情况。

"焕乾，你们来得正好，快坐下来一起研究。"庄征热情地招呼着。

曾焕乾点点头，关照张纬荣一起坐下。

"情况大家都清楚了吧！"曾镜冰首先说，"这是一件小事，但我们党要善于抓住这个关乎群众切身利益的小小事件，例如2张汽车票，加以引导，逐步提高，成为一大运动。由城工部具体组织发动全市学生奋起斗争，揭露国民党反动派的暴行，把运动引向政治斗争。我们党还要善于根据学生的情绪与要求共进退，造成了胜利的进攻与胜利的结束。"

庄征激情满怀地接着说："我们城工部要全力以赴，使这场斗争成为党组织领导下的福建省历史上规模最大并取得完全胜利的一次学生抗暴运动。"

李铁沉吟良久之后说："革命的学生被反动的警察无端殴打，这本来是件坏事，但我们要把它变成一件好事。也就是说，我们要根据有利的斗争形势，抓住有利的时机，把学生自发的正义斗争引向反蒋统治的反迫害、反饥饿、反内战的爱国民主运动中去，打破近来学运沉寂状态，让福州的爱国民主运动出现第二个高潮。"

"两位部长都说得很好，我听了颇受感动，看来这场斗争胜利在握。"曾镜冰很欣赏城工部两位部长的理论水平和组织能力。接着他问曾焕乾，"本家，该轮到你发言了。说说你的高见吧！"

"不敢、不敢。"曾焕乾虽然对这场斗争胸有成竹，但在省委书记面前说话，依然有些胆怯。这也许是从小岛走出来的干部普遍存在的一种难以言状的自卑感吧！不过，既然省委书记指名点将，却之不恭，便说道，"在组织领导这场学生运动中，我们要十分注意斗争策略，坚持一切从实际出发，做到有理、有利、有节，既沉重打击国民党反动派，又大大鼓舞教育人民群众，有效地提高他们的思想觉悟。"

"说得完全正确，完全正确。"曾镜冰满口赞扬后回过头问张纬荣，"这位学生哥贵姓？"

"他叫张纬荣，福建学院经济系高才生，又一个平潭才子，是今年2月刚成立的福长平工委委员兼学委书记。"李铁介绍说。

"你有话要说吗？"曾镜冰问张纬荣。

"省福中有3个学生还关押在市警察局里受刑。请省委领导设法营救他们。"张纬荣说。

"这个你放心。"庄征道，"我已通过统战关系说动市警察局长，局长答应通知省福中校长后半夜3点将他们保释回校。不过，为了预防局长讲话不算话，我们还要发动学生连夜游行示威，逼得他们非放人不可！"

接着，曾镜冰要求庄征连夜制订计划、迅速部署、号召城工部系统党员投入战斗。他自己表示，天一亮就住进城内衣锦巷据点，以便就近听取情况，及时指导反暴斗争。

会后，大家分头行动。

张纬荣立马进城坐镇指挥，推动地下党员和积极分子连夜上街张贴和散发"告全市各界人民呼吁书"，争取社会各界给予声援。

26日上午，省福中全校学生停课，300多名学生在地下党员带领下，上街游行，途径福建学院附中、三民中学、格致中学、高工等校大门口时，这些学校都有学生踊跃地加入游行队伍，以示声援。

有各校声援学生加入的游行队伍返回三牧坊省福中大操场举行临时大会，由省福中学生代表介绍事件经过情形，各校学生代表纷纷上台发言，伸张正义，怒斥国民党反动派的暴行。经各校代表商议，临时大会宣布两项决定：一是当即成立全市中学生抗暴联合会；二是下

162

午 2 时，举行正式游行，要求各校学生准时到南门体育场集合。

中午，曾焕乾受曾镜冰、庄征之托，在圣庙路 12 号学委联络站召见于凌晨 3 点释放出来的严子云，在座的有何友礼、张纬荣。

严子云汇报了有关情况后，何友礼补充一条信息：今天上午，省福中校长请来省教育厅长将未上街的学生集中到礼堂"训话"，要求学生不要停课，学生表示不能接受。于是，厅长把矛盾上交，叫省福中学生自治会主席和各年级代表往省府面见省政府主席刘建绪。学生代表当面向刘建绪提出关于惩凶、赔偿、道歉和今后不再发生类似事件的 4 项要求，刘建绪表示愿意加以考虑，但却威胁说："下午不准游行，否则出了事，我们不负责。"

曾焕乾听了笑道："这是刘大人惯用的大人哄小孩的手法。其实，他色厉内荏，外强中干。面对下午声势浩大的全市学生示威游行队伍，他不负责也得负责。"

张纬荣接着道："由于严子云被捕，平潭福清籍学生，出于同乡情谊，不论政治观点如何，无不积极参加援救。我们要善于抓住这股情绪，布置地下党员在这场斗争中注意隐蔽，尽可能让原青年军和三青团学生在示威游行、冲击警察局行动中打头阵。这样，国民党特务机关就抓不到我们共产党在领导这场抗暴斗争的把柄，做到既打击敌人，又发展革命力量。"

曾焕乾见说点头赞许，并说："此事就由你具体负责指导。"

"是！"张纬荣答道。

曾焕乾见被打受伤的严子云头绑绷带，脸黄如纸，关切地说："你还是住到省立医院去治疗休息，不必参加游行，我们要让市警察局长亲自到医院慰问你们受伤同学。"

"等我布置好后再住院。"严子云回答道。

严子云回校后，即通知高亿坤前往三民中学，布置在该校读书的复员青年军林诚良、高峰等组织同学配合全市学生行动。

下午 2 时正，全市 16 所中学 2000 多名学生陆续步进南门体育场集合，汇成了一个声势浩大的示威游行队伍。队伍行列整齐，步调一致，秩序良好。他们从南门出发，经南街向鼓楼前鼓西路口市警察总局方向雄赳赳气昂昂地前进。一路上，他们高呼着"惩办打人凶手""保障人身安全""改造警察素质""汽车公司收归国营""汽车公司和警察局必须向受伤同学赔礼道歉，赔偿损失"等口号。那一阵阵响雷般的口号声，震撼了沉寂多时的福州城。

游行队伍到达市警察总局门口时，全副武装的警察列队阻拦，并且鸣枪威胁，妄图吓散游行队伍。然而，被激怒的学生在高亿坤带头下高喊着"冲呀！"像铁流般涌进警察局内，砸毁了警察局牌子和警察岗亭。

游行队伍最后转向省政府。而省政府大门前早已布了哨，哨兵个个荷枪实弹，装上刺刀，如临大敌。学生们不顾一切地围住了省政府大门口，并在门口静坐示威。同时推举 13 位同学为代表，进去向省政府主席刘建绪递交请愿书，要求合理解决"三二五"事件。

果然不出曾焕乾所料，声言不负责的刘建绪，迫于示威游行声势之浩大，慑于青年学生正义行动之威力，表示全部接受请愿书的要求。

13 位代表出来传达后，通情达理的学生便秩序井然地散归各校。

然而，国民党省政府当局"光打雷不下雨"，各校学生"一不做二不休"，继续罢课、游行、示威、冲击警察局，斗争持续 7 天，参加的学生达 1 万多人次，逼得刘建绪最后付诸行动，惩办了打人凶手，令警察局和汽车公司登报公开赔礼道歉，保证今后不再发生，并且派市警察局长亲自到省立医院慰问受伤的严子云、陈昭弼等同学，并赔偿了一切损失。

"三二五"福州学生抗暴运动达到了预期目的，城工部根据省委曾镜冰的指示，布置收兵复课。这是党组织领导的福建省历史上规模最大并取得完全胜利的一次学生抗暴运动。

中共中央非常重视"三二五"福州抗暴斗争，专门为此发出了"关于发动平津等地学生声援福州学校的指示"。

四月清明，乍雨乍晴。就在这晴雨无常的清明节，曾焕乾和他的战友们，颇似当年毛委员上井冈山，进驻新开辟的据点福清灵石山。

曾焕乾知道，建立山头据点，是组建地下人民武装，同国民党反动派打游击战的基础条件。

早在 1946 年 7 月，曾焕乾根据省委和江委关于城市为农村服务的指示精神，先后从各大中学校抽调一批又一批学生党员到农村开展革命活动。其中派到福清东张山区一带的福清平潭籍学生党员，就有陈羽生、邱子芳、王重清、倪秉霖、陈振华等人。他们分别安排在东张尚理小学、东张园村小学、园尾小学、上店丽生小学等校任教，以教员为掩护开展地下革命斗争，使这些学校成为地下党在东张一带活动的联络点。并请他们留意建立山头据点的地址。

1947 年 2 月底，根据龙山会议关于成立地下军的决定，曾焕乾亲自带陈世民前来东张园村小学，找陈羽生商量设立山头据点事。根据陈羽生等人的建议，并经过亲自实地考察，曾焕乾认为东张附近的灵石山，山连山，山高谷深，林密路陡，活动空间广，回旋余地大，是个建立革命据点的理想地方。

1947 年 3 月 4 日，从平潭回来之后，曾焕乾又带领陈书琴、林祖耀等人顶寒风，冒暴雨，再次前往灵石山勘察地形，了解当地群众情况，为在这里开辟据点做了充分的准备工作。

1947 年 3 月 25 日，曾焕乾从早晨 6 时至下午 3 时，都泡在东张灵石山，他忙着指挥陈宜福、王重清和陈阿炎、陈阿标父子以及当地群众，于西山尾寨依山势沿溪流搭盖一长溜茅棚，作为据点，为归属曾焕乾直接领导的城工部福长平工委和地下军闽海纵队提供驻地。

福长平工委书记陈世明，副书记吴秉瑜，委员陈振华、张纬荣、林中长、郑杰、林正光、施修莪、洪通今。下属以陈振华为书记的福清工委,以吴秉瑜为书记的平潭工委,以张纬荣为书记的福长平学委。

闽海纵队司令员兼政委曾焕乾,政治处主任吴秉瑜,下属4个支队和一个独立团,林正光、施修莪、林中长、洪通今4人分别担任各支队的支队长兼政委,郑杰为独立团团长兼政委。

同时,还成立了一个精干的警卫队,以浑身是胆、武艺高强的陈书琴为警卫队长,因"码头事件"从平潭撤到灵石山的原紫电队队员,皆为警卫队战士。

在驻扎灵石山据点的日子里,曾焕乾和他的战友们一边策划福清龙(田)高(山)武装暴动,一边进行规范化的军事训练。

这天的军训内容是近战时的拳击技术,由曾焕乾亲自担任教练,教了一天也练了一天。

到了夜晚,举行比武,主要是拳术比赛,驻在据点里的闽海纵队30多名指战员全体参加。由曾焕乾指定旗鼓相当的二人为一对,一对一对地出台比赛。

最精彩的一对是陈书琴和曾焕乾。他二人拳技不凡,都是武术高手,陈书琴体壮力大,如猛虎下山,步步呼啸着攻来;曾焕乾似猿猴攀树,掌掌轻轻地还击。臂来腿往,你跃我飞,他俩打得扑朔迷离,大家看得眼花缭乱。整整打了72个回合,居然不见高低,难分胜负。

不过,这只是大家这样说。其实,曾焕乾陈书琴二人自己心知肚明,凭勇力,曾焕乾绝不是陈书琴的对手;论武术,陈书琴比曾焕乾还是略逊一筹。陈书琴那如钢似铁的拳头每每挥来,一到曾焕乾那柔软的手掌就化成了泥土芥粉。

比武结束回到茅房,曾焕乾擦擦汗水,正想挑灯夜读,却见洪通今进来报告:"林维梁已经来到西山尾陈吓标家,可否带他上来见您?"

"噢!"曾焕乾不置可否地轻点一下头,心中想道,林维梁奉自己之命潜伏平潭,负责在国民党平潭上层活动,为我党搜集情报。除了吴秉瑜，大家都不知道他的真实身份。现在据点上平潭同志很多，为了不让太多人知道林维梁的特殊身份，还是不让他上山来为好。于是，他站起来对洪通今道："走，一起下去到吓标家与林维梁相见。"

西山尾陈吓标家，堪称灵石山据点的"门户"。"门户"之外还有一个作用近似于"传达室"的秘密联络站，设在地处半山腰的园尾村里。欲到据点的人，必须先到"传达室"对暗号。对上了暗号，才派人带你到"门户"。进了"门户"之后，还得请示领导同意，方可进据点。

这些"规则"，林维梁自然清楚。所以，他在"门户"里耐心等待，等待有人带他上据点同曾焕乾会面。

然而，许久过去了，就是不见有人来带他上山。心想，难道组织上对我还有怀疑？一种被冷落的感觉顿时袭上他的心头。

林维梁正在胡思乱想之际，曾焕乾风风火火地推门进来，笑着说："让你久等了，真对不起。一路上，没有被东张妹抢去当女婿吧？"

"你都说些什么呀？"林维梁也笑着说。曾焕乾的一句道歉词，又接一句幽默话，林维梁听了很舒服。心中那么一点的委屈感便随之烟消云散了。

"快说说，你得到的最新情报吧！"曾焕乾坐了下来。

"林荫要赠送枪支给你，已经派林达仁、许廷衡二人为代表出来请你回去领枪……"

"哈哈哈，林荫要赠枪给我？这不是黄鼠狼给鸡拜年吗？"未等林维梁说完，曾焕乾便忍不住大笑着插话。

"吴秉瑜知道林荫没安好心，特派我在林达仁、许廷衡之先赶到这里向你通气，提醒你别上林荫的当，千万不能回平潭。"

"林荫这一招，乃是和尚头上的虱子，明摆着的，他骗得了谁呢？"曾焕乾接着沉吟道，"不过，林荫不是一盏省油的灯，他为何有此一计呢？你不妨细细道来。"

于是，林维梁说了事情的本末曲折。

167

原来，"码头劫案"证实是紫电队干的之后，手下特务成群的林荫，进一步查出了紫电队背后有共产党在领导。曾焕乾的真实身份他也探得一清二楚。

这位坚持与共产党为敌的国民党县长，林荫妄图捕杀共产党要员曾焕乾以邀功。但是，曾焕乾不在平潭活动，他想抓却鞭长莫及，便想出一计：以赠枪给曾焕乾为名，骗他回来领枪时逮捕他。

然而，由谁去骗他回来呢？

林荫物色的第一人选是曾焕魁。曾焕魁、曾焕乾兄弟从小志趣相投，一向兄友弟恭，还曾经一起策划南澳缴枪下海。曾焕魁应该知道曾焕乾现住何处，很可能会把他的弟弟请回来领枪，落入他苦心设计的圈套。林荫这样想着。

一天，林荫把曾焕魁请来，很客气地对他说："你的贤弟曾焕乾是福建共产党领导人之一，这是不争的事实。作为平潭人，我为平潭能出这么一个优秀人物而感到骄傲。他是一位共产党的英雄，我林荫不才也是一位公认的抗日英雄。自古英雄爱英雄。所以，我要赠枪给曾焕乾。英雄都是侠骨义胆，我今天助他一臂之力，他来日必定会回报于我。所以烦你辛苦走一趟，把他请回来，我要当面送枪给他。这是'宝剑要送给英雄'之意。你明白我的意思吗？"

"这、这、这！"曾焕魁听了感到很突然，一时不知如何回答是好。

见曾焕魁结结巴巴，不置可否，知他不信任自己，林荫便指天为誓道："我林荫如有加害你弟弟之心，必将不得好下场。"接着又说："我由于公务在身，身不由己，过去不得已做一些不利于你们兄弟之事，后来我都改了。这一回赠枪给你弟弟，也带有补偿之味道。我说话算话，你一定要相信我。"

"我当然相信你。"曾焕魁口里这样说，但心里却想，你林荫出尔反尔，几时说话能够算话？再说，即使你的话可信，焕乾去所不定，叫我到哪里去找？不过，当面也不好回绝县长，便笑笑道："我一定尽力去找。"

　　林荫得到曾焕魁的承诺,很高兴地送走客人。哪知曾焕魁回去之后,仍然天天到学校教他的书,当他的教导主任,根本没有去找。后来,林荫到中山乡公所时又把在中山中心小学当教导主任的曾焕魁叫来问:"我拜托你找焕乾的事办得怎么样?"曾焕魁见问只好以找不到来搪塞。林荫对他也无可奈何。

　　然而,林荫并不死心,又物色林达仁、许廷衡二人。他认为,此二人平时与曾焕乾有来往,且很友好,一定能够把曾焕乾请回来。即使请不回来,就以此二人作为自己的代表,同曾焕乾谈判,签个互不侵犯的协议,争取共产党不在他统治的地盘内制造类似"码头劫案"那样的事端,好让他坐稳平潭县太爷这把交椅,也是一件好事……

　　听了林维梁的叙述,曾焕乾道:"我不会上林荫的当,请秉瑜他们放心。但林达仁我还是要见,只是在接见的地点上稍加注意就行了。"

　　当晚,曾焕乾、林维梁、洪通今3人同盖1条被,就在陈吓标家过夜。次晨,曾焕乾、洪通今一起送林维梁下山。

　　曾焕乾从林维梁的汇报得知林达仁已经到了福清。他可能落脚之处,曾焕乾是知道的。反之,曾焕乾在东张一个小村的联络点,林达仁作为党员也是知道的。因之,曾焕乾立即封闭这个联络点,绝不能让现在作为林荫代表的林达仁知道他的行踪。林达仁赶到这个已经关闭了的联络点,什么人都联系不上。可是他却被曾焕乾派人请到福清梨万村来。曾焕乾想听一听林荫的鬼主意。为保密起见,他嘱咐带林达仁来梨万村的同志,要将林达仁的眼睛蒙上带进村来。曾焕乾单独与林达仁在村里一座房子的楼上谈判。楼下由郑杰、林祖耀等担任警卫。

　　说是谈判,实际上成为曾焕乾对林达仁的工作部署,叫他回去同紫电队党员念克谦等打通关系,搞好团结,共同协助吴秉瑜开展平潭的地下革命斗争,进一步打好基础,迎接新的革命高潮之到来。

　　最后,曾焕乾问:"林荫派你和许廷衡二人为代表同我谈判,为什么只剩下你一个人呢？"

林达仁苦笑道："为了你的安全，他被我甩开了！"

"此话怎讲？"

"许廷衡为人轻浮，我怕你的联络点被他知道，会给我们党带来不必要的麻烦，所以提出分头去找你，以便甩开他。不料，他却爽快地说：'我也有此意。'所以，两个人分开，只剩下我一个人。"

听林达仁这样说，曾焕乾心中颇为感动。他随即写了一封给吴秉瑜的信，托林达仁转交。自己则回福州准备二度赴台湾。

无功而返的林达仁向林荫汇报后，就被林荫抓了起来。经过几阵严刑拷打，林达仁承认自己受曾焕乾蒙骗加入了中共地下党组织，表示悔过自新，但没有出卖同志。

第二十二回　有乱语堂兄吃牢灾
　　　　　出叛徒县书被逮捕

1947年5月，白色恐怖像滚滚阴云笼罩着平潭岛。国民党县长林荫卖力地协同省保安团福长平三县剿共总指挥胡季宽在平潭大肆抓捕共产党员。

这日上午，林荫把曾焕魁请到县长办公室。一阵十分友好的寒暄之后，林荫像拉家常似的笑着问："焕魁，你是何时加入中共地下党的？"

"林县长，你开什么玩笑？"曾焕魁知道林荫怀疑自己是共产党，也知道林荫是想在谈笑中套自己的话，但自己根本不是共产党，便坦然道："我没有参加共产党，哪有何时之说？"

"你不必紧张。"林荫依然笑笑说："就是参加了共产党，承认了就好，学林达仁那样，还不是原来做什么现在也做什么吗？"

"问题是我没有参加，你叫我讲假话，将无说成有，我焕魁不是这种人。"曾焕魁平静地说。

"你弟弟曾焕乾是中共地下党的一位重要领导人，这是不争的事实。而你们兄弟之间的关系又那么友恭亲密，你说你不是共产党，叫谁能够相信呢？"林荫已经收起笑容，语气像结了冰似的冷。

曾焕魁为人耿介孤高，不攀权贵，是一位忠直敢说的铁骨铮铮男

171

子汉。他见林荫如此想当然地冤枉自己，气得脸色翻白，拿茶杯的手都抖着。他本想发作，把手中的茶杯摔掉，但他想到"人在矮檐下，怎能不低头"的古训，又冷静下来，想了想，冷笑一声道："哼，林县长，以我看，你是中共地下党员无疑了。"

"此话怎说！"林荫觉得此话好笑，但笑不起来。

"这话难道还用得着我焕魁挑明吗？"曾焕魁理直气壮地说，"1942 年 5 月，中共闽南特委负责人黄国璋、陈亨源率队伍乘船从长乐江田撤向莆田，途经平潭苏澳海面，遭到截击扣留。后来，是谁把他们释放了，还送他 600 斤粮食和一些钱呢？"

"这——"林荫见曾焕魁不留情面地揭自己的老底，不免一时心虚。但他也是一个能言善辩的政客，哪能凭曾焕魁一句话就败下阵来。他脱下高帽，伸手抓抓自己犁得很光的秃头颅，道："那是为了国共两党合作抗日。想我林荫堂堂国民政府一县之长，蒙党国栽培重用，焉能忘恩负义，做出损害党国的事？"

"一县之长又怎么样？难道你没听说长乐县长刘润世是货真价实的共产党吗？"曾焕魁一副得理不饶人的架势，越说越起劲。

林荫听到这里，有些受不住了，露出本来的狡猾面目，咬牙切齿地站起来，训斥道："焕魁，你不要敬酒不吃吃罚酒。看在你我齐齐都是平潭人的份上，给你一个坦白立功的机会。而你却猪八戒倒筑一耙，无端给我身上泼污水。既然如此，就别怪我林荫不客气了。"

"你——"曾焕魁凭自己一向无私无畏的个性，本来还想顶撞下去。但想起"好汉不吃眼前亏"之说，却取"以柔克刚"之术，转而轻声道："你对我不客气，我不怪你，只怪我自己。"

仅仅一句软话，就把林荫的厉声软了下来，笑道："这样说还算通情达理。不过，我还想问明，怪你自己什么？是怪你自己不该参加共产党吗？是怪你自己不该拒绝悔过自新吗？"

"不，不，你全说歪了。"曾焕魁装出悔恨交加的样子道，"是怪我自己不该上你两年前那封信的当，怪我自己不该从永泰回平潭办教育。想想你那封信对我的誓言吧！如有害我之心，将遭电击雷殛，不得善终。现在怎么样？你的那封信我还保存完好，墨汁似乎未干，你就开始诬蔑我是共产党，扬言要对我不客气！——既然如此，我成全你，把我的头拿去立功受奖升官吧！也许你选上国大代表之后，就可在南京政府里当个部长、次长什么的了。"

曾焕魁这一席话，说得林荫哑口无言。林荫心想，曾焕魁从永泰回平潭这两年来，呕心沥血，努力办学，一心埋头教书，很得当地学生及其家长的好评。根据刚才的口气，可能真不是共产党，但上峰交办的差事，他又不能不办。他沉吟片刻，打开抽屉，拿出一张直写的公函，递给曾焕魁说，"你看看这个。"

曾焕魁接过来一看，不由自主地打了一个寒战。

原来上面写的是"曾焕魁是共产党，立即逮捕归案。胡季宽"。

"看清楚了吧？"林荫有点幸灾乐祸。

"这明明是冤枉。"曾焕魁颤声道，"你要怎么办？"

"我明天就带你到福清觐见胡季宽，你当面对他说清楚。"林荫说。

"胡季宽杀人不眨眼，他能让我说清楚吗？你这明明是将我这身无辜之肉送入虎口了。"曾焕魁没好气地说。

"哪里，哪里。"林荫笑道，"我相信你不是共产党，也有心帮你度过难关，我自然会在胡季宽面前替你排解，保你无事。"

"你说得容易。"曾焕魁道，"如果你排解不了呢？如果你保不住呢？那么，我曾焕魁的头，不是白白地丢了吗？"

"你说我该怎么办？"

曾焕魁想了想，道："如果林县长真的有心要救我焕魁一命，就应该独自到福清对胡季宽解释我的冤情，何必带我去冒险呢！"

林荫见说，沉思半晌，方笑着说："好吧，佛说救人一命，胜造七级浮屠。为了你这个老弟，我林荫只好两肋插刀了。"

"谢谢你，林县长！"曾焕魁相信林荫这回不是演戏。

果然，次日一早，林荫就前往福清找胡季宽。

第3天，林荫从福清回到平潭后，又把曾焕魁叫到县里，对他说："焕魁，我在胡季宽面前为你说了许多好话。你的问题已经排解清楚了，你的头保住了。现在你平安无事了，安心教你的书吧！"

平安无事的曾焕魁，不但安心教书，勤勤恳恳地执掌教鞭，而且还热心于公益事业。他和县参议长郑叔平联手，发动中山乡各村集资100股在太平庄附近创办"百合林场"，栽植相思树250亩10多万株。

一天，曾焕魁正在"百合林场"造林，突然来了两位穿军装的士兵，很客气地对他说："曾先生，林县长请你到县政府谈话。"

"谈话？林荫莫非要我谈谈发动群众造林的经验？"曾焕魁这样想着走进了县长办公室。见林荫坐在案头看公文，便问道，"林县长，你找我有事？"

"不是我找你，而是胡总指挥要亲自见你。"林荫一反过去的热情，冷冷地说这句话时，连头也不抬一下。

听其言，观其态，一种不祥的预感顿时袭上曾焕魁的心头。他生硬地说："如此说来，你还是要带我到福清见胡季宽。"

静场许久，林荫站起来道："胡季宽已经来到平潭，我这就带你去见他。"

见到胡季宽时，他正在专心致志地同县党部书记长王开诚、县参议长郑叔平、警察局长游澄清等3人打麻将。

林荫进去坐在胡季宽旁边观局，没有说一句话。曾焕魁进去站也不是，坐也不是，心里十五个吊桶打水似的，七上八下地不安。

"和！"胡季宽大叫一声掀翻面前的牌子。

王开诚等3人见林荫带曾焕魁进来，知道胡季宽有公事，在算了输钱之后便都站起来欲离开。而胡季宽赢了钱还想再赢，便招手道："时间还早，再来几盘吧！"

"我头晕，失陪了，请林县长接我的局。"胖乎乎的书记长王开诚说着就溜出去了。见王开诚先溜了，郑叔平、游澄清也跟着走了。

此时，林荫方开始对胡季宽说："你要见的曾焕魁来了。"

"曾焕魁，你是共产党，为何不自首？"胡季宽不容置疑地说。

"我根本不是共产党，你凭什么要冤枉我？"气愤的曾焕魁高声地辩解。

"证据在此，你自己看看吧！"胡季宽从上身口袋里拿出一张纸来，递给林荫转交给曾焕魁。

这是一张供词，上面有"曾焕魁是共产党"7个字，但写这份供词的落款人郭某，曾焕魁并不认识，连其名字也从来没有听说过。

"哼，这显然是郭某的胡言乱语。"曾焕魁冷笑一声，随手将纸张一掷，气愤地反击道，"胡大人，我同你前世无冤今世无仇，你为什么要同我过不去？"

"这是福清龙田人郭某写的招供，黑字白纸，怎么会是假的呢？"胡季宽还没有见过谁敢在他面前厉声质问，一时气得脸红耳赤。他恼羞成怒地道，"看来，不用重刑伺候，你是不会招供的。来人呀——"

恰在此时，郑叔平、王开诚、游澄清3人联袂进来，齐声笑道："胡总指挥，我们再来几盘如何？"

"好哇！"喜欢打麻将更喜欢赢钱的胡季宽见3位牌友进来，化怒颜为笑脸，指指曾焕魁对林荫吩咐道，"先留下，等明天再说。"

林荫装作局外人，始终不讲一句话，既不点头也不摇头。

两名卫士把曾焕魁带到中正堂舞台那端楼上化妆室里，并看守着。

到了夜里，郑叔平派人来看望已经失去自由的曾焕魁，说："郑参议长他们在打麻将时都故意输给胡季宽，让他赢了钱心里高兴，好向他求情放了你。"

曾焕魁听了颇感安慰。由于上午植树劳动很累，待来人走了之后，靠在椅背上的他便渐渐地睡了过去。不料一觉醒来，却来了4个凶神恶煞的卫士，不容分说便将曾焕魁捆绑起来，还将一块肮脏的白布塞进他的嘴里。接着，便推推搡搡地将他押往城关码头。

到了码头后，一卫士拿出手铐，把曾焕魁的一只手和另一位"嫌疑人"的手扣在一起。然后，将他们推上船，装进舱底，盖上舱盖，等待涨潮时运到竹屿口沉海。

面对死亡的威胁，曾焕魁此时心里与其说是恐惧，不如说是遗憾。遗憾自己还不是一个共产党员。如果自己是共产党员，今天为解放全人类而死，也死得其所；然而自己不是，因为不是，今天这样死就死得太冤枉了。"唉，早知今日如此，真悔当年在南西亭没有向曾焕乾提出入党申请，可现在一切都晚了。"他就这样一遍又一遍地慨叹。

终于涨潮了。正当欲起锚开船之际，舱盖突然打开了。一个卫士跳进舱内，打开了铐锁，扶曾焕魁爬上甲板，架着他走上岸。

曾焕魁死罪免了，但他却受了一个月牢狱之灾后才被释放回家。

1947 年 5 月。在那黑云压城城欲摧的 5 月平潭白色恐怖的日子里，地下党平潭县工委书记吴秉瑜起初因身份没有暴露，没有人找他麻烦。年初，为了找份工作做掩护，他受聘于潭城小学和岚华初中任代课教员，吃住在岚华。每月以探望亲属为名，回玉屿老家一两次，指导那位明为国民党保长实为共产党支部书记的吴聿静开展地下革命活动。

如今，坐镇平潭指挥剿共的胡季宽已经打道回到他的福清老巢了，平潭的"黑五月"将要过去了，潜伏在平潭坚持地下斗争的吴秉瑜和他所领导的地下党员都不免舒了一口气。

然而，5 月 27 日晚饭后，平潭国民党县长林荫却把吴秉瑜请去谈话。谈话开头，林荫的态度是很友好的，甚至是很亲切的，谈话的内容也只是问问吴秉瑜近来在平潭教书和以往在外读书的情况。

接着，林荫便明知故问："你认识不认识大坪的曾焕乾、后旺久的翁绳金、北岚岭的陈振华？"吴秉瑜回答道："都是平潭同乡，当然没有不认识的。但是，曾焕乾和翁绳金两人是念农经的，陈振华是读农艺的，而我是历史系。由于专业不同，不住在一个宿舍里，平时就没有什么往来了。"林荫当然不信，他听后眉头一皱，冷笑一声，抬高声音问："你说的都是真话吗？"

"当然都是真话。"吴秉瑜也提高音量回答。

"如果你是讲假话呢？"林荫似笑非笑问。

"我这个人喜好读书，什么都想学，就是不想学讲假话。即使想学，也学不会。"吴秉降低音量说，像是喃喃自语。

"不讲假话就好，我喜欢不讲假话的人。"林荫说，"我平生最讨厌的人，就是在我面前讲假话，骗我。如果是讲真话，就是走错路，做错事，我也会原谅他，特别是对你这位辅导我女儿复习高考有功的高才生。"

说吴秉瑜辅导林荫女儿复习高考，确有其事。今年4月，林荫大女儿林玉琼在家复习功课，准备参加高考，林荫特请吴秉瑜给予辅导。吴秉瑜认为这不但能更好地掩护自己，而且还可乘机引导她走上革命道路，所以他在一个多月对她辅导迎考功课期间，不但悄悄送给她一本毛泽东著《论联合政府》让她阅读，而且还见机给她介绍中国共产党的主张，启发她认清形势，叛变反动官僚家庭，争取加入共产党组织，一心一意跟着中国共产党闹革命。

林玉琼十分仰慕吴秉瑜，她受吴秉瑜的影响，当年秋天考取厦门大学后，就改名为高沁，参加闽南地下党组织，成为一名女中共党员。这是后话。

见吴秉瑜在一旁静坐无语，林荫又接着说："你只有对我讲真话，即使一时受蒙蔽迷了路，我也会保你平安无事。你信吗？"

"我知道林县长一向关爱我，您说的话我哪会不相信？"吴秉瑜知道林荫不相信自己，便进一步申明道，"我这个人林县长您是知道的，可谓是一个'两耳不闻窗外事，一心只读圣贤书'的书呆子。我一心一意把书念好，其他的事就没有兴趣过问了。由于学校新出版的杂志很多，我有时也翻阅一下……"

林荫见说忙插话："你看了新杂志有何感想？"吴秉瑜答道："我的感想，就是 14 年抗日战争，国家损失惨重，希望国共两党不要再打来打去了。"林荫听了似笑非笑，不置可否。

静场许久，吴秉瑜说："如果林县长没有什么事要问，我就回去备课。"

林荫沉思许久，沉吟道："天黑了，路上不安全，我派两名护兵送你回校。"

从林荫办公室出来，回到岚华学校宿舍里，吴秉瑜不由出了一身冷汗。聪明过人的他，从林荫的问话中，已经听出党内出叛徒，他被叛徒出卖了，但不知这个叛徒是谁？林荫之所以亲自找他谈话，而且态度友善，很明显，是对自己采取"先礼后兵"之策，先要你主动坦白交代问题，后采取强制措施。从林荫的神态中，已经看出林荫的眉宇间有一股忽隐忽现的杀气，林荫的笑谈里藏着一把忽明忽暗的屠刀，甚至从其身上还闻到了缕缕血腥味。这样，吴秉瑜便警惕起来，立即定策："走！"

他连夜叫郑熙钰设法弄到通行证，叫王则源准备路费，计划尽快离开平潭。

次日早晨，林维梁前来向吴秉瑜汇报福清县工委书记陈振华被抓叛变之事。

吴秉瑜听了大吃一惊，进而心情更加沉重起来，深感当前形势严峻而险恶。他突然想起曾焕乾说过的"老乡也会出叛徒"这句话，不禁感叹他一语成谶。幸好平时没有同陈振华来往，除知道自己是平潭县工委书记之外，其他一概不知。

吴秉瑜想了片刻，便向林维梁说了林荫找他谈话的细节。

林维梁听后道："这是不祥的信号，从林荫问你认识不认识曾焕乾、

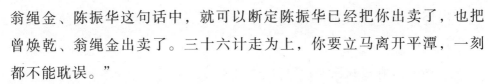

翁绳金、陈振华这句话中，就可以断定陈振华已经把你出卖了，也把曾焕乾、翁绳金出卖了。三十六计走为上，你要立马离开平潭，一刻都不能耽误。"

"我也是此意，但我通行证和路费都还没有拿到手。"吴秉瑜说，"而且潭城小学还有最后一个上午 4 节课，上完课我就走。"

5 月 28 日中午，吴秉瑜上完当天上午 4 节课离开潭城小学，准备回岚华取通行证和路费，但他刚刚走至南街尾观音井，就见警察局长游澄清带着 4 个身高马大的便衣警察迎面扑来，不由分说，强行将吴秉瑜挟持着带走了。

到了县警察局，局长游澄清奉林荫之命，对吴秉瑜进行一番例行公事的审讯。他企图说服吴秉瑜坦白交代，悔过自首，为党国效劳。

吴秉瑜牢记曾焕乾的教导，坚守共产党员的革命气节，死也不会叛党出卖同志。吴秉瑜入党时就做了充分的随时为革命献身的思想准备，今天正是党考验自己革命意志的时候，岂能忘了初心，动摇了自己立身处世的宗旨？即使严刑拷打，也别想从他口中套出一字半句党的秘密。

"你叫什么名字？"游澄清按例行审讯的程序问。

"你不要摆臭架子，你我平时在一起不知吃过多少回饭，难道连我的名字你都不知道？"吴秉瑜知道他是例行公事，但却故意没好气地刺激他。

"是的，你我算是一对老朋友了，但我公务在身，就顾不上什么朋友亲戚了，希望你能够理解，好好配合我。"游澄清见说没有生气，他接着问，"你何时何地参加何种党派？"

"我无党无派，既没有参加国民党，也没有参加共产党。"吴秉瑜以攻为守，高声嚷嚷道："你们抓错人了，赶快放我出去，否则我要控告你。"

"我是奉命行事，你控告我，我也不怕。"游澄清冷冷地说，"有人供出你是共产党，而且还是中共平潭县工委书记，是一个货真价实的共党要员。"

"有人要陷害我便胡说。"

"一个人胡说，难道两个人都胡说吗？"

"三个人胡说都有，何况两个人？"吴秉瑜答完后心想，原来出卖自己的人，除了陈振华，还有一个人，此人是谁呢？后来知道此人是林维榕。

"你死到临头还这么嘴硬。你要好好考虑，不说是过不了关的。"游澄清厉声说。

"我不说是死，说了更是死路一条，反正都是死，我为何要叛变投敌，害党害友害人民？"吴秉瑜心里说。

游澄清见吴秉瑜在一旁沉吟，以为他想讲，便进一步利诱加威吓道："你是一位难得的人才，林县长很欣赏你，他的大千金对你也有爱慕之心，他没有男孩，所以他私下曾对我说，很想招你为上门女婿。因此，你讲了，认了，我保你没事。不但没事，还会让你当大官，前程如花似锦。如不讲，那只能送你沉海喂鱼，尸骨无存，连做水鬼都不能够。你聪明过人，并不傻，何去何从？你自己选择吧！"

"当大官，做县太爷的乘龙快婿，谁不想？我知道你做梦都想。"吴秉瑜大笑一阵后说，"可惜我不是共产党，我没法讲。你也是读过书的人，难道你会为了当大官得美人，就昧了良心，把黑的说成白的，把不是共产党说成是共产党吗？"

"我，我……我是为你好才劝你几句，可你不领情，我也没办法。！"游澄清知道自己的口才不好，说不过协大高才生吴秉瑜，也知道吴秉瑜性格刚强，问不出什么名堂，所以他也就懒得再问了，便把吴秉瑜关进警察局内的一个黑黝黝的狭窄房间里。

房间内有许多子弹夹座，可能是弹药库。蹲在伸手不见五指的阴暗房间里，吴秉瑜才意识到自己被秘密逮捕；秘密逮捕就意味着要秘密处决。这是国民党杀害共产党人的惯用手法。面对困境，吴秉瑜没有唉声叹气，没有伤心落泪，更没有后悔过去，而是想方设法如何排除即将被秘密处死的险情。他记起曾焕乾常说的一句话："临危不惧，临变不乱，才是一个男子汉的英雄本色。"他看到墙上有一个钉死的小窗户，便想到从小窗户爬出去。所以他使劲地拔开窗门，但窗口有两块石条栏杆，怎么扳都不动分毫。看来，越窗逃跑是无望了。在无望之中，一个念头陡地从他心中升起："我为何不将被捕之事写成纸条捅出去，报知外面的亲友。他们知道我被秘密逮捕必将千方百计组织营救。"于是，他从身上掏出纸笔，连写两张请求营救的纸条，一张给他的族长吴自寿，说我无故被捕，请营救。一张给岚华初中教师，内容和给吴自寿的相同。写好后，他又犯了愁，怎么才能将字条送到他们的手中呢？幸好，窗外是一条街路，时不时有行人从窗下经过。他密切注视着窗外，看看是否有认识的可靠人走过。但等了许久，竟没有一个可托付的熟面孔在眼前出现。这使他有些失望，眼看天快黑了，怎么办？为此他很焦急，焦急得像热锅中的蚂蚁。

　　突然，一个熟悉的活泼身影出现了，那正是岚华初一学生林文祖。吴秉瑜将一只手臂伸出窗外对他边拼命招手边高声呼喊："文祖，文祖。"当林文祖发现他时，吴秉瑜便将两张纸条塞在子弹夹座里，使劲掷下去。聪明的林文祖一切都明白了，他立即跑过来拾起纸条，看了一下，便放进口袋里跑去分送。吴秉瑜喘了一口气，重将门窗关上，找个干净的角落坐下来闭目养神。他心里想，也许明天就有佳音，就会放他出去。

第二十三回　苍天成全避免沉海
众人力保重见光明

　　然而，人生想不到的事十有八九。吴秉瑜怎么也想不到，就在当天（5月28日）晚上6时，他就被几个凶神恶煞的国民党警察用粗麻绳捆绑双手，又用厚麻袋从头顶套下来，推推搡搡，押到停泊在潭城码头的哨船上。

　　上了哨船，解开手上的麻绳，脱去套在头脸的麻袋，吴秉瑜身上的钢笔、手表和脚上的皮鞋等物就被警察强行抢夺走了。被抢夺走后，吴秉瑜还听到一个警察对他说："你不要舍不得这些身外之物，一等到夜半涨潮，就将你运出去沉海喂鱼，你留着这些东西有何用？"

　　然后，两警察一人抱头一人抬脚，像丢弃一包没有知觉的杂物一样，将吴秉瑜扔进船舱内，并盖上厚重的松木舱盖。这使吴秉瑜浑身疼痛得不知道自己伤痛在身上何处，幸好他的头脸没有着地，否则未等沉海就已头破血流魂魄出窍了。

　　吴秉瑜原指望有人出面营救，但时间这么仓促，哪里来得及营救呢？他知道今夜是死定了，料想吴自寿他们看到那张请求营救的纸条时，他已经向马克思报到了。不过，死并不可怕，也不足惜，"人生自古谁无死，留取丹心照汗青"！文天祥这首诗吴秉瑜不知背了多少回，早已在他心中生根发芽了。"千锤万凿出深山，烈火焚烧若等闲。粉身碎骨浑不怕，要留清白在人间。"曾焕乾推荐的这首于谦写的赞美石灰的诗，又一次在他的耳际回响。他此时无悔无恨，但有一件事却使他牵肠挂肚，那就是他在警察局内发展的党员陈徽梅（化名文木）。由于是单线联系，陈徽梅将会因他的死而断联，使党无法利用这一得力而又可靠的内线。如果眼前有一个党员出现，便可将此事交付给他继续完成。

吴秉瑜刚被扔进船舱里时，由于浑身疼痛，加上被钉死舱盖，舱内黑魃魃的，什么也看不见，待到疼痛稍稍缓解，眼睛开始适应暗室后，却看到舱内已经关有一个人，便问："你是谁？你名叫什么？为何也关在这里？"此人一声不响，像一只受惊吓的傻子，躲在舱角一动不动，但听吴秉瑜这么一问，却像山洪暴发，号啕大哭起来。他边啼哭边呼号："我叫林光福，你们不能把我抓去填海呀，我上有老母，下有幼儿，老婆年轻，我不能死啊！"

吴秉瑜见状先是同情，后又觉得可疑。他不认识这个林光福，在他所领导的地下党员中没有人叫林光福，心想此人莫非是国民党特务伪装成被抓的革命者来诱骗自己的？所以他开头任其哭号，没有搭理。

此时，吴秉瑜身在暗舱里，但心中像明镜似的，什么都明白。他知道林荫暗杀共产党人和异己分子，用填海的办法乃是他最得意的惯用手段。既节省子弹，又不必收尸，还能保密。他既然把我押上船，那肯定要先受刑，等待得到口供后再把我推到深海里喂鱼。看来，这是我此生一条不可避免的结局了。

正思虑间，舱盖被推开一边，有人在舱口探下头问吴秉瑜："你是哪里人？"

"我是西山人！"

"你真的是西山人？"

"真的，我没骗你，我是西山苏澳镇玉屿村人，名叫吴秉瑜。"吴秉瑜有意自报家门，让船上人知道他将被填海。

"喔，我姓杨，是西山苏澳镇梧井村人，在船上当船员。"

"那你我都是西山苏澳镇人，算是老乡中的老乡了。"吴秉瑜说。

"你说的没错。"杨船员接着又问，"你是干什么工作的？"

"我是大学生，在协和大学读书，因家庭经济困难休学，在潭城小学和岚华初中教书，混一口饭吃。"

"家中还有什么人？"

"父母兄弟都已亡故，我孤苦伶仃一个人。"

"为何被抓？"

"他们说我是共产党！"吴秉瑜道，"其实，我根本不是，他们抓错人了。"

"太可惜了，唉……"这位姓杨的船员长长叹一口气后，走开了，但舱盖忘记盖上，也许是他有意，留着给老乡吴秉瑜透透气。

吴秉瑜凭直觉知道此人是个有同情心的好人，心想莫非是吴自寿已经知道我被捕扣押在船上，派人来搭救我？再想想，又觉得不可能。此时，那位林光福也许哭累了，又像吃饱的傻子一样呼呼睡了过去。

蓦然间，吴秉瑜也迎来了睡神。在风浪颠簸震荡得十分厉害的哨船上，吴秉瑜真的睡了过去，而且睡得很沉很香，连一个该做的噩梦都没有。如果睡神和死神能够平稳地交接班，那么，死的痛苦、恐怖、无奈也就不知道了。

吴秉瑜原本希望自己一睡不醒，让他在沉睡不醒之际被填海喂鱼。然而，他还是醒了过来。他醒过来后发现天已大亮，发现自己并没有填海，并没有死，那位同舱的林光福也活着，还张大嘴巴说："我怎么还活着？"这究竟是怎么回事？

船上那位姓杨的船员悄悄告诉吴秉瑜说："那是昨夜突如其来的罕见暴风恶浪帮了你的忙，是老天有眼，不忍心让你死，要搭救你，所以发起暴风恶浪开不了船，使你昨夜避免沉海喂鱼，至少可以让你多活一天24小时。"

原来，昨天夜半正当涨潮、哨船即将起锚扬帆之际，海面上突然刮起9级狂风，下起瓢泼暴雨，掀起千层恶浪。

"真是苍天有眼，成全我搭救吴秉瑜，使他避免沉海遇难。"此时，在心中暗暗说这段话的人，是林绍奉。

林绍奉是国民党平潭水上敢死队队长，今天下午3时，林荫亲自对他下达今晚将共产党骨干吴秉瑜沉海灭尸的命令。但林绍奉受其侄儿林维梁的影响，倾向共产党，一心想搭救地下党平潭工委书记吴秉瑜一命。

然而，如何搭救呢？首先，林绍奉假装热情请两个凶恶的执刑警察吃肉喝酒，将他们灌得酩酊大醉，以免妨碍他救人。之后，他悄悄地把哨船拉牵至岸边，想让哨船搁浅在沙滩上，无法开动。可是，涨潮的潮水迅猛上涨，不管他怎么拉牵，他的哨船总无法搁浅。无法搁浅就没有不开船出港沉海灭尸的理由，也就无法对上峰做出交待。

林绍奉正处于无计可施的万分焦急之际，突然起风下雨作浪，使他有了救人于难的冠冕堂皇理由了。

林绍奉想好后就对哨船上另一位头目、船长游天柱说："海面上出现这样少见的狂风恶浪，即使是白天，哨船行驶都有可能翻船，何况是黑沉沉的深夜，那有可能不翻船？我们都是有家眷的人，何苦去当船舱内那两个死囚的陪葬人？"游天柱听后马上附和道："你说的是呀，我们家中都有父母妻儿，何必冒着生命危险去杀人？"林绍奉忙说："那好，你是船长，你就下令吧！"

于是，游天柱果断地下令道："根据林绍奉队长的意见，今晚风大出不了海，明天晚上看天气再说。"

"好呀！"船员们犹如遇到大赦，无不叫好。他们都是聪明人，谁会愿意冒着翻船丢命之险去杀两个与己无仇无冤的人？船员们当然都拥护游天柱船长和林绍奉队长这一英明决定了。船上那两个凶恶的行刑警察，醉酒初醒，想到开船杀人会把自己的命也搭上，更不敢对不开船的决定说一个"不"字。

仿佛苍天有眼，看出吴秉瑜的忠良，不忍心让这位忠良之才沉海喂鱼，于是及时地发飙作法，刮狂风、掀恶浪、下暴雨，开不了船，使吴秉瑜避免了遭受沉海喂鱼而碎尸灭迹的劫难，也让一心想搭救吴秉瑜的队长林绍奉有了不开船杀人的理由。

当然，吴秉瑜的危难还没有过去，还有被沉海的可能，但有这宝贵的"24小时"，就赢得了吴自寿等人营救他的时间，他就有不被沉海喂鱼的希望。

第二天（5月29日）早晨，林绍奉便上岸前往林公馆向林荫汇报，说："县长，昨晚天公不作美，风浪太大，开不了船，无法完成任务。"

林荫听后很不高兴，反问道："昨天下午我是怎么对你说的？"林绍奉笑笑道："昨天下午3时，县长说，今晚务必将此人沉海，做得干净些。"

"那么，你'务必'了吗？你'做得干净'了吗？"林荫说着勃然大怒，猛拍一下桌子，厉声骂道，"混蛋，我看你是得了他什么好处？我问你，平潭哪一天没有风浪？昨晚的风浪虽然大一点，但也不至于开不了船。我看你是死到临头了。"林荫说完就掏出手枪，准备一枪结果这个胆敢抗命的混蛋部下，林绍奉见状吓得拔腿就跑。

正在气头上的土皇帝林荫，本想追出去开枪杀人，但此时警察局长游澄清却急匆匆进来，对他说了昨晚风浪确实很大开船有危险的情况，使林荫稍稍消了气，说道："昨晚做不成，还有今晚，无非让这两个死囚多活一昼夜罢了。"

县工委委员林维梁得知吴秉瑜书记被监在林荫杀人的哨船上，便想到哨船见他一面。林维梁的一艘商船和关押吴秉瑜的哨船同泊在潭城码头港内，而且两船相离不到100米，很近。哨船的两个头目又都是林维梁的亲戚，队长林绍奉是他的叔叔、船长游天柱是他的姑丈。哨船上的其他船员林维梁也都认识。所以，这天（5月29日）晚饭时，林维梁就从自己的商船来到哨船上玩。此时，林绍奉不在船上，他到玉屿村报信未回。但游天柱在，他一见林维梁，就问："你认识吴秉瑜吗？"

"吴秉瑜是我同学，他是协和大学高才生，现在岚华初中和潭城小学教书，我当然认识。"林维梁故作惊讶，急问，"吴秉瑜他怎么啦？"

"唉，年纪轻轻的，参加什么共产党，林荫要把他沉海，多可惜呀！"游天柱无不惋惜地说。

"啊！"林维梁装作不相信，抓住游天柱的手问，"姑丈，真有此事？"

"当然有。"游天柱说，"他现刻就关在我这条哨船的船舱里。他是你的同学，你想同他见最后一面，就进去相见吧！"

"谢姑丈！"林维梁得到准许，忙钻进舱内同吴秉瑜打招呼。

两个看守警察没敢阻止船长的亲戚进舱，却跟至舱口边，竖起耳朵监听。

"你！"看见林维梁出现在眼前，吴秉瑜心里那份意外的惊喜委实难以形容。他欲哭无泪，欲说又止，只用一个指头在林维梁伸出的巴掌上迂回曲折地摩挲着。看起来只是一对战友生离死别时的依依眷念，而实际上乃是吴秉瑜向战友托付未竟之事。

林维梁不停地点头，告诉吴秉瑜已经明白在他手掌上反复写的是"文木"二字，他知道"文木"就是"陈徽梅"。他也已明白今后由他同其接上关系，同时也明白吴秉瑜在审讯时什么都没有说，请组织和同志们放心。

两人用最快的速度交接完正事，就转入拉家常，以麻痹哨船上的看守警察。

林维梁走后，吴秉瑜心里有一种完成了人生一件大事后的轻松。

林维梁走后片刻，县警察局局长游澄清来到哨船。他来船的任务之一是对两个死犯训话。他站在舱口先对吴秉瑜说："怎么样？老朋友，昨晚受惊吓了吧？窝在乌暗的船舱里不好受吧？"吴秉瑜听了不予理睬。游澄清又说："老朋友，你现在想讲还来得及，我立即放你到我那里细谈。否则今天夜半你就会在这个世界上消失，你别以为今晚还会刮大风。"吴秉瑜听了还是不予理睬，他不屑于对这个林荫爪牙作答。

见吴秉瑜问而不答，游澄清也觉得无趣，便改问有点傻气的林光福，他问："林光福，你要死，还是要活？"

"我要活。"林光福高声回答。

"你要活，你就聪明了。人说你有点傻，我看你一点也不傻。"游澄清突然提高音量说，"我看真正傻的是不想活的人。生命对于每个人都只有一次，可有的人号称聪明过人，是什么协大高考状元，却选择连傻瓜都不愿意的死，你说他是聪明，还是傻？"

吴秉瑜当然听得出游澄清的旁敲侧击，他是说给自己听的，但他还是不予理会，他认为对游澄清讲半句话都是多余的。

"局长，我要做聪明人，我要活。"林光福再一次表态。

"你要活命，这好办，我就把哨船开到你家门口附近的浅海上，只将你松松绑着，然后把你轻轻推下浅海，你就可以跑回家对人说，沉海时是你弄松绳索潜游回家的。"游澄清接着说，"然后，你要为我们跟踪并且抓捕共产党陈孝仁。"

"局长，只要放我回去，我一定会把陈孝仁捉拿交给你。"林光福为了活命，不顾一切地答应。

吴秉瑜听了又是惊出一身冷汗。陈孝仁是吴秉瑜直接领导的地下党员，是上级指定的县工委书记警卫员，是很得力的战友，可不能让他落在敌人手中。所以吴秉瑜心里说，我一定要设法搭救他。但是，他自己身陷绝境，怎么能够搭救他呢？他想了想，便有了一个主意，那就是要说服眼前的林光福，打消他要抓捕陈孝仁报功的念头。这是他眼下唯一能够为战友做的一件事。

于是，待游澄清走后，吴秉瑜就在舱内悄声问林光福："你是共产党员吗？"

"不是。"

"那他们为什么抓你？"

"因为陈孝仁到我家住了一个晚上，有人报案，说我通共，就把我抓来沉海。"

"陈孝仁是共产党吗？"吴秉瑜明知故问。

"当然！"林光福答得很肯定，"人家都说他是共产党。"

"你打得过陈孝仁吗？"吴秉瑜又问。

"陈孝仁武艺高强，身上又有两把驳壳枪，我哪里打得过他呀！"林光福很无奈地说。

"你打不过他怎么捉拿他呢？"

"我虽然打不过他，但我可以跟踪他。一旦发现了他，就报告警察来抓他。"林光福洋洋自得。

"看来此人并不傻！"吴秉瑜心里道。他沉思半晌，又笑笑问，"你有没有听说共产党很厉害？"

"听说了。"林光福说，"共产党真厉害，他们神不知鬼不觉就把恶霸灭了。"

吴秉瑜说："陈孝仁既然是共产党，共产党知道他是因为你报告警察才被抓被杀的，会不会找你报仇呢？你老婆孩子会安全吗？"

林光福见说先是愣怔了一下，后重重打一下自己的脑袋，说："是啊，如果陈孝仁是因我告密而死，那共产党一定会找我报仇雪恨，连我老婆孩子也会有麻烦。——哎，我怎么就没有想到这一步呢？我真傻！"林光福又自打一下头壳，接着说，"那我出去后就不跟踪陈孝仁了。"顿一顿，他又说，"看来，此事我是不能做的，做了我全家都没命了，我打死都不做了。"

吴秉瑜见他说的是真心话，便对他举起右手大拇指表扬道："你真聪明！"

后来，林光福回去后真的没敢跟踪陈孝仁。

189

吴秉瑜话音刚落，就听船面上有人高声问："吴秉瑜在哪里？吴秉瑜有没有被沉海？"

　　问话的人正是吴秉瑜的族长、县副参议长吴自寿。下午，他收到由林文祖辗转给他的吴秉瑜求助亲笔信时，惊得双手发抖，忙跑到警察局找游澄清理论。但游不在，他听警察局里人说昨夜吴秉瑜就被押去沉海，他听得魂飞魄散。后又听人说因昨夜刮大风不能开船，吴秉瑜还没有沉海，心里方稍安些。但他还是不放心，他要在请求林荫放人之前，先赶来码头哨船上看个究竟。他上船知道吴秉瑜真的还活着时，就在船面上厉声告诉船上人："你们大家都听着，吴秉瑜是受冤枉的好人，林县长很快就会下令释放。你们要好好照顾他，如果有人胆敢动他一根毫毛，就是跟我过不去，看我怎么收拾他。"

　　"是！"船上人都知道吴自寿的权位和手段，都不敢得罪他。

　　吴秉瑜在船舱里见到吴自寿来看望他时就像在外被人欺侮的小孩刚见到父母时那般委屈得伤心落泪，只说"我不是共产党"一句后就再也说不出话来。吴自寿安慰道："我知道，你别难过，暂且委屈一会，很快就没事的。"吴秉瑜点头不语。吴自寿说："我这就去找林荫，要他马上给你自由。你有何事要我办的？"吴秉瑜说："我知道协大翁绳金也被出卖了，您要设法通知他逃避。"吴自寿说："你自己还处于危难之中，怎么却关心起别人来？"吴秉瑜说："翁绳金不是别人，他是我最要好的同学，还是我最亲密的战——朋友。"吴自寿说句"你放心"就走了。

　　5月29日夜间，吴自寿就去找林荫理论，但没有找到。没找到林荫，他一夜都很生气。他是县副参议长，而且还是国民党县党部的执委，甚至还是林荫患难与共的密友，逮捕吴秉瑜这样的大事居然连他都瞒过了，这使他对林荫很反感。他要向林荫讨个说法，要他答应立即释放吴秉瑜。

　　因此，5月30日上午，他见到林荫时劈头一句就是："你为什么要逮捕吴秉瑜？"

林荫先是装糊涂，笑道："你开什么玩笑？谁说吴秉瑜被逮捕了？他大前天晚上还来我这里谈天，他好好的。"

"你不相信是吗？我这里有证据，你自己看吧！"吴自寿拿出吴秉瑜的亲笔求救信递给林荫。

"果然真有此事。"有吴秉瑜的亲笔信为证，林荫想抵赖已经没能够了，他只好假装事前不知道此事，说，"我真的不知道吴秉瑜被逮捕，但我可以答应你，让我调查事实真相后再作处理。"

"此事你还需要调查吗？谁不知道掌握平潭生杀予夺大权的只有你林县长一人呢？"吴自寿道，"如果没有你亲自下的命令，谁吃了豹子胆，敢在潭城擅自逮捕吴秉瑜呢？你说说看！"

吴自寿这句话说得林荫瞠目结舌，无言以对。面对吴自寿咄咄逼人的质问，林荫本想拍一下桌子，让他滚出去。可转念一想，又忍住了。林荫虽然大权在握，唯我独尊，但对这位老资格的又有势力的同仁，也不得不让他三分。

沉默许久，林荫拿出胡季宽的手令出来递给吴自寿，说："你看看这个吧。"

待吴自寿看完手令退还时，林荫无奈地说："我是奉命行事，不能不抓，如果我抗命不抓，我也自身难保。难道你没听说有人诬告陷害我，说我林荫有通共的嫌疑吗？所以，我希望你能够体谅我的苦衷。"

看了胡季宽的手令，吴自寿对林荫的气消了许多，便说："你抓吴秉瑜事出有因，我也没什么好说了，以往的事就算了。但你查无实据，不能不放。我现在要你，马上释放吴秉瑜。"

"马上就放？"林荫心想，胡季宽的手令是说对共党要员吴秉瑜要秘密逮捕处死。但秘密逮捕既然曝了光，秘密处死已不可能。公开杀害，不但开罪吴氏家族，而且将遭到平潭旅外学生和平潭教育界的一致愤怒与谴责，看来不放是不行的。但马上放，他又不甘心，便说，"古人云，有错抓，没错放。哪能说放就放，何况并不是错抓。"

"怎么不是错抓？"吴自寿据理力争道，"吴秉瑜本人不承认，你没有口供，就凭一二个人乱咬，你能说是证据确凿吗？没有证据杀人，那是无法无天的江湖强盗干的，难道堂堂国民政府也学强盗那样草菅人命吗？我了解吴秉瑜，他是一个书呆子，怎么会是共产党呢？"

"如果他真的是共产党怎么办？"林荫确信吴秉瑜是共产党骨干。

"如果你有确凿证据，定吴秉瑜是共产党，你取我的头给胡季宽交差。"吴自寿很干脆地回答。

为了救吴秉瑜一命，吴自寿不惜用自己的人头作担保，林荫听了也不禁动容，道："你话都说到这个份上，我还能不给你面子吗？但是，灭不灭共党事关党国存亡，不能有妇人之仁。"

"说了半天，你还是想杀？"吴自寿哀求道，"县长大人，你就看在你我多年的交情上，把他放了吧。我从来没求过你一件事，就这一次算是我求你了。"

"其实，我也是一个爱才的人，从内心深处说，我也舍不得杀他。"林荫想想又说，"不过，你要给我时间，只要我对上能够交差，释放吴秉瑜我何乐不为呢？"

"吴秉瑜现刻还关押在码头哨船暗舱里，我昨晚去过，你要立即下达命令，不准把吴秉瑜拿去沉海。"吴自寿说，"万一他有不测，别怪我和你翻脸。"

"这个我答应你，绝不食言。"林荫做了保证后说，"我还有急事要处理，你就放心走吧。"

打发吴自寿走后，林荫也离开房间打算出去，可是当他走到院子时，却被一群老人团团围住，使他走不开。这群老人是地下党玉屿支部书记吴聿静闻讯带领来的吴氏宗亲老人代表，有20多人，是来县城向林荫要人的。这些村上老人对吴秉瑜感情很深，他们见到林荫未说先哭，边哭边说："我们吴氏家族中几个世代才出吴秉瑜这一个大学生，请求县长大人务必刀下留情，无论如何都不能把他杀了。我们愿意用全族人的性命来保释吴秉瑜。"林荫见说，只好许诺说有打算放，请他们先回去。

玉屿众老见了林荫后又去找吴自寿摊牌，说："你如果救不了吴秉瑜，就不要再回村上了。"

"这我知道。"吴自寿听后深感自己肩上的压力和责任。他对林荫今天上午那样模棱两可的答应不放心，翌日早晨他又去找林荫，说如果吴秉瑜被处死，他也活不成。

林荫对吴自寿不依不饶的纠缠，很是烦躁，说："此事我正准备报告胡季宽，请他放手，你有什么不放心？何必再来烦我。"

然而，吴自寿心想，万一胡季宽不肯放手，林荫依然不会放过吴秉瑜。于是，在吴秉瑜未释放这几日，他总是吃无味、睡不眠，坐立不安。

接着，平潭县文化教育界的几位耆老，包括林荫的老师高屏侯、林伯远，教育界的元老、岚华初中校长曾焕枢在内，也来找林荫，保释吴秉瑜。

最后，连林荫的老婆也放话为吴秉瑜说情。她是虔诚的佛教徒，每天烧香念经，求佛祖保佑自己能够为林氏生一个男孩，因为她至今只生两个女孩。她对林荫唠叨的意思是，杀吴秉瑜是犯众口之事，犯众口的事是不能做的，如果杀了吴秉瑜，将使林荫陷于空前的孤立，平潭人民不会原谅他。不用说当不了国民大会代表，连在平潭都无立足之地了。

林荫知道当前国内形势，共产党犹如旭日东升，必将取代日暮西山的国民党。自己为何不留一条后路呢？如果杀了吴秉瑜，势必堵死了自己与共产党做政治交易之门。何况因风狂浪高秘密填海处死吴秉瑜已不可能，天意如此，上峰也不能责怪他了。

于是，5月31日下午，吴秉瑜在暗无天日的船舱里度过3天3夜之后，终于得以释放，重见光明。但是，仍然被监视。

在监视中的一天，陈孝仁来玉屿看望劫后余生的吴秉瑜。吴秉瑜对他说了被捕的次日在哨船上同林光福对话之事。陈孝仁听后说："我神出鬼没，林光福跟踪得了吗？再说我有武艺，就是跟踪上了，他也不是我的对手。"吴秉瑜道："小心无大错，你不能麻痹大意，你的身份已经暴露，林荫和游澄清早已布置手下特务抓捕你。一旦被捕，你还有机会从事地下革命斗争吗？所以你赶快出岛避开。"陈孝仁说声"是"后就离开玉屿，到渡口乘船出岛前往福清灵石山找曾焕乾。

福清县工委书记陈振华被捕叛变后，曾焕乾即派人专门回平潭送信给吴秉瑜，通知他立即撤离平潭。可惜，送信人未能完成使命。

获悉吴秉瑜被捕后，曾焕乾多次派人了解吴秉瑜的情况。他得知吴秉瑜在被捕时表现坚强，对党赤胆忠心，深感慰藉。当他知道吴秉瑜已经释放回家，特派翁强吾回平潭与吴秉瑜联系，具体了解吴秉瑜被捕经过，指示吴秉瑜设法离开平潭，以摆脱林荫的控制。之后，他又派詹益群回平潭通知吴秉瑜尽快离开平潭到福州来，以回协和大学复学读书为掩护继续坚持地下革命斗争。

但是，受监视的吴秉瑜日夜有林荫派的便衣特务暗中监视，没有出村出岛的自由。后来，林荫为了当上国民党国大代表，辞去平潭县长职务，由郑叔平继任，才对吴秉瑜的控制渐渐放松，加上吴自寿从中斡旋，吴秉瑜到了1948年1月才被撤销监管，获得了人身的完全自由。

1948年2月，吴秉瑜奉曾焕乾之命回协和大学，边念书边开展地下革命斗争。1948~1949年度，他以各科学习总成绩居全校第一，获得了哈佛－燕京奖学金。1949年中华人民共和国成立后，他被选为协大学生会执行会长。1950年后，他担任平潭一中校长整整8年。1957年，他调福建师大历史系，担任世界古代史及中世纪史教研室主任，在学术上做出贡献。

第二十四回　壕沟脱险潜入台湾
临机应变携款撤回

已是万籁俱寂的深夜，身怀六甲的马玉銮睡得很沉了，突然响起的一阵敲门声，还是把她吵醒了。她想，该是丈夫焕乾回家了，忙披衣起来。正准备开门时，又听一阵急促的擂门声响起，这使她觉出门外人不是自己的丈夫。她忙问："谁？"

"我是杨华，请开门！"门外人说。

"杨华？——噢！"马玉銮记起杨华是曾焕乾刚刚给翁绳金改的别名，也听出了他的海山哥腔调，便应声"来了"开了门。

"焕乾呢？"杨华进门来尚未坐下便问。

"下午庄征、李铁他们把他叫去开会，到现在还没有回来。"马玉銮递一杯茶水给翁绳金后，问："你刚才从哪里来？"杨华接过茶水喝两口后回答："我从协大来。"马玉銮说："昨天早上他就派詹益群通知你立即撤离协大，你怎么今夜还从那里来？"

"都怪我，险些遭到不测。"杨华接着向马玉銮说了他的一场惊险。

1947年6月2日中午。福建协和大学党支部书记翁绳金到魁岐村开罢支委会回到协大学生宿舍时，便见詹益群前来找他，向他传达曾焕乾的紧急通知。詹益群说："福清工委书记叛变，向敌人告密翁绳金、吴秉瑜是中共地下党骨干。秉瑜已被平潭反动县长林荫秘密扣押，生死不明。现在林荫已派特警前来福州配合省宪兵队抓捕你。焕乾一获得这个情报，就派我来通知你，你立马将工作交代布置好撤离协大，然后隐姓埋名，改名杨华，转入更加隐蔽的地下革命活动。"翁绳金静静听完后沉吟道："我的工作千头万绪，还无法在今天下午就交代布置清楚，所以我准备明天早上走。"翁绳金说是这样说，但他知道避敌如避火，一刻都不能拖延。所以，他送走詹益群后，决定马上离开协大，至于工作的事可以等风声过后再回来处理不迟。

正当翁绳金背着非带不可的小包包走出宿舍准备离开协大时，却见堂叔翁训良来协大找他，对他说："秉瑜知道你已经被叛徒出卖，林荫要对你下毒手，便通过其族长、县副参议长吴自寿托县教育局督学林培青来我家报讯，叫我通知你赶快离开协大。"翁绳金听了点点头，说："此事我已经知道了，正打算走。可你现在来了，就先到我宿舍喝一口水吧。"翁训良一路赶来协大，确实觉得疲倦口干，就跟着翁绳金到他宿舍喝水。翁绳放下小包包，为叔叔倒水时问："叔，您这回是怎样来福州的？"翁训良说："我是搭'昌利'号轮船从平潭专程来福州通知你的。"

翁绳金关切地问："叔这回乘海轮来福州，路上有无晕船呕吐？"翁训良笑笑说："那是难免的。"翁绳金见说很是过意不去，说："让叔受苦了。"翁绳金想起自己年仅 15 岁，父母双双去世，正是堂叔翁训良动了恻隐之心，对他倍加爱护，热心支持他上学读书，使自己才有今天。可如今自己不但不能报答堂叔之恩，反而连累他担惊受怕。叔父头一回来福州，人地生疏，自己不能一走了之，将他扔在一旁。想到此，便道："叔，您在我这里住一夜，我明天送您坐人力车回去。"翁训良说："不怕一万，就怕万一。你赶紧走，不用管我，我从原路回福州第二码头，坐'昌利'号船回去。"翁绳金觉得也只能如此，便说："那我送叔下去上公交车后就走。"

　　叔侄二人走出学校大门时，已是下午5点。大门口路旁有一家小吃店，翁绳金便说："叔，现在日头快暗了，叔肯定肚子饿了，我们就在这里吃一碗米粉吧。"翁训良说："我也有此意。"

　　吃罢米粉，翁绳金送叔叔上公交车后，回到自己的二楼宿舍，拿起非带不可的小包包，正准备跨出宿舍门下楼离开时，忽闻校门口传来一阵吵嚷声。

　　原来，全副武装的百多名福建省宪兵队像一群吃人的虎狼已经冲进协和大学的大门，准备抓人。

　　翁绳金闻声退回宿舍。此时，他没有惊慌失措，而是想着如何"金蝉脱壳"，躲过这一劫。他想了多个方案，最后决定跳楼离开。宪兵行动快速，不知何时已闯进宿舍楼，听三楼有"你们不要怕，是省政府派来的，不抓好人"的话语。当听到"是省政府派来的"这句话时，翁绳金便从二楼窗户跳了下去。窗后附近有个小防空洞，翁绳金就躲在防空洞里察看动静。刹那间，翁绳金听到宪兵敲他宿舍门的声音，紧接着有人问："翁绳金先生有没有在？"又听留在宿舍里的林振瑞同学回答："翁先生到城里去了。"翁绳金知道宪兵是专门来抓自己的，觉得躲在小防空洞里也不安全，便摸黑往后山狂跑。狂跑中，他不慎跌入丈余深的壕沟里，幸好没有受伤。他见壕沟里有深邃的暗洞，周边茅草茂密，可以隐蔽，便躲在这里。这一躲就是一昼夜12时辰24个钟头。

　　这是惊恐难熬的一昼夜，头顶上有搜山抓他的恶警来回走动，双脚下有吐着信的毒蛇蜿蜒而过，脸面前有飞舞的野虫频繁光顾，更兼又饥又渴，使翁绳金难受得根本无法静下来休息。但他意志顽强，会吃苦，硬把难受当成享受，终于熬过了这艰难的24小时。

　　次日傍晚，估计宪兵已经离校，翁绳金才从壕沟里潜回宿舍向林振瑞同学了解情况。得知昨天晚上协大进步学生被抓走30多人。宪兵以为林振瑞就是翁绳金，也把他抓到楼下准备带走报功。后经一位教

197

师证明他不是翁绳金才把他释放。担心宪兵再来，翁绳金不敢在宿舍久留，便暂躲在地下室里，直到天大黑，他才连夜赶来福州准备向曾焕乾汇报。

到了福州曾焕乾家门口，翁绳金才松了一口气，心里道："躲宪兵脱险深壕沟，算我命大。"

马玉銮听了翁绳金的讲述，轻轻一笑说："有惊无险，躲过一劫，算你命大。"过了一会，她问："你饭还没有吃吧？"

"吃过了。"杨华见已经是午夜了，就说，"看来，焕乾今夜不会回来了。"

"他可能就在省委据点过夜。"马玉銮道，"你先到客房睡去。如果他后半夜回来，明天上午你们相见也不迟嘛！"杨华点头赞成："那我边睡边等。"

然而，等到次日早晨起床后，杨华仍不见曾焕乾回来。没奈何，只好在这里再等。一直等到第三天，已是 6 月 5 日上午了，方见曾焕乾回家。

"杨华，刚才听玉銮说，你前天晚上就到这里等我，可我还担心通知不到你呢！"曾焕乾见到杨华时笑着说。

"焕乾，我差一点见不到你了。"杨华羞赧地说。

"你的事，何友礼都对我说了，不必介意。"曾焕乾接着说，"昨夜，我就向庄征、李铁二位领导汇报过，决定派你到台湾组建台湾工委，任命你为中共台湾工委书记，统一领导台湾岛内各个党的组织，主持台湾全面工作。你以为如何？"

"我无条件听从党组织决定。"杨华明确表态。

"我相信。"曾焕乾部署道，"杨华，你到台湾后，除了建立台湾工委，发展党员，壮大党的组织之外，还要完成四项具体任务：一是做好在台同志的思想工作，加强同志间的团结；二是动员在台同志继续筹集资金，支持福建革命；三是了解台湾的民情风俗、地理交通，以及阶级斗争情况；四是通过在台党组织和党员同志做好群众工作。这四条中，最主要的是第二条筹集资金。你能完成这些任务吗？"

"没问题。"杨华响亮地回答。

接着，曾焕乾向杨华介绍了近两年党在台湾开展经济工作和发展组织的情况。

曾焕乾一当上闽江学委书记，就瞄准祖国宝岛台湾，着手向台湾开展经济工作和组织工作。

1945年10月，曾焕乾派党员王韬去台湾基隆筹办福兴商行。同年12月，他又派党员骨干徐兴祖赴台，加强对福兴商行的领导。

1946年2月，曾焕乾派林正纪等一批会做生意的党员到台湾。同年7月，曾焕乾亲自赴台湾检查筹集资金情况。由于闽江工委急需一笔较大的款目，但当时福兴商行余款不足，曾焕乾同徐兴祖商讨后果断地将福兴商行拍卖，得黄金30两带回来交给党组织。

1947年3月上旬，徐兴祖、王韬根据曾焕乾的指示，几经周折，历尽艰辛，又在基隆成立了震球商行。震球商行的规模比原来的福兴商行大许多。震球商行开业之后，生意红火，效益可观，成了城工部的重要经济来源。仅两次，就上交黄金60两、白糖36吨、自行车15辆。同年4月下旬，曾焕乾再次亲赴台湾，除视察震球商行、探讨经济工作之外，着重研究了在台湾发展党员、建立组织、开展地下革命斗争问题。5月上旬，曾焕乾一从台湾回来，就派平潭籍的长福平工委委员郑杰赴台，在震球商行成立党支部，以郑杰为书记，徐兴祖为副书记。

现在，台湾已有一批党员，其分布情况是：基隆有郑杰、徐兴祖、张纬荣、林正纪、林裕丰、陈国义、许书贤；新竹有王韬、王孝桐；台中有林辉仁；台北有林铁义等。

由于在台湾办商行做生意，有一定的经济基础，又有一批党员，因而成立以杨华为书记的台湾党工委，把革命推向台湾，条件便成熟了。

听完曾焕乾的情况介绍，杨华顿时增强了赴台领导革命斗争的信心。由于不喜欢讲过头话，杨华没有再说什么，便站起来向曾焕乾辞别。但出了大门，他又回转头进来。曾焕乾见状，问："你还有什么不放心的事吗？"

"没有，"杨华说，"但我有一事相托，请你派我堂弟翁强吾回平潭变卖我的所有田地家产，贡献给党组织作为革命活动经费。可以吗？"

"当然可以。"曾焕乾动情地同杨华握别，道，"一路顺风！"

于是，公元1947年6月6日拂晓，一艘载着杨华的商船，便徐徐地驶进了台湾基隆港。

基隆港位于台湾岛的北端，港面朝东北开口，外窄内宽，形似鸡笼，故旧称该地为"鸡笼"。1863年（同治二年）辟为商埠；1872年（同治十一年）设海防基地于此，始易名为基隆，取"基地隆昌"之意。基隆是台湾重要渔港之一，又是最早开发的工业城市，物产丰富，市场繁荣，人口发达。

杨华上岸后，穿过熙熙攘攘的人流，来到位于市中心的震球商行。首先出来接待的，是震球商行经理高飞。

高飞，平潭县看澳村人，1916年11月出生。少时在平潭、福清读书。1932年得高诚学赏识，被送往日本读高中。1936年高诚学任福安县长，已从日本回国的高飞随往福安，历任福安茶叶所主任、公安局股长、穆阳镇镇长等职。1943年高诚学不幸惨遭国民党军统特务杀害，高飞回平潭，于1944年任平潭经征处主任。高飞曾和林荫一起在高诚学手下共事，两人曾结拜为异姓兄弟。高飞对林荫当县长后，数次指挥县自卫队袭击日船和围歼日军，颇为赞赏。但在抗日战争结束后，林荫违反民意，忠实执行蒋介石发动内战和"消灭共产党"的方针政策，大肆杀害共产党员、进步人士和异己分子，深为不满，乃弃职往台湾经商。震球商行成立时，为了让已经"红"了的共产党员隐蔽得更深一些，曾焕乾根据徐兴祖的建议，批准非党人士高飞任商行经理，徐兴祖任副经理。

杨华对高飞的情况早有所闻，高飞也听说翁绳金（杨华）是福建学生运动的领袖人物，十分了得。两人过去虽未共事，也未谋面，却一见如故，谈得十分投缘。高飞向杨华汇报了商行营业状况，杨华也有意对他介绍共产党即将解放全中国的大好形势。

正当两人谈话结束之际，张纬荣闻讯进来看望杨华，并将他带到自己的下榻处细谈。杨华对他如实说了自己此行的使命和各项任务，并转达了曾焕乾对张纬荣的特别问候，要他在自己身边协助工作。

张纬荣愉快接受杨华的直接领导。他对杨华汇报说："郑杰5月来台湾后，宣布成立震球商行党支部，还发展了一个小学校长入党。今天，他带林正纪、林裕丰等党员到几个地方结合采购商品开展活动。徐兴祖今天老婆分娩在家照顾。"

"徐兴祖老婆也来台湾？"杨华在邵武协大时就听徐兴祖说他已经成家，家里有老婆，所以听张纬荣这样说便有此一问。

"怎么？徐兴祖在台湾又娶一个老婆的事，焕乾没有对你说？"张纬荣不解地问。杨华摇头道："他太忙，可能来不及说。"

"那我对你简要介绍一下。"张纬荣接着就说起来。

原来，为了在台湾开展地下工作的方便，不引起国民党特务的怀疑，经党组织批准，在大陆已有妻室的徐兴祖与台湾籍女青年庄梅桂结婚。

庄梅桂是一位百里挑一的好姑娘，她不但年轻、漂亮、健壮，而且贤淑、勤劳、多才。她父母双亡，只有一个守寡的姐姐和一个未成年的外甥女同她住在一起，并由她负担。她白天经营一家小小的烟酒专卖店，晚上招收补习生教学，甚至还为人制补衣服，以此来增加收入，维持一家三口的生活。她社会关系清楚，同国民党没有瓜葛，政治上绝对可靠。

徐兴祖从1945年12月奉命来台湾经商就租赁庄梅桂家的一个房间里居住。在朝夕相处中，庄梅桂对徐兴祖产生了爱慕之情。徐兴祖对庄梅桂也十分好感，但由于老家已有情深意笃的贤妻，所以徐兴祖对她不敢有非分之想。然而，到了1946年7月，在一次查户口中，徐兴祖遇到了意外的麻烦，才使他们俩结为夫妻。那夜，当警察欲将徐兴祖带走时，庄梅桂勇敢地站出来说这男人是自己的老公，从而使他化险为夷。这使徐兴祖很感动，也让他产生想法。他想，同她结婚，就有了台湾的户口，就有了公开的身份，就有了合法的居住权，就可以用台湾居民的身份进行革命活动，就可以用婚姻掩护自己，就不会引起特务的怀疑。于是，徐兴祖向党组织提出申请。当时，曾焕乾刚好来台湾考察，他考虑到地下革命工作的特殊需要，当即给予批准。他们虽然结为夫妇，但根据党的纪律，徐兴祖没有向她暴露自己的政治身份，也没有告诉她大陆已有妻室。为了革命需要，徐兴祖只好送两份"美丽的谎言"给这位可爱的台湾妻子。

张纬荣介绍时，杨华静静地听，没有插话，他不喜欢打断别人的讲话；听完张纬荣介绍，杨华也没有表态，他更不喜欢背后议论同志，但他能够理解徐兴祖的申请和曾焕乾的批准。

晚上，郑杰回来了，外出的党员都回来了，徐兴祖也从家里来到商行。郑杰主持召开商行支部大会，杨华在会上传达了曾焕乾对台湾工作的指示和任命，宣布以杨华为书记的中共台湾工委正式成立。他还在会上告诉大家，现在他的名字叫杨华，强调今后不要再叫他的原名翁绳金。同志们听了一致热烈鼓掌，表示坚决拥护党的决定。

杨华同大家商量后决定台湾工委设在省会城市台北。次日上午，他就率张纬荣等同志前往台北开展工作

美丽的宝岛台湾，自古以来就是中国不可分割的领土。岛上居民多是来自福建闽南泉州、漳州一带的移民，故台湾人讲的是地道的闽南话，其习俗也和闽南相同。代代台湾人民心向祖国大陆。可是，1895 年，腐败无能的清廷在丧权辱国的《马关条约》上签字，将好端端的台湾岛割让给日本帝国统治，使台湾人民过着暗无天日的耻辱和悲苦的岁月。1945 年 10 月 25 日，随着世界反法西斯战争的全面胜利，日本的无条件投降，《开罗宣言》的公布实行，台湾终于回归祖国怀抱，

台湾人民终于重见天日。台湾光复的当天下午，台湾各界在台北原日本总督府广场举行庆祝典礼，欢庆台湾回归祖国。广场上人山人海，歌声、欢呼声、谈笑声和锣鼓声汇成一片欢乐与喜悦的海洋。台湾人民把"10月25日"定为"光复节"。

然而，国民党政府接管台湾这两年来，由于蒋介石及其国民党顽固派忙于打内战，妄图消灭共产党，他们并不关心台湾人民的生活，根本没有帮助台湾恢复元气，发展经济，所以那时的台湾，物资匮乏，物价上涨，市场萧条，人民生活依然很苦。更为严重的是，国民党的"军统""中统"特务，潜入台湾各地抓捕杀害地下党员和爱国人士，弄得人心惶惶。

转眼到了1947年8月底，杨华到台湾工作将近3个月了。根据曾焕乾临行时布置的任务，3个月来以杨华为书记的台湾党工委，在发展党员，壮大党的组织；办好商场，筹集革命资金；了解台湾民情风俗、地理交通，以及阶级斗争情况等各项工作都有较大的进展。杨华正想请张纬荣写一份近3个月来的工作情况报告给曾焕乾和闽浙赣区党委城工部，突然，王诚被台湾宪兵逮捕了。

王诚是平潭人，思想进步，同杨华等地下党员过从甚密。他在平潭带头参加反对林荫的斗争活动，林荫派敌特四处抓捕他，所以他避到台湾来谋生，租了一套较大的房子居住。杨华刚到台北，人地生疏，就住在王诚家。

杨华住下后，对王诚深入进行党纲党章的教育，启发他的共产主义觉悟，不久便发展他入党。

一天傍晚，王诚向杨华汇报，说他上午在台北农械厂门口碰到林荫的大秘书兼县党部执委林杰。林杰装作他乡遇故知的极度高兴样子，同他亲热地拥抱，道："我们现在都在外地谋生，往事不究，今后要互相关照，好好相处。"

"这是一个危险的信号！"杨华听后顿即想到林荫的魔爪已经伸到台湾来了。显然，林荫知道从平潭、福州撤出的共产党人到台湾去，所以才派林杰这样的得力干将来台湾，配合当地的国民党势力捕杀共产党人。他想到此便指示王诚说："你不要再去农械厂上班了。"

"台湾又不是平潭，怕什么？"王诚不以为然。

"不能麻痹大意！"杨华进一步对王诚说，"林杰说往事不究，那是此地无银三百两，这说明你在平潭反对林荫的往事他们还耿耿于怀，所谓'不究'就是'要究'。懂吗？"

然而，王诚听了杨华的耐心说明，依然不当一回事。第二天上午，他和平常一样，还是大摇大摆地到农械厂上班。结果被探得清楚的林杰带领国民党宪兵将他抓捕了。

得知王诚被捕后，杨华预感到问题的严重性。他对张纬荣说："王诚被抓对我们很不利。他们抓王诚不是目的，而是想从王诚打开缺口，顺藤摸瓜，抓捕共产党人。因此，林杰是冲着我们来的。"

"你分析得很对。"张纬荣接着补充分析道，"林荫只知道王诚是反对他在平潭主政的政敌，根本不可能知道王诚已经加入我们党。但林荫知道王诚跟你、跟我、跟焕乾都很要好。他认为抓到王诚就可以抓到我们这些共产党人了。"杨华听后点头说："这说明我们几个在台湾是站不住脚了。既然如此，我们必须妥善应变，采取紧急措施。"接着，杨华果断地对张纬荣道："你立即到基隆通知郑杰、徐兴祖，商行的存货全部抛售，关闭商行；已受敌人注意的党员要分批撤出台湾。"

"是！"张纬荣受杨华不凡的处事魄力所感染，也果断地道："立即行动。"

"不过，撤离台湾是件大事，还须写信请示焕乾，请他批准。"杨华又说，"你笔头尖马上写。"

张纬荣当即写了信让杨华过目签名后寄出。曾焕乾收到杨华的信后立马叫林正光代他写了同意撤离台湾的回信。

经曾焕乾批准后，第一批撤离的杨华、徐兴祖、高飞三人，随带震球商行拍卖得来的 80 万元现款及数两黄金，乘飞机抵达厦门转回福州。第二批撤出的郑杰、张纬荣、林正纪三人也于次日乘飞机撤离。其他在台人员有的潜伏下来，有的陆续乘船回大陆。高飞那时还是非党群众，本来无须离开台湾。但他立志跟着共产党走，所以也跟着杨华撤回。

徐兴祖获悉林荫早已知道自己是共产党，所以他不得不撤。但他担心台湾妻子庄梅桂不肯让他离开，心想反正躲过风头后还会再来台湾，所以他撤离时同庄梅桂不告而别。

没想到徐兴祖和庄梅桂这对特殊夫妻一别就是 40 年。40 年后的 1987 年，徐兴祖在大陆的原配妻子郑钿宋早已过世，成了鳏夫，他得悉庄梅桂母子移居香港，立即办理了赴港探亲手续。可是，徐兴祖到香港后，庄梅桂母子同他相见而不相认。这是后话。

杨华一回到福州就将带回来的 80 万元现款和数两黄金全部交给党组织，作为党的革命活动经费。

经过林正光的安排，杨华先后向曾焕乾和李铁汇报了封闭商行撤出台湾的缘由和经过，得到了曾焕乾的赞许；受到了李铁的表扬。李铁说："撤出台湾，既保护了革命同志的安全，又支援了福建革命的经济，做得很对嘛！"

第二十五回　形势严峻庄征报喜
布案发生孟起就义

　　1947 年夏秋之间，白色恐怖像蔽天遮日的浓雾，阴沉沉地笼罩着闽浙赣边区。区党委及其所属的各级党组织，正处于国民党武装的"清剿"之中，农村游击力量不断遭受打击和破坏，革命群众一天数惊，形势极为严峻。尤其是闽中游击纵队挺进戴云山战斗失利，队伍向南安移动遭敌人包围，在突围中纵队参谋长兼支队长罗迎祥不幸壮烈牺牲，损失惨重；突围后转移到永春又遭敌人伏击，部队被打散，大部分人员牺牲，最后仅剩下纵队司令员兼政委黄国璋等少数人脱险。之后，国民党军队在闽中地区实行烧、杀、抢、抓、并（村）的"五光"政策，有 200 多名党的干部和游击队骨干惨遭杀害，许多党组织相继受到破坏，凡是游击队住过的村庄几乎都遭到或重或轻的摧残。

　　就在这样极为严峻的形势下，闽浙赣区党委于 7 月 15 日至 8 月 28 日在林森县尚干乡南阳顶召开会议（史称"八二八"会议）。

　　区党委书记曾镜冰在会上作了接受华东局批评精神的报告。华东局 6 月 10 日的指示中，明确指出了闽浙赣区党委在发动游击战争的指导思想上存在"操之过急，求之过高"的冒险倾向，这种脱离实际的做法，是导致一些斗争受挫和部分群众受损的主要原因。

出席会议的左丰美、苏华、黄宸禹、刘润世、李铁、孟起等人的心情都很沉重，特别是后到几天的黄国璋深感挫折，几乎整日双眉紧锁，一脸沮丧。

然而，却有一人例外。此人就是区党委委员兼城工部部长庄征。他心里被极大的成就感充满着，挂在脸上的都是笑靥。

的确，风流倜傥、才华横溢的庄征，他领导的城市工作，与他人的失败挫折截然相反，不但没有受到破坏，反而有着惊人的发展。

"气可鼓，不可泄。"庄征见大家在失败面前垂头丧气，便对曾镜冰建议说，"我谈谈城市工作在区党委领导下所取得的可喜成绩，如何？"

"好，你谈谈吧！"曾镜冰也认为在失败面前垂头丧气不可取。

于是，庄征便在会上做了工作汇报。他说：

"从1947年2月城工部成立至今天短短6个月，在区党委书记曾镜冰的直接领导下，我们认真贯彻执行党中央和区党委的一系列方针政策，重视抓党的建设，充分发挥知识分子的作用，各个方面都取得了可喜的成绩。

"第一，抓学生运动成绩卓著，城市爱国民主运动的浪潮一浪高过一浪，使得国民党福建省当局惶惶不可终日。城工部成立前夕和初期，我们就利用沈崇事件，领导开展了一次声势浩大的学校罢课抗暴斗争，提出了'美军滚出中国去'的口号，影响深远。继之，又利用'三二五'省福中学生被打事件，发动开展全市学生抗暴运动，迫使国民党当局全部接受学生提出的条件，使这个运动成为党组织领导的福建省历史上规模最大并取得完全胜利的一次学生抗暴运动。今年5月，福州米价暴涨，每担达45万元，至14日米价比月初又上涨一倍多，奸商乘机囤积粮食，大中专学生平价供应的粮食中断，面临饥饿的威胁，我们城工部趁机领导全市学生掀起'反饥饿、反内战、反迫害'运动。5月16日，协大学生自治会在党支部的领导下，组织全校学生800余人

（仅缺席18人），高举'反饥饿、反内战''争民主、争自由、反法西斯独裁'的横幅标语，冒雨游行。队伍从魁岐到南台，又从南台到城内，沿途张贴标语，散发传单，进行街头演说，揭露国民党发动内战，导致米价暴涨、民不聊生的行径。沿途有医学院、农学院、福建学院、师专等大专院校学生代表加入游行队伍。队伍到省政府时，刘建绪不得不出面接见学生代表，答应给各校供应平价大米200担，达到了预定的目的。这次游行，有数万市民围观，影响极大。此外，我们城工部还为声援全国学联举行'六二'全国总罢课抗议反动政府暴行的斗争，进行了大量的组织准备工作。我们城工部在领导学生运动中，注意斗争策略，坚持一切从实际出发，做到有理、有利、有节；同时善于从广大群众的实际感受和切身利益出发，及时提出适当口号，把党的口号变为群众的实际行动，使群众运动不断深入持久发展，使斗争不断取得胜利，既严重打击了国民党反动派，又大大地鼓舞、教育了人民群众，提高了他们的思想觉悟。

"第二，把'变'的方针付诸行动，为帮助解决开展农村游击战争所急需的给养和购买武器装备筹集了大量经费，出色地完成了区党委交给的城市支援农村的任务。由于发动游击战争，解决部队给养、购买武器装备急需大量经费，区党委将筹集革命经费作为城市党组织的一项重要任务。我们城工部在筹集经费过程中发动党员个人捐助或向亲友募捐，甚至'毁家纾党'，卖田卖地，省吃俭用，出生入死，充分表现了对党一片忠心和勇于自我牺牲精神。在实际斗争中，我们还创造出'变'的斗争形式。我们认为，'变'是游击战争的特殊形式，是城市为农村服务的主要途径。通过'变'，城市为农村服务更加具体化，更有实际内容。城工部从成立以来，通过'药变''粮变''钱变''枪变''布变'的'五变'搞到了大批经费和武器。较大的'变'，有平潭县基督教卫生院的一批'西药'价值2000万元；有林森县林浦经征田粮处的粮食300担和钱1000万元；有救济署的大米和罐头价值约700万元。最大的胜利是'红五月'陈统安的'枪变'。陈统安于 1946 年 2 月由杨良言介绍入党，长期隐蔽在国民党福建水警司令部担任警卫排长。他于 5 月 6 日率领一批不满现实的青年水警起义，携带马克沁机枪 2 挺、20 发驳壳枪 8 支、步枪 6 支、机枪子弹 8000 发，胜利地到达闽侯南通山头区党委驻地。区党委用这批武器加强了直属部队的武器装备。今年 7 月 11 日至 13 日仅 3 天，我们就用冒领的办法，从福州海关分三批'变'出棉布 270 余匹及许多棉纱和颜料，价值达 2 亿元，迅速转移到仓山、港头和螺洲等地分散保存。这样七'变'八'变'，已经得现金和财物约值 2 亿 8000 多万元。区党委书记曾镜冰对我们城工部'变'的方式予以肯定，明确指出：'变'是游击战争在城镇的特殊斗争形式，这是值得我们研究与重视的，我们应该把'变'的斗争形式加以发扬光大。

"第三，城工部党组织在斗争中不断发展壮大。我们城工部在开展以学生为主体、团结各阶层人士参加的爱国民主运动过程中，教育和培养了一批又一批知识分子，从中不断发展党员，使城市党组织得到迅速发展。现在我们城工部已经拥有党员 3000 人，干部 200 人。如今这些党组织和党员，不但分布在福州地区的大中学校和许多工厂企业，而且还扩展到全省各地以及省外的江西等城市，充分发挥了城市党组织坚强有力的领导核心作用。"

庄征一口气谈完了上述的成绩。

庄征确实很会创造成绩，他灵活地运用斗争策略，将公开与秘密、合法与非法，既区别又结合，使群众斗争沿着开辟第二战线的方向前进，在统战、策反、情报等方面也有很大的发展，从而开创了城市工作的新局面。

庄征也善于总结成绩，他的总结报告简明、扼要、生动活泼。他本以为这个鼓舞士气的报告，会赢来一片热烈的掌声，然而没有。曾镜冰也没有对他的总结报告加以肯定，只说声"散会"，便走出会场。庄征对此虽然有点扫兴，但也不怎么在乎。

8月28日会议结束后，庄征就和黄宸禹、孟起等3人一同离开区党委驻地回到福州。回到福州家里的当天晚上，庄征得到一个意想不到的消息：孟起被捕了。

庄征听到这个不幸的消息，不禁大惊失色。他一面四出活动，组织营救；一面派员调查孟起被捕的来龙去脉。

原来，海关"布案"案发了，孟起作为"布案"的嫌疑犯被羁押。

当时隐蔽在海关内负责仓管的城工部党员陈文相，看到270余匹棉布及棉纱、颜料等扣在仓库内无人认领，便向城工部领导汇报。当时庄征、李铁、孟起都认为这是"布变"的好机会，便组织冒领出来，以便支持农村游击队。

这些布匹都是有货主的，只因他们原先没有特运证被海关扣押下来。7月23日，原货主补办了领布特许手续前往海关提货时，发现布匹等已被冒领。

消息传开后，福州商界舆论大哗，纷纷指责海关失职，要求赔偿损失。海关也感到情况严重，当即报告国民党省政府和海关总署。福州海关税务司英人拔士找省主席刘建绪交涉，并通过外交部转行政院督促福建省主席刘建绪破案。刘建绪一面大力组织破案，一面遍贴布告悬赏缉拿案犯。一时间，驻福州的国民党各警、特机关竞相争功夺赏。各警、特系统的便衣行动队、刑事警察队、侦缉队纷纷出动，明察暗访，搜集线索。

线索之一，就是孟起家存有棉布。"布案"发生后的一天，孟起之妻张聪敏吩咐女佣人六嫂把放在三叉街的20多匹棉布挑回来。

六嫂本名林秀英，福清人，原是革命烈属，经组织介绍到孟起家工作。

六嫂挑布时被在三叉街摆摊卖菜的福清同乡林建中的妻子看到。林建中的弟弟林依禄是惯匪兼国民党水警的线民，与特务便衣队队长林依可手下的张依虎以及六嫂在福清的姘夫、惯匪陈炳正等人关系密切，他们经常在林建中家里会晤。六嫂到孟起家工作后与姘夫陈炳正失去联系,曾托林建中的妻子为她打听陈炳正的下落,并约他前来相会。不久,林建中的妻子告诉六嫂,陈炳正现在大义,同时也把六嫂的近况告诉陈炳正。

　　一天,陈炳正通过林建中的妻子约六嫂到他家中相会,在两人相会时,水警线民、林建中的弟弟林依禄也在场。谈话中六嫂泄露出她东家孟起的身份和住址,并说孟起家中有不少来历不明的棉布,以及邻居一寡妇有金子等情况。陈炳正、林依禄听后动了行劫的念头,立即赶回福清做准备。就绪后,他们与另外两位匪徒一起到福州,不料途中被林森专区保安司令部便衣组组长董文捕获,被带到福州三官堂林依可家里审问。林依可对陈炳正软硬兼施,审讯利诱并用,并答应陈炳正如能通过六嫂为内线,帮助捕到孟起破"布案",可帮助他与六嫂成为正式夫妻,还能得到奖赏。

　　于是,陈炳正当即供出六嫂东家的身份、布匹等情况。事后,经特务安排,陈炳正与六嫂会了面。第一次会面后,陈炳正向特务报告孟起外出未归,两三天后才能回来。特务便在孟起家周围布下严密的监视网。而孟起和城工部组织却一无所知。

　　8月30日,孟起从南阳顶开会回到福州,在大桥头饭馆吃完午饭后回家洗完澡已是下午2点多钟了。这时,六嫂主动把孟起换下来的衣服、鞋、袜拿到江边去洗,在路上对监视孟起的特务说:"东家已回来了。"并以手示意"就在前面楼上"。特务们立即冲进孟起家,捕走孟起和他的妻子张聪敏。六嫂也同时被带走。三人被关押在三官堂林依可家里审讯,第二天将孟起夫妇分开关押在东门外康山庙军法处监牢里。孟起夫妇被捕后,六嫂两次带特务组长董文到孟起家搜查,不仅查到布匹,而且在床下发现了共产党秘密文件、刊物、笔记本,完全暴露了孟起夫妇的身份。其间,孟起仍相信六嫂,通过六嫂向他妻子张聪敏传递条子,但六嫂每次都把条子先送特务林依可看后再送去。张聪敏托六嫂送给其丈夫孟起的一枚金戒指,也被六嫂侵吞。

孟起、张聪敏夫妇在福州关押期间，先由特务林依可审讯，后交军统特务王调勋、严灵峰审讯。在审讯过程中，孟起坚贞不屈，没有向敌人泄露任何党的秘密。

　　在这期间，城工部的庄征、社会部的陈矩孙等人多方营救孟起未成。

　　孟起夫妇于 11 月间被解往南京国防部。一年后的 1948 年 11 月，孟起被国民党反动派残酷杀害，英勇就义于南京雨花台。张聪敏后来被解送到镇江集中营，又转押上饶集中营，至南京解放才被释放回来。这是后话。

第二十六回 西台岭部长喊冤屈
南后街密友话别离

1947 年 9 月底，一个令人震惊万分的事发生了：才华横溢、忠诚于党、功勋卓著的中共闽浙赣区委城工部长庄征被秘密处死了。

秘密处死庄征的不是国民党特务，而是闽浙赣区党委，这好比一个人自砍手臂，谁能相信呢？

"我不相信，就是杀我的头也不相信。"何友于风闻这件事时，来到竹林山馆激动地对他的好友曾焕乾说。

"也许你听错了。"曾焕乾也不敢相信。

"然而这却是千真万确的事实。"何友礼陪同李铁后脚跟进来说，"你们不信就问问李铁同志吧！"

李铁沉痛地介绍了庄征被秘密处死的经过。

原来，孟起被捕后，庄征千方百计组织营救。他向有关区党委委员提出营救孟起的 3 个方案：一是已知孟起关押的地点，用劫狱的办法；二是用财物买通看守人员，让孟起逃出来；三是用假自首办法，为了使敌人相信，可以考虑暴露一二个牵涉不大的据点让敌人破坏。有关区党委委员认为，前两个办法困难大，难以办到，而对后一个办法则坚决反对，提议请示区党委书记曾镜冰决定。但庄征认为事情紧急，为了不贻误时机，不必请示，并半开玩笑地批评他们是"倚老卖老，不爱护干部"。

根据有关区党委委员的汇报，联想到庄征在"八二八"会议上的表现和平时的言行，区党委怀疑庄征有严重的政治问题，进而主观武断并草率地对庄征做出 3 条结论：第一，庄征在"八二八"会议上大谈其城市工作的发展，锋芒毕露，居功骄傲；私下送金子 6 两给曾镜冰，谓之为保养领导身体；说过"苏区以毛主席为代表，白区以刘少奇同志为代表"，意图当区党委副书记，有个人野心，品质很坏。第二，庄征对自首政策有不正确的言论，说卢懋居同志坚持革命气节英勇牺牲是"小资产阶级发狂"；说海关"布案"是由特务王调勋办理，他已通过陈矩孙做王调勋的工作，不会有问题，说明他与特务有不正常关系。第三，孟起突然被捕，可能与庄征有关系；孟起被捕后，他又主张让敌人破坏一些组织，办理自首手续，这是一种叛变性的主张。于是，决定调庄征回区党委接受审查。但在通知时只说请庄征和李铁一起来区党委开会。

庄征接到区党委通知的那天，正值中秋节，他带着月饼和李铁一起来到区党委机关驻地林森县青口乡西台岭。两人有说有笑地走至机关门外，警卫人员只让李铁一人进去，当场即把庄征抓了起来。先由办案人员审问，佯称："中央有电报来，指出你有问题，你要如实交代。"庄征起先很镇静，若无其事地笑道："你开什么玩笑？我一心为党，问心无愧，哪有什么问题可交代？"办案人员严肃地训斥道："你放老实一点，你别以为自己是区党委委员，可我今天是奉命行事，如果你不老实，就别怪我不客气了。"庄征见说脑袋"轰"地一下，感到情况不妙，心里开始紧张畏惧。他对办案人员道："你不了解我，我是为革命，为党的利益打算的。"拒绝承认自己有问题。接着，由主要领导人亲自审问，庄征也只交代他有严重个人主义，没有叛变投敌行为，所做的事都是为党的利益考虑，是积极为党工作的。后来，不给他饭吃，光着身子在棚子外挨冻，庄征才写了一份口供，称：大特务、上饶集中营教育长张超 1946 年来福州时，他通过妻子杨瑞玉会见张超，张超交代一个任务，即长期埋伏，接受内线任务；通过陈矩孙与国民党省调查室主任王调勋订立了集体求生存合同，为了巩固王调勋在国民党方面的地位，因而出卖了孟起。

区党委对庄征的口供作了分析后认为：庄征贪生怕死，一方面做革命的事，一方面又在特务那里备案，订立集体求生存合同，脚踩两只船是有可能的，所以庄征的口供是可信的。既然口供可信，便有了"自首做特务"和"订立集体求生存"这两条"内奸反革命罪"的证据。

于是，区党委便以环境紧张为由，未经请示中央，前后仅几天时间便把庄征秘密处死。

临行刑前，庄征连声喊冤叫屈，他见人就说，"我是在严刑威逼下才说我是'出卖孟起'的内奸特务，我这样说的动机是为了免除难以忍受的皮肉之苦。我原以为区党委领导水平高，一定会为我甄别排除，没想到会把我不可能存在的事实任意上纲上线加以认定，轻率地决定要处我死刑。你们不想想看，倘若我是特务，真心要破坏区党委，首先应该出卖能够代表区党委的曾书记，怎么会出卖还在我自己手下工作的区党委候补委员孟起呢？倘若我要出卖曾书记，机会就太多了。1946 年 2 月，他去延安路经福州时是我派杨申生护送他到苏北高邮的。出发前我严肃地对杨申生下令说，'你要用生命保证省委领导的安全'；同年 9 月，他从延安回到福州后，还是由我亲自护送他到南平黄连坡山头开党代会的。近两年，他常来福州，区党委也多次在福州开会，难道不是靠我和城工部的关系掩护而平安无事吗？因此，认定我庄征犯有内奸特务反革命的罪行，完全不能成立。"但是没有人理睬庄征的喊冤叫屈。

庄征最后知道自己在劫难逃，便对行刑人说："我是受冤枉的，是光荣牺牲。我死后请你照顾我的妻子和小孩。并请求你对我杀得好一点。"最后，他在高呼"中国共产党万岁"声中离开人间……

"原来如此？！"何友于此时方相信庄征确实死了。他喃喃慨叹一番之后，一跃而起，抓住李铁的手，含泪道，"庄征太冤枉了。严刑逼出来的口供真假难辨，怎么可以当证据？即使口供是真的，也只有那么两条有计划无行动的事，怎么可以定成死罪？就算他犯有死罪，怎么可以不请示中央就急急忙忙地将他处死？人死不能复生，区党委如此轻率地把庄征处死究竟是为什么？"

"这……"李铁欲言又止。他也有同感。得到庄征死讯的那天晚上，李铁一反常态，躺在床上直发闷，自言自语道："对一个人的处理一定要十分小心谨慎，只要一次差错，一辈子也挽回不了。"但作为区党委候补委员，他不能犯自由主义，随便在下级面前议论区党委领导的不是。所以，他想说的话又吞了回去。

"酒菜早已准备好了，大家请吧！"曾焕乾将大家带到餐厅里。

"大家喝酒，我先干为敬。"曾焕乾带头举杯喝酒。庄征之死对曾焕乾震撼很大。他认为庄征是一位非常优秀的领导干部，不该处死他。但在这种场合，他觉得不宜妄加评论。

"好，喝酒。"李铁虽然有酒量，但平时不常喝。可今天心情不好，他正想借酒消愁，便举杯喝下。他见何友于端着酒杯发呆，便提醒道："友于，不是你提出要喝酒吗？为什么有了酒又不喝？喝吧！"

"不，李铁同志，你不说清楚庄征被处死的真实原因，我一口也不喝！"何友于固执地说。

"友于，你不喝下这一杯酒，我什么也不说。"李铁针锋相对。

"好，我喝，我喝！"何友于说完便一干而尽。

"好，我说，我说！"李铁不想抵赖，不过，他又声明道，"这只是我个人此时的一些不成熟的浅薄分析，既不代表区党委组织，也不代表城工部副部长李铁，大家听听算了，不许记录，也不许外传。如果你们不答应我的约定，别想从我李铁口中挖一个字出来。"

"我们都答应。"何友于、何友礼、曾焕乾异口同声。

　　"在你们 3 位老战友面前，我不想隐瞒自己的观点：庄征是受冤枉的，他的死是我党城市工作的一大损失。但是，事出有因，区党委处死他，有其理由。理由就是原因。至于这个理由是否正确，是否符合中央精神，是否符合革命利益，历史总会做出正确答案，日后自有公论。我们不用担忧。"李铁说到此喝一口酒，接着说道："原因之一，是我们党内长期形成的'左'的思想。'左'的思想表现在不能正确对待知识分子，总认为知识分子的革命性不如工农干部坚定。'左'的思想也表现在不能正确对待干部的个人历史，对于历史上有这样那样事情的干部，总是被怀疑，总是被揪住不放。庄征 1943 年 10 月被捕，他以假自首的斗争策略与国民党特务周旋，后又按照省委'将计就计，以特反特'的指示，巧妙地粉碎了敌人妄图抓捕曾镜冰、破坏省委的阴谋，而他自己也'金蝉脱壳'获得自由。这一斗争的胜利，当时受到了省委的表扬，也得到中央的肯定，庄征因之被提拔重用，当上闽江工委书记，又选上区党委委员。但是有些人就是不服气，认为假自首出狱的人有什么功劳？这种不服气的情绪，种下了庄征这次被处死的祸根。原因之二，是庄征个人的骄傲自满情绪，在成绩面前不能保持谦虚谨慎的作风。他才华横溢，工作能力奇强，他很有创造性，很会创造成绩，但是，他也喜欢张扬成绩。他不知道成绩自己不讲跑不了，自己一讲就跑没有了，而且还会跑向反面了，化成一把杀身刀。在区党委'八二八'会议上，他大谈城工部成立以来所取得的辉煌而可喜的成绩，大谈城市工作的惊人发展，虽然他讲的都是事实，但是，那些受挫折的干部听起来就很不高兴。同样在区党委领导下，城市与农村工作这一胜一败的明显反差，这自然就使部分与会者感到难堪，感到脸上无光，有的甚至产生嫉妒情绪。尽管庄征在报告中反复声明这些成绩是在区党委领导下取得的，但区党委同志听起来却得出一个印象：'庄征在这次会议上大谈其工作成绩，炫耀自己，居功骄傲，有伸手要官的表现。'当然，庄征自己并没有意识到，这实际上已给他埋下了一根杀身的导火线。加上庄征平时锋芒毕露，在对待游击战争、革命气节等一系列问题上的言行与区党委主要领导相左，使主要领导人脑子里闪出庄征有问题的阴影。因此，造成这次错杀庄征的悲剧，从某种意义上，庄征个人也是有一点责任。但主要责任在区党委主要负责人。于是，我要讲的原因之三，是区党委主要负责人的思想方法有毛病。他忠于党忠于人民，一心一意干革命，政治上是没有问题的。闽浙赣边区党的工作，坚持地下革命斗争，很不容易，我们是很佩服很拥护的。但是，他还缺乏一个高级领导干部的气度，心胸狭窄，怀疑心重，主观片面，自以为是，喜欢想当然。杀一个区党委委员，居然不请示中央，也不事先请示华东局。其实，早在 1931 年 12 月，苏区中央局就发出'坚决废除审问中的肉刑'的指示，1944 年 8 月，中共中央又做出审干'一个不杀，大部不抓'的规定。他还向我们省委机关干部做了传达。杀庄征真是我们闽浙赣边区党史上的一个大悲剧呀！——来，我们喝酒！干！"

"干！"何友于喝下一杯酒后，道，"谢谢你，李铁！"

"谢我什么？"李铁似有醉意。

"谢谢你相信我们 3 人，掏出一串肺腑真言！"何友于道。

"肺腑真言，留在此屋，不许带出此门！"李铁再次叮咛，"记住了吗？"

"记住了！"3 人异口同声。

1947 年 10 月中旬的一天晚上，杨华在福州南后街的一个秘密据点里等待曾焕乾的到来。上午曾焕乾派交通员来通知杨华，说晚上要来这里见他，有重要事情传达，叫他务必等着。

从台湾一撤回来，李铁就代表党组织宣布任命杨华为中共福长平工委书记，统一领导福清、长乐、平潭三县地下党组织和地下革命斗争。工委的办公和联络地址暂设在福州南后街的一个秘密据点里。

两个多月来，作为福长平工委书记，杨华主要做了以下几件事：

　　一是组建工委班子，选调郑杰、徐兴祖、张纬荣、江枫、凌尚武等一批党员骨干到工委工作。

　　二是筹集革命经费，杨华不惜个人利益，将自己可变卖的田地、盐坎、房屋全部卖掉，所得款项全部上缴给党组织使用。杨华还动员战友凌尚武的母亲出卖魁岐的一块价值几十担谷子的地皮，贡献给党组织。

　　三是继续在福州做学生工作，组织多个读书会，宣传马列主义，揭发国民党的反动罪行。

　　四是大力发展党员，培养革命骨干。杨华既有自知之明，也有知人之智。他看出高飞为人厚道、稳重、聪敏，是一个可以塑就的领导骨干之才，因此特别重视对高飞的培养。杨华多次找高飞谈话，耐心启发他的无产阶级觉悟，让他树立为实现共产主义而献身的人生观。根据其觉悟和表现，杨华于1947年9月介绍并吸收高飞入党。后来，高飞成为平潭县游击支队支队长，率领117位游击尖兵解放了在国民党顽固统治下的平潭岛，在平潭城关高处第一次插上了鲜红的中国共产党党旗。这是后话。

　　晚上9时许，曾焕乾独自到来。老战友见面，免不了寒暄几句。寒暄之后，曾焕乾说了他今天已经同张纬荣、林中长、郑杰、徐兴祖等平潭籍战友告别的事。然后，曾焕乾向杨华传达了闽浙赣省委（1947年9月底区党委改为省委）"高湖会议"的主要精神：

　　1947年10月上旬，中共闽浙赣省委在福州市郊高湖村召开会议（史称高湖会议），参加会议的有曾镜冰、苏华、李铁、林白、曾焕乾、林汝楠等。

　　会议决定省委城工部所属在各地的基层党组织均划归各地委领导，城工部机关的主要骨干人员调往各地，组建各地委城工部；任命曾焕乾为中共闽北地委常委兼城工部长，何友于为中共闽西北地委城工部长，简印泉为中共闽浙赣省委机关工委书记。后又任命关平山（陈清官）为中共闽东地委城工部长，陆集圣为中共闽中地委城工部长。

会议决定成立闽（清）、古（田）、林（森）、罗（源）、连（江）五县中心县委。书记林白，委员杨华、郑杰、徐兴祖、陈云耕等。计划在五县中心县委之下，成立中共连江县委，书记杨华；中共闽清县委，书记陈云耕；中共东岭工委，书记郑杰；中共闽（侯）、连（江）、罗（源）边区工委，书记徐兴祖；中共闽侯县委，书记林克俊；中共罗源工委，书记温汉钦。

省委还准备成立中共福州市委，由原城工部的福州第一市委、部学委以及福长平学委等有关单位合并而成的大市委，书记孙道华。福长平学委书记张纬荣到福州市委机关工作，命张纬荣为福清、平潭两县地下党领导人……

曾焕乾传达到这里，喝了一口杨华递给他的茶水，接着说："闽古林罗连中心县委直属省委领导，它连接闽东和闽中地区，统一领导福州及周围地区的农村斗争。所以，中心县委书记由城工部副部长林白兼…"

杨华听到这里忍不住问："省委城工部领导变动了？"曾焕乾说："是的，省委在不久前决定由李铁任城工部部长，林白为副部长。"

杨华问："那庄征呢？"

"庄征出事了。"曾焕乾接着对杨华简要说了庄征的情况，最后他说，"革命不容易，革命的前途是光明的，但道路却是曲折的。在当前复杂的地下革命环境里，作为党员，我们只能听省委的。"杨华对庄征出事心中虽有疑问，但听曾焕乾这样说，他就不再说什么。

见杨华不语，曾焕乾接着说："组织上决定我离开福州沿海到闽北山区工作，过去属我领导的你和其他沿海地区的地下党员改为归属林白领导。"

林白原名林威廉，祖籍闽侯，1911年3月出生，1936年初秘密组织进步团体，开展进步活动；1938 年 6 月加入中国共产党。

杨华听后说："如此说来，你我两位老战友，就要分手离别了。"曾焕乾说："是的。革命工作需要嘛。"

此时，杨华和曾焕乾两人心里都有些不好受。他们想起从 1944 年 8 月开始相遇相识至今 3 年多，两人志同道合，亲密无间，情同手足，感情深厚，现在他们就要分手离别，两人心里都像丢了什么似的，很是舍不得。在传达结束之后两人开始闲谈，他俩一旦单独坐在一起就有谈不完的知心话，他们谈别离，谈别离后的赠言，也谈当前形势和党的任务。

杨华说："我们俩今天就要分别了，但不知什么时候才能再见面？"曾焕乾悠悠道："我们共产党人连生命都交给党安排，你我何时再见面也只能等待组织通知了。"杨华笑说："组织会专门通知我们俩见面？"

曾焕乾笑而不答，从口袋里摸出一块怀表，道："这个送给你留念。"杨华不接："不，你留着自己用吧。"后听曾焕乾说他还有一块，杨华才接过怀表收起来。

曾焕乾很忙，他说声再见便起身走了。杨华站在大门口一直看到曾焕乾拐进花巷不见了身影方进门来。

第二十七回　临危不惧勇斗敌特
满腔热情教导战友

　　这是 1947 年 10 月 13 日下午，绚丽的阳光照耀着地处福州三保的义洲小学的静幽校园。一位血气方刚的 19 岁青年教师正在四年级教室里讲课。他讲得很投入很激情，既讲课内，又讲课外；他上的是语文课，却变成上政治课；他站在国民党学校的讲台上，却大谈共产党现阶段的政治主张。他号召同学们好好读书的同时，要关心国家前途和命运，踊跃参加爱国民主运动。

　　突然间，教室门被推开了。他转头一看，原来是校长突然推门进来。他不由一惊，问："什么事？"

　　"外面有人找你。"

　　"谁？"

　　"你出去就知道了。"校长表情严肃，说着就退出教室。

　　青年教师见说不免有些紧张。心里嘀咕道："莫非有人告密，国民党派特务来抓我？不然在不准会客的上课时间里，校长怎么会破例窜进课堂来通知我？"一想到此，一种不安的念头袭得他一个寒战。

　　寒战归寒战，他还是安排好学生作业后勇敢地走出教室。出了教室门，他抬头一看，惊喜地叫道："啊，老关，原来是你！"

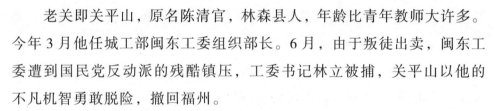

　　老关即关平山，原名陈清官，林森县人，年龄比青年教师大许多。今年 3 月他任城工部闽东工委组织部长。6 月，由于叛徒出卖，闽东工委遭到国民党反动派的残酷镇压，工委书记林立被捕，关平山以他的不凡机智勇敢脱险，撤回福州。

　　关平山拉着青年教师的手，说道："则琨，我有急事找你。"

　　则琨姓黄，乳名桂樽，福州人，1928 年农历七月出生。今年 6 月刚刚从英华中学高中部毕业。毕业前夕，因思想进步，参加爱国民主运动积极，特别是在福州学生"三二五"反暴斗争中表现突出，被吸收入党。也由此上了国民党特务的黑名单。党组织通知他和他的同学、党员黄回良一起以高考名义到上海暂避。8 月间两人一起回福州，接上党的关系后，和英华另一同学党员刘汝为 3 人编一个党小组，以黄回良为小组长，由闽东回来的关平山领导。今年 9 月，关平山派黄则琨到义洲小学代课，以此为掩护开展地下革命斗争。

　　黄则琨陪关平山到学校操场一角的大树下站定。关平山警惕地看了看周围，见没有人注意，就低声对黄则琨说："'四号'家被特务搜查了，幸好他们夫妇外出，否则定遭不测。现在他们不能再回家了，你看能不能给他们找个住处？'四号'夫妇，加上一个未满两个月的小女孩和一个带小孩的姑娘，一共 4 个人，只住两三天，找到新住处后再转移。反正已宣布他到闽北地委工作，就是不搬新住处，也不会住很久。"

　　"四号"是曾焕乾在闽浙赣地下军首长中编的代号，黄则琨已经听说过；而曾焕乾的大名则是如雷贯耳，黄则琨早就想同他结识。他静静地听完关平山说的这段话后，想了一会儿，道："就到我家住好了。"

　　黄则琨家住在仓山下藤路 286 号"陈厝里"老宅，是 20 世纪 60 年代成名的大数学家陈景润的祖家，乃一落三进二楼、拥有成百个房间的大房子。内住 10 多户人家。黄家住二进左侧，一楼有 10 间卧房和 2 个厨房，二楼还有 4 个房间。可贵的是有个独立的小天井，出天井小门便是郑厝祠巷，可通往郊区乡村。厝主姓陈，住二进右侧。他是保定军官学校结业的退役连长，长期失业在家，靠出租房产度日，从言谈中可知他同情革命。一进左侧住长乐县水警局长的家眷。所以，保甲长、特务、军警一般不大来找麻烦。

关平山近来住过这里，对黄则琨家了如指掌，便说道："住你家可以，但怎么对你父亲说呢？"

黄则琨父亲黄德声，乃由挑"拨浪鼓担"叫卖起家的小生意人，他开的南北京果店也曾红红火火过，但这几年受国民党军政人员的敲诈、刁难，生意江河日下，家境渐次破落，对国民党政府深怀不满。但又慑于国民党的白色恐怖，怕飞来横祸，尤其怕不安分的老二黄则琨出事，很担心来客多了惹出麻烦。所以，关平山说出了他的顾虑。

黄则琨自然知道父亲胆小怕事，不喜欢自己带朋友到家住宿，但为了革命，为了"四号"一家的安全，他必须说服父亲同意。但如何说服呢？他思忖片刻，道："就说是我以前很要好的老师，刚从南平下来，准备去上海工作，因福州有些事要办，需在我家暂住几天。"

"可以，可以，这样讲很好，你爸最尊敬你的老师了，还是你有办法。"关平山听后很是赞同。

接着，他同黄则琨又一起研究了"四号"的化名、称呼、工作单位和经历等，还着重研究了保密和保护措施。末了，关平山一再叮咛黄则琨要保证"四号"的安全。从关平山那严肃认真的神态中，黄则琨感受到"四号"的重要，深感自己责任的重大。关平山叫黄则琨马上回家布置，约定今天晚上7时正到南门体育场门口接头。

这节课上完后，黄则琨便赶回家，依计向父亲说了一通，父亲听了满口答应。随即请姐姐黄兰英把楼上房屋整理两个房间出来，打扫干净，摆好床铺家具。他自己草草吃一碗稀饭，便急匆匆赶到南门体育场去。

到了体育场，已经暮霭降临，看看怀表，离7时还差一刻。抬头巡视周边，见关平山迎面走来。关平山二话不说，便带他到体育场后面一间民房同"四号"夫妇见面。关平山三言两语介绍后，便出去叫车。黄则琨帮助"四号"夫妇整理好简单行李之后，便带他们一家大小 4 人出来到体育场门口，坐上关平山已经叫来的两部四轮车，向仓山下藤路 286 号陈厝里驶去。

仿佛迎接海外归来的贵客，客人还没有到，黄则琨的父亲黄德声、姐姐黄兰英和 10 岁的小弟弟黄桂源就到大门口恭候。当两部四轮车在门前停下时，热情的姐姐和好客的弟弟便迎上去，帮助客人拿行李。

"这就是陈先生和先生姆。"黄则琨把曾焕乾夫妇介绍给父亲。

"欢迎，欢迎，陈先生楼上请！"黄德声热情地拱拱手说。

"会伯，叨扰您了。"曾焕乾很客气地说。

"哪里，哪里。"黄德声摇摇手，笑着说，"陈先生是犬子的恩师，古人云'一日为师，终身为父'，我们请您都还请不到呢！"

"谢谢，谢谢。"曾焕乾轻轻地说着走上楼。

夜已深，黄则琨安顿好曾焕乾一家住下后回到楼下自己房间，正想上床休息，姐姐黄兰英进来问道："明旦日早饭怎样煮？"

黄则琨想了想说："陈先生是很随和的人，先生姆又是我们福州女儿，我看我们家平时怎么煮，明旦早也就怎么煮吧！"

"这怎么行？人家是贵客。"

黄则琨想了一下，道："不然这样：除了我们家平时吃的稀饭配萝卜干外，再加个豆浆配油条，如何？"

"这还差不多。"黄兰英满意地笑了。

黄兰英比黄则琨大几岁，未谈婚嫁，本是寻珍女中学生，但由于母亲体弱多病，常常卧床不起，她不得不休学在家料理家务，承担起一个大家庭的当家理计之重担。黄则琨想到此，心中不禁涌起一股对她的感激之情。于是，他由衷地道："谢谢你，姐姐，给姐添麻烦了。"

"谢什么？难道弟弟的客人和姐姐无关吗？"黄兰英笑道，"你这位'武哥',什么时候也学起客气来了。是向你的老师陈先生学的吗?"

所谓"武哥",乃因为父亲常常对家人说:"则琨出生时雷电交加,风雨大作,将来必是一位英勇善战的武哥。"

姐姐刚才说的这些似是而非的话,黄则琨听了笑而不答。

"你今天也累了,早些睡吧!"黄兰英关切地说完带上门走了。

黄则琨答应着上了床。但眼睛一闭,"四号"的音容笑貌,便浮现在他的眼前,萦绕于他的脑际,总是挥之不去。因为,这次见面印象太深刻了。起先在体育场后面的民房相见,由于光线太暗,加上心里紧张,"四号"的容貌没有看清。到家后,紧张的心情消除了,加上灯光明亮,才看清楚了他的完整形象。原来"四号"是一位清秀、英俊的青年,是一位稳重、老练的革命者。他那一双大眼睛很是有神。他的风度是那样的潇洒儒雅,对人的态度又是那样的亲切和蔼;说起话来,轻声细语的,既清晰又有力,一下子就把黄则琨吸引住了。

第二天晚上,"二号"就来找"四号"商量工作。"二号"是李铁的代号,化名林先生。他们两人在楼上谈了很久,谈什么黄则琨并不知道,但临走时他看出两位的脸容上都有笑意,表现出很满意的神态。"四号"对"二号"很尊敬,"二号"对"四号"也很尊重,他们二人之间的战友感情是很深厚的。黄则琨想。

送走李铁后,黄桂源跑进来,不无自豪地问:"樽哥,你知道是谁通知林先生来的吗?"

"是谁?"黄则琨早晨就到义洲小学上课,直到下午5点才回来,白天家里的事,他并不知道。

"是我。"黄桂源伸出食指点着自己的鼻子说。

原来下午3点半,"四号"写了一封信,请姐姐黄兰英按信封上写的泛船浦地址送去。刚刚下课回家的黄桂源听了说:"我有个同学的家也在泛船浦,我平时常到他家里玩,所以那地方我路很熟,就由我替姐姐去送吧!"

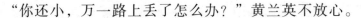

“你还小，万一路上丢了怎么办？”黄兰英不放心。

“我都 10 岁多了，还小吗？你不是常说‘鸡上斤，囝上十’，10 岁的孩子可以使唤了吗？”黄桂源不高兴了，在一旁嘟囔道。

是的，弟弟黄桂源是 1937 年 2 月出生的，眼下已经 10 岁又 8 个月了。但她想想，还是自己亲自跑一趟为好，便哄道：“陈先生住在我们家，往后的信一定很多，下一次让你送吧！”

“不，今天就让我送。”黄桂源固执地说。

“好吧，您就让弟弟送吧！”曾焕乾见状笑着对黄兰英说。

“还是陈先生好！”黄桂源高兴了，朝姐姐做个鬼脸。

“这小鬼聪明伶俐，长大了一定是个科学家。”曾焕乾轻抚一下黄桂源的头，称赞道。

“不，我长大了不当科学家！”黄桂源出语惊人。

“那你要当什么？”黄兰英不满地问。

“我长大了，要像岳飞那样，当个精忠报国的民族英雄，要像陈先生那样，要像樽哥那样做一个英勇善战的武哥。”像课堂回答老师的提问，黄桂源仰着头憧憬着未来，一口气说了这许多，使在场的曾焕乾夫妇和黄兰英都听傻了。

“年小志气大，好样的。”曾焕乾笑道，“不过，等你长大时，中国人民由此站起来了，外国异族再也不敢来侵犯了。这样，国家的中心任务就是搞建设，人民就更需要你成为一个科学家。懂吗？”

黄桂源似懂非懂地点点头，拿着“四号”给他的信，一阵风走了……

黄则琨听后说：“你胆子真大，敢在陈先生面前说这么多话，换我还不敢呢！”

“陈先生没有架子，说话和气，很疼我，我一见他的面，就喜欢上他了。”黄桂源说完停一下，又说：“可惜，他很忙，整天接待客人，没空和我讲话。”

正如黄桂源所说，曾焕乾工作很忙。刚刚结束的省委高湖会议，任命他为闽北地委常委兼城工部长，限定他10月下旬到地委驻地武夷山上任。这样，留在福州的时间并不多。而福州又是他从事地下革命的活动中心，有许多事都要在这里办理，有许多人都要在这里接见。因此，他每天的时间都安排得很紧。

　　进住黄则琨家的第三天，曾焕乾就开始出去活动。那日晚上，黄则琨见他穿着长衫，戴着礼帽，一个人出去，心里不由一紧："外面特务一直在搜捕他，多危险呀！"但"四号"却泰然自若。看他的神态是那样的宁静，他的脚步是那样的坚定。他在微弱的街灯下，警惕而无畏地往前走去。

　　黄则琨知道，曾焕乾是国民党警特机关的重要抓捕对象。早在今年5月白色恐怖笼罩平潭时，国民党省县两级当局就悬赏抓捕他。他多次被国民党特务盯梢，甚至有几次还被来福州的平潭特务围攻过。他的家也一直被敌特探视监控，以至于这次被动手搜查，而他却若无其事。

　　今年7月的一个晚上，他路过台江中亭街时被3个平潭来的特务认出，进而被跟踪，拐弯到江滨路口后，特务们一哄而上，妄图一举抓捕他。可他凭一身高超的武功，没几下，便把这3个特务打得落花流水，抱头逃遁。从此，平潭林荫的特务一听到曾焕乾的名字，如同谈虎色变，战战兢兢，不敢轻举妄动。

　　今年9月的一个上午，有个福清籍的军统特务，不知怎么知道福州毓英女子学校教师施兰卿是马玉銮的好友，通过该校国民党党义教员林执中找到她，说他是平潭人，还和曾焕乾有点亲戚，曾焕乾的姐姐有东西要他面交曾焕乾，问曾焕乾的家住在什么地方。施兰卿觉得此人很可疑，便回答说："我不知道。"过了几天的一个下午，曾焕乾突然出现在施兰卿的面前，她连忙把这件事告诉他，叫他赶紧搬家躲起来，而他却不当一回事，笑着说："福州光饼大，防不胜防，往哪里搬哪里躲呀？"

然而，眼下福州毕竟是国民党统治的省城，有强大的军警特队伍，欲抓捕一个手无寸铁的地下共产党人，不怕无力无法无能。结果他这次家被搜查了。如今，他正处于随时可能被捕的危险关头，而他却一心扑在革命事业上，置自己生命安危于不顾，今夜就这样单枪匹马地出去了，这怎不叫人为他提心吊胆呢……

黄则琨想到此，不禁毛骨悚然，坐立不安起来。他今天也很累，本想去睡，但心系曾焕乾的安危，怎么敢睡呢？他一直坐在房门口守望。心里默默祝福"四号"早些平安无事地回来。

但是，11点3刻过去了，仍听不到他回来的脚步声。莫非出事就在今夕？黄则琨的一颗心总是悬着。看楼上，灯光依旧亮着，他猜测先生姆也在等盼着丈夫早些回来。黄则琨在等盼中由坐而站，由站而踱方步，苦苦地熬着。一直等到12点过一刻，终于听到了他那特有的脚步声。

"啊，老师回来了！"黄则琨见"四号"安全回来，心里一阵轻松，赶忙迎出门去。

"你还没有睡？快去睡吧。"曾焕乾亲切地轻声说。

须臾，楼上的灯熄灭了。黄则琨也安心地上了床。可是，这一夜他又一直睡不着，眼前老是出现一位处变不惊、临危不惧、勇往直前的共产党员高大形象。

转眼就是"四号"住进黄则琨家的第7天下午了。黄则琨从义洲小学下课回家，一跨进二进过厅，就听到姐姐黄兰英的嚷嚷声——

"你看，你看，我说过你不要倒尿盆，你偏不听，现在倒好，弄了个伤口比陈先生小女孩的嘴巴还大，将来还会留下不小的伤疤。这倒尿盆的事，是你男子汉该做的事？真没出息，还说长大后要当岳飞！"黄兰英一边替弟弟黄桂源包扎其右脚面上的伤口，一边喋喋不休地抱怨。她心疼这位机灵的小弟弟。

"我看你一个人做不过来，才帮你忙。而且，我听陈先生说，干事情要从大处着眼，小处着手。你别看这倒尿盆，也是一项很重要的工作哩！嘻嘻嘻。"黄桂源为自己说出这句大人话感到好笑。

"不痛了？刚才还哭鼻子，现在倒笑了……"

黄兰英话未了，便听黄则琨跨进门来，问："姐姐，依源的脚伤是怎么回事？"

"你问问他自己吧！"黄兰英包扎完就走出去做事。她的家务事实在很多，忙都忙不过来。

"我刚才从学校回来走路不小心跌了一跤，擦破一点皮，弄出一点血，没什么。"黄桂源一本正经地说。

"今天学校老师罢课，你去学校干什么？"黄则琨笑道，"讲假话都不像，干脆就以实凭实讲。其实，我什么都知道了。"

原来，自从7天前"四号"住进来后，来的客人很多。"二号"是常来的，还有其他同志。有男同志，也有女同志；有个别来谈话的，也有集体来开会和听课的；有白天来，也有晚上来。有时谈话、开会、听课到深夜。为了安全，这些人就留下来过夜。是女同志，"四号"就下来同黄则琨一起睡；是男同志，马玉銮母女和小保姆就下来挤在黄兰英的一张大床上。人多了，就在楼上打地铺住下。黄兰英起大早煮粥，让他们吃了早饭暖暖身子后再走。由于那时福州没有自来水，更没有抽水马桶，来这里开会谈话的人走后，水井吊水、洗马桶、倒尿盆的事，黄兰英一人全揽了。懂事的弟弟黄桂源看了过意不去，自己除了为"四号"送信、传话当"交通"和为地下党开会、聚会时"望风"、看门当警卫之外，还主动帮助姐姐倒尿盆。毕竟年少，做事不稳当，今天上午不小心将一个瓷尿盆摔破，其尖利的碎片划破了他的右脚面……

黄则琨回想到这里便向自己的房间走去。一进门，却使他大为惊诧："爸，你有事找我？"

"我……"黄德声欲言又止，但过了一会儿还是说了，"陈先生

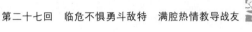

不是说只住两三天，为什么还没有走？"

黄则琨见说不由呆了一下，他不知该如何回答父亲。自从陈先生住进来后，父亲的心情一直很好，不但对陈先生夫妇很热情，而且对陈先生的客人也能以礼相待，并没有表现出丝毫的厌倦、冷漠情绪。那么，今天他为何一反常态，开始发出逐客令呢？黄则琨思索片刻，便问："爸，你是因为弟弟脚受伤的事吗？"

"不，不，那有什么关系？"黄德声摇摇头，道，"小孩子长肉快，不要 10 天就会过皮痊愈。"

"噢，那是因为我们家经济拮据，供应不起他们的伙食用度吗？"

"你别乱猜，你爸虽然不会赚大钱，但也不是一个吝啬鬼。"黄德声停了一下，问，"陈先生昨夜已付一笔可观的伙食费，你不知道吗？"

"姐姐还没有对我说。"黄则琨问，"爸，既然如此，你为何希望陈先生早日搬走呢？"

"我是担忧你的头保不住！"黄德声接着说了发生在今天下午的一件事——

原来，曾焕乾住进来后，每天来往客人络绎不绝，引起了国民党保长的注意和怀疑，今天下午便带了两个保丁前来向姓陈的厝主调查，看看有否共产党在暗中活动。幸好厝主同情革命，便委婉地向保长解释说，他家是做生意的，要拓展业务，自然人来人往会多些。还有他儿子的同学和女儿的朋友来玩，没事……

黄德声介绍后，严肃地说："世界上没有不透风的墙，纸总是包不住火的。我是担心时间久了，难免会暴水。一旦暴水，我们这样人家就承受不了。你懂吗？"他说完也不等黄则琨回答便气呼呼地走出去。

黄则琨听了虽然没有回答，但对父亲的话很不以为然，心里想道："父亲虽然对国民党不满，但毕竟是做生意的人，远远不如最革命的工人、贫民，根本不是革命的依靠力量，我必须同他划清界限，否则将被拉了后退。"

黄则琨想到这里，一个主意顿时从心头升起：到楼上向"四号"

汇报去!

他见了"四号",本着"无事不可对党言"的原则,便一五一十地将父亲刚才讲的话和自己的想法作了如实汇报。

曾焕乾认真地听了黄则琨的汇报后,又详细地问了黄则琨家里的政治经济情况和其父亲的经历,然后郑重地表态道:"根据老关和你介绍以及我这7天的接触,你父亲是我们党的基本群众,有些顾虑是可以理解的;你我都应该对他多做工作。你家庭成员单纯,对党的认识不错,周围环境也很好,我们很需要你家这个据点。你想同你父亲划清界线,不免有些偏激,必须端正过来。"

一席话说得黄则琨心服口服。

从此,曾焕乾就开始有计划有步骤地主动热情地同其父黄德声聊天,做工作。曾焕乾从做生意的艰辛、社会上欺诈拐骗的现象,谈到国民党政府的腐败无能、官吏军警的欺压百姓;从当前物价的飞涨、人民生活的困苦,谈到全国各地工人、学生、商人的罢工罢课罢市;从三座大山的压迫,谈到革命成功的幸福。他摆事实,讲道理,谈得通俗形象生动,极富说服力和感染力,使黄德声越听越爱听。当讲到人民生活的艰辛时,黄德声就连声感叹;讲到官吏军警欺压百姓时,黄德声深有感触,表示愤怒;讲到人民斗争的胜利情景时,黄德声就乐得开心大笑。有时,曾焕乾也用讨论的形式同黄德声交谈。有一次,当他谈到革命成功后,消灭了人剥削人,人压迫人,做到人人平等、人人有饭吃时,黄德声在高兴之余提出一个疑问:"革命成功后,国家还是要有人管理。有人管理,就有人做官;有人做官,就有人坐轿;有人坐轿,就有人抬轿。怎么能人人平等呢?"曾焕乾听了就从苏联十月革命成功的事例来谈,说明生产发展了,社会进步了,人们坐车不坐轿。管理国家的人叫干部,称同志,不叫什么官。

黄德声在"四号"的细心教育启发下,思想觉悟有了很大提高,原来的思想顾虑逐渐消除了,对共产党更加相信了,对曾焕乾更加亲

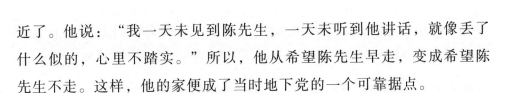

近了。他说："我一天未见到陈先生，一天未听到他讲话，就像丢了什么似的，心里不踏实。"所以，他从希望陈先生早走，变成希望陈先生不走。这样，他的家便成了当时地下党的一个可靠据点。

与此同时，曾焕乾应黄则琨的要求，不厌其烦地对他进行较系统的党的基本知识教育。

他讲社会发展史，从原始社会讲到共产主义社会，一次讲一个社会，使黄则琨进一步认识到共产主义一定会实现，因为这是不以人们意志为转移的社会发展必然规律，从而更加坚定了他的革命信念。

他讲怎样做一个共产党员，突出讲了共产党员要全心全意为人民服务和要保持革命气节这两个根本问题。他讲革命气节，讲了许多革命先烈在监狱中和在刑场上坚贞不屈、视死如归、顽强斗争的故事。用这些英雄人物的悲壮故事和光辉形象，来感染、教育黄则琨，使他下定决心坚守共产党员的革命气节，做到富贵不能淫，威武不能屈，永不叛党。

曾焕乾还对他讲党的现阶段路线、方针、政策和党的武装斗争。

曾焕乾勤于学习，知识渊博，讲时论点鲜明，论据充分，中间穿插历史典故和现实斗争实例；他口若悬河，妙语连珠，富于感染力，听他讲话是个最大享受。他讲到武装斗争时，黄则琨听后心情很激动，当即要求上山打游击，投入到火热的武装斗争中去。

1947年10月23日，在陈厝里黄则琨家住了10天之后，曾焕乾对马玉銮说："由于闽北点多面广，党的干部力量不足，闽北地委书记王文波通过福州市委书记孙道华，决定从原福长平工委中调出你等6位党员干部到闽北交通站，协助林中长工作。但我们的女儿出生刚满两个月，你还在哺乳期间，调你到闽北山区工作势必困难重重。你看这该怎么办？"马玉銮说："为了革命，只好忍痛割爱，将小女儿交给已经调回平潭工作的大姐曾淑芳哺养了。"曾焕乾说："难得你深明大义，革命第一，我想也只能如此了。但是，由谁抱去呢？"马玉銮说当然由她抱回去。曾焕乾说："这不行。因为我们夫妇都上了平潭国民党特务抓捕的黑名单，再傻也不能飞蛾扑火，自投罗网。"两夫妻正在犯愁之际，黄兰英走进来，挺身而出道："我抱去！"马玉銮见说悲喜交集，含泪说："谢谢你了，兰英姐！"

难题解决了。曾焕乾便于次日一早吻别马玉銮母女前往闽北武夷山地委机关报到。

第三天，小女儿送走后，马玉銮即动身赴闽北建瓯，同林中长等人一道，负责在南平、建瓯、崇安之间，建立起一个地下交通联络网，以保证省委领导人及机关人员的来往安全。

曾焕乾和他的心爱夫人马玉銮及其小女儿分别了；曾焕乾和翁绳金、张纬荣、林中长等亲密战友分手了。但此时谁也没有想到这次别离竟成为永诀。

第二十八回　三项指示打开局面
四条决定扭转乾坤

　　1948年1月的头几天，闽北天气罕见的好。"奇秀甲东南"的武夷山，云淡风轻，艳阳当空，更觉风光旖旎，景色迷人。

　　这天日头偏西之际，一个算命先生装扮的青年人，从层峦叠嶂的武夷山头下来，正沿着一条蜿蜒曲折的崎岖山道，向崇山峻岭包围中的崇安县城疾步走去。他走得飞快，长达15多千米的路程，只用一个时辰多一些，便跨进城东一家大屋的大门。

　　"啊，邱铭先生，你终于又来了。"大屋主人惊喜地迎出来笑着说。

　　"是呀，孔文老弟，我们又见面了。"邱铭也笑着说。

　　邱铭是闽北地委常委兼城工部长曾焕乾上山后的化名；孔文是地下党崇安支部书记朱宗汉的化名。

　　"快请坐。"朱宗汉递上茶水时说，"邱部长，你怎么一下子就找到我家来？"

　　曾焕乾接过茶水喝一口后道："我又不是第一次来，今天我二下崇安，轻车熟路，当然到了县城便径直走进你家大门了。"

　　"您说的是。"朱宗汉回忆着说，"部长第一次来是去年10月底，我们是在万城旅社2楼1号房间接头初见的。"

"是呀，见面后，你就带我来到你这个朱百万家了。"曾焕乾边喝茶边回忆着。

去年（1947年）10月24日，曾焕乾奉命离开福州下藤路陈厝里据点，吻别情深意笃的马玉銮和刚满二个月的小女儿，来到闽北地委驻地武夷山的一个山头，正式走马上任地委常委兼城工部长，同时还兼任闽北游击纵队司令员。

地委书记王文波对这位大学生出身的常委、部长和司令员十分赏识，从第一次握住曾焕乾那双强劲有力的大手起，就非常喜欢他。曾焕乾来了之后，由于工作干得很出色，为人谦虚诚实，善于团结同志，王文波对他就更加信任更加倚重了。地委许多工作都与曾焕乾商量。王文波一外出，便把地委的全面工作交给曾焕乾主持，真正把他当成地委的第二把手。而曾焕乾也没有辜负这位对党忠诚、对同志厚道的顶头上司的信任和重托。他竭尽全力辅佐，做到知无不言、言无不尽，为地委出了许多经过实践证明都是正确的主意，使闽北地区党的工作和武装斗争都有很大的起色。在主持地委日常工作期间，曾焕乾办事不离原则，件件处理得当，甚至还有许多创新和突破，使王文波从内心深处感谢省委派给自己一位德才兼备、十分得力的好助手。因此王文波本想把曾焕乾留在身边，但为了加强地委对各县党组织的指导，打开各县地下革命工作的新局面，曾焕乾来闽北没多久就离开地委机关，依次到崇安、建阳、水吉、浦城及上饶、铅山等县开展工作。今年元旦那天，他从浦城回地委机关，向王文波书记汇报了下乡工作情况后，只小住两天便开始了他的第二轮深入基层。

曾焕乾头次来崇安指导工作，是去年10月底，共住3天。这3天，他和朱宗汉同床而卧，情同手足。那时朱宗汉才17周岁，他把他看成天真烂漫的小弟弟。

曾焕乾头次来时首先听取了朱宗汉的情况汇报。朱汇报的内容要点是：一、朱人身安全没问题，除以朱百万大少爷的身份掩护外，又打进崇安初中当教员；二、在崇安初中发展了一个新党员，他名叫唐松；三、有10多位原新四军人员流落在崇安县城；四、崇安县的敌情——（1）县自卫大队300人，都是为了逃避抓壮丁的贫苦农民，他们的中队长、分队长大部分是酒色之徒，他们怕打战，没有战斗力；（2）县警察局干警40人，腐败不堪，不会打战；（3）县参议长刘午坡系惯匪出身，有警卫兵100余人，战斗力较强，但人员分散，集中较难。

听了朱宗汉的汇报后，曾焕乾根据毛主席关于白区工作的方针政策，作出三项指示:(一)抓紧时间对原新四军留崇人员进行严格的政治审查；对其中表现好的，吸收其入党，继续参加革命斗争；（二）面向农民和学生，大力发展党员，扩大党的力量；（三）广泛开展统战工作，团结一切可以团结的人，尽量争取县参议长刘午坡，打击反动县长。

曾焕乾二下崇安，其意图之一，就是要检查他上次对崇安党支部所作的三项指示贯彻执行情况。

朱宗汉心里明白,待曾焕乾喝下两杯茶之后,便开始汇报,他说:"去年10月底，邱部长对我们崇安党的当前工作做出三项指示，我们支部完全拥护，坚决贯彻，并逐一抓落实。因此，两个月来有了很大进展，打开了崇安地下党工作的新局面。第一，我们抓紧时间，对新四军留落崇安人员进行了严格的政治审查，对其中表现好的5人，吸收入党，让他们继续参加革命斗争；第二，我们面向农村，面向学生，发展了8名党员，并培养了一批建党积极分子，这样，我们党的队伍壮大了，党员从原来的2名，发展到15名；第三，我们广泛开展统战工作，努力争取具有爱国民主意识的县参议长，集中目标打击坚持反共立场的国民党县长，已经争取了崇安县商会、崇安湖南同乡会，以及崇安县的朱、万、潘、丘四大家族中的进步开明人士拥护我们。目前，我们崇安县，无论是城镇，还是农村，党的活动都十分活跃，县郊一个村庄居然能够在深更半夜召开群众大会，进行爱国民主的宣传教育。"

"很好。"曾焕乾听后对崇安的工作非常满意，说，"你们在两个月内做出这么大成绩，真不简单，应该受表扬。"。

"这些成绩的取得，都是因为邱部长的三项指示英明，才打开了工作新局面。"朱宗汉说。

曾焕乾摆摆手，严肃地道："应该说，这些成绩的取得，是由于上级党委的正确领导，加上你朱宗汉和同志们的共同努力，狠抓了各项工作的落实，从而打开了崇安县地下党工作新局面。"

晚饭后，召开崇安党支部大会，全县15位党员全部出席，会议由支部书记朱宗汉主持。他主持时的头一句话就是："请邱部长做指示。"

曾焕乾当仁不让，没有推辞，只见他表情严肃地说："我代表闽北地委，对崇安县的当前工作做如下4条决定：第一，加强党的领导，积极筹备成立崇安县委，任命朱宗汉同志为崇安县委书记；第二，加强党的武装队伍建设，将原新四军秋涛部远掷游击队改编为闽赣边崇安突击大队，由朱宗汉任大队长兼政委，邓宗贵为副大队长；第三，加强统战工作，采取派进去和拉出来的办法，设置策反内线；第四，加强党的组织建设，积极发展党员，要求党员数达30名以上，以充分发挥党的战斗堡垒作用。"

根据曾焕乾这四条决定，党员们展开热烈的讨论。在讨论中，大家一致表示坚决贯彻执行。

会后，曾焕乾就住在朱宗汉家里。临睡前，他拿出小女儿的黑白照片看了又看。上山以来，看小女儿照片成了他最大的乐趣。同马玉銮分别时，她拿出两张小女儿的照片让他挑一张带上，一张是黑白的，一张是人工着色的。他挑了这张黑白的，说："黑白照片真实逼真，我能经常看到真实的女儿。"

次日一早，曾焕乾又走上了新的旅程……

曾焕乾走后，朱宗汉又召集党员开了两次会，就落实其四条决定，进行了过细的研究。研究之后，便付之于行动。

曾焕乾的4项决定，扭转了崇安的乾坤。就在这年（1948年）山花烂漫时节，曾焕乾的 4 项决定便得到了全面落实。一支 100 余人枪的突击大队组建起来了，并得到了严格的培训。党员由 15 人发展到了 36 人，加强了党的战斗力量。策反工作也有较大的突破，党支部还做好崇安县长陈亚夫的策反工作，派出党员打入了国民党的保安大队、县军事科、教育科、银行、乡（镇）公所，有的党员还当上了该单位的第一把手。统战工作的成效更加明显，连城关镇的镇长都被他们争取过来，还捐出谷子 1000 斤支援突击大队。

这就为崇安突击大队解放崇安县城打下了坚实的基础。1949 年 5 月 6 日，根据以林中长为书记的闽北城临委的通知，崇安突击队在朱宗汉的带领下，向逃跑中的国民党警察局警兵发起追击，活捉警察局长李尊贤，俘虏警兵 40 余人，缴获机枪 2 挺、短枪 2 支、长枪 40 多支。他们乘胜回城占领警察局，控制了县城。5 月 9 日，中国人民解放军二野在崇安突击队的配合下解放了崇安县全境。

当他们取得胜利的时候，没有忘记曾焕乾对他们的切实帮助。朱宗汉后来回忆时写道："1947 年 10 月，曾焕乾任闽北地委常委兼城工部长。崇安县城工部就是在他的培育下健康成长的。这个组织像锋利的尖刀，直插入敌人的心脏，成为党活动在敌人鼻子底下的一个坚强的战斗堡垒。它在曾焕乾同志的精心指导下，从无到有，从小到大，在不到两年的时间内，就战胜了敌人的重重围困，终于在解放大军到来的前 3 天，消灭了国民党警局武装，解放了崇安县城，扯下了青天白日，换上了五星红旗，响起了'解放区的天是明朗的天'歌声。"

第二十九回　将军失踪警卫苦找
省委误会李铁罹难

1948 年 2 月 15 日。下午 2 时，严子云遵照学委通知赶往仓前山竹林山馆据点，准备向驻在这里的学委书记张纬荣汇报省福中支部一学期来的工作情况。想不到跨进竹林山馆二楼办公室的门，看到的不是等他前来汇报的学委书记张纬荣，而是随阮英平将军在闽东打游击的姑父陈书琴；更想不到仅仅一年多不见，本是健壮如牛、满面红光、英姿非凡的姑父，却变得骨瘦如柴、一脸憔悴、病态十足。

"姑父，您是患病下山治疗吗？"严子云问。

"唉，病倒是没什么病，只是这一段太累，而且思想负担很重。"陈书琴叹一口气说。

"出了什么事吗？"严子云见说心里一紧，关切地问。

"阮同志失踪了。"陈书琴回答的声音很苍茫，似乎是从遥远的地方传来。

"什么？您是说一代名将阮英平失踪了？"严子云又是一个想不到，而且有点不敢相信。

陈书琴看了严子云一眼，没有吭声，也没有点头，他似乎也不愿意相信这是真的。

严子云见姑父不置可否，也不好再说什么，只管坐在一旁回忆他所听到的阮英平其人其事——

　　阮英平，又名阮玉斋，1913 年 9 月出生于福安县顶头村的一个贫苦农民家庭里。1931 年参加革命，1932 年入党，1933 年任中共（福）安（宁）德县委书记。1935 年，他同叶飞等人一道创建闽东革命根据地，叶飞任特委书记，阮英平任特委组织部长，范式人任特委宣传部长。1937 年初，闽东抗日军政委员会成立，叶飞任主席，阮英平、范式人任副主席。1938 年 1 月，叶飞、阮英平领导的闽东红军独立师，正式编为新四军第六团，叶飞任团长，阮英平任副团长。接着他随队开赴皖南。此后，他任新四军团政委、旅政治部主任、纵队政委等职。解放战争开始，他任华东野战军第一纵队第一师政委。阮英平长得气宇轩昂，性格粗犷刚烈，作战勇敢顽强，又善于用谋使计，打了许多胜战，是军内有名的一员战将。1946 年底，为了粉碎国民党反动派的进攻，党中央号召南方各省广泛开展游击战争，开辟第二战场，牵制敌人的兵力。这时闽浙赣区党委向中央请求派军事干部来福建领导游击战争。中央指示华东局派人。华中局选中阮英平。阮英平临回时，陈毅、张鼎丞向他介绍国内外形势和回福建的任务，并设便宴为他饯行。

　　1947 年 5 月，他回到福建，在福州会见了区党委书记曾镜冰，并被任命为区党委常委兼军事部长。他回闽后，经过调查研究，直言不讳地向曾镜冰说出了自己的看法。他认为，福建的游击战争之所以没有很好开展起来，一方面是国民党在抗战中消极抗日，积极反共，趁我红军主力北上抗日之机，背信弃义，破坏我党组织，杀害我党领导人，使党的力量遭到巨大的损失，元气尚未恢复；另一方面，抗战胜利之后，区党委在发动群众组织武装，开展积极的游击战争方面，存在着"右"的错误思想。他认为区党委机关不应该设在福州郊区，特别是区党委主要领导，应该深入到闽东闽北的老革命根据地去组织发动群众，建立武装，发展游击战争。

阮英平说完后觉得，区党委主要领导不但对自己的意见不以为然，而且对自己的态度很是冷淡。

随后，阮英平向区党委提出，他应该尽早到闽东或闽北开展工作。区党委决定阮英平回闽东，兼任闽东地委书记。

阮英平刚刚回闽时暂住在林森县桐口铁坑附近的大王山据点。他见从福清灵石山撤在这里活动的陈书琴、陈孝仁、洪成昌、陈宜福、林祖耀、邱子芳、王孝桐、林吉安等8位平潭籍城工部党员，个个忠实勇敢，心里十分喜欢，所以，他在临回闽东领导游击战争时便将他们全部带走。他特别看中忠烈、勇武的陈书琴，任命他为警卫队长。从此，陈书琴如影随形般不离阮英平左右，纵横驰骋于闽东游击战场上……

严子云回忆到此，真想知道阮英平将军究竟是怎么失踪的，但他看一眼姑父的倦容，终于不忍开口问起。

然而，陈书琴却主动对他说了将军的不幸失踪和自己苦苦寻找之经过：

1947年7月，阮英平回到了阔别9年的故乡闽东，依靠江作宇、黄垂明、余三江领导的闽浙赣游击纵队第二支队，重新燃起革命烈火，从而引起国民党反动派的恐慌。

1947年11月，敌人纠集两个团的兵力"追剿"游击支队，并对老区群众大肆烧杀掠夺。为了煞住敌人的嚣张气焰，阮英平带领游击支队在三湾里与敌人交战，击毙敌军10多人，活抓大队副楼祖华。接着，又智取莒溪。一夜之间两战两捷，缴获30多条枪和不少弹药。

1948年1月25日，阮英平令黄垂明部插入罗源牵制敌人，江作宇部转移到古田，留下地委副书记阮伯祺等人就地做群众工作。

1948年1月27日，阮英平带领警卫队长陈书琴由宁德出发，打算前往福州，向省委汇报反"清剿"的情况。不料半道走到宁德九曲岭时，遇到大批搜山的国民党军队。他们只好在就近的一片竹林里隐蔽下来。由于情况危急，阮英平身体虚弱，又加胃病发作，便叫陈书琴先走。陈书琴含泪说："死也要和首长死在一起。"后因绕道中已有两天没有进食，阮英平叫陈书琴下山弄点食物吃，并打听消息。

待陈书琴弄到食物返回原处时，却不见阮英平的影子，只看到留下的那两把雨伞和两个干粮袋挂在树枝上迎风摇曳。这一下把浑身是胆的铁汉陈书琴惊得魂飞魄散，叫苦不迭。这时，又见一群搜山的敌人向这里包围上来。陈书琴被迫找个树洞躲藏。3个小时后，敌人撤离了山头，陈书琴赶忙从树洞里爬出来，伸伸已经蹲麻木的双腿，继续按预先约定的联络暗号，四处寻找。陈书琴在这一带连续寻找了3天3夜，还是没有找到阮英平的丝毫踪迹。

陈书琴心想，也许阮英平已经到福州去了。于是，他从罗源绕道古田，到福州潭尾街42号"同和"锡箔杂货行，向设在这里的省委地下交通总联络站查问。主持该站工作的闽浙赣省委委员苏华说："未见阮英平来福州。"陈书琴见说不死心，又去找老领导李铁汇报。李铁给陈书琴法币250万元，要他先回出事地点找阮英平；若找不到，再设法通过阮伯琪请余三江带游击队寻找。

陈书琴根据李铁的指示，化装成卖小鸡的贩子又沿原路找去。谁知路经连江丹阳时，却遇到一个叛徒。由于叛徒的告密和指证，陈书琴被国民党武装特务拘禁于一家旅店内，准备在深夜里将他活埋。陈书琴早已将生死置之度外，心想自己被活埋事小，而一代名将失踪未找到事大。于是，他佯称拉肚子如厕。见厕内无人，便从厕所的后窗逃了出去。在好心群众的掩护下，他赶回出事地点九曲岭，又找了一天，还是没有自己首长的踪影。

于是，他遵照李铁的指示，回闽东向阮伯琪汇报。阮伯琪见说也是大吃一惊，连忙带领一队人马同陈书琴一道到出事地点寻觅将军。但找了一天一夜，并且询问了周围许多群众，依然没有一点阮英平的信息。

陈书琴没有完成任务，又来福州找李铁。李铁已宣布为省委宣传部长，正忙着准备动身前往南（平）古（田）（建）瓯省委驻地上任。他交代陈书琴有事找福州市委书记孙道华。不过，他还是派了一位熟悉宁德情况的同志陪陈书琴再去出事地点找。这一找又是三天三夜。可是，哪有将军的魂影？

这位熟悉宁德情况的同志无功而回福州，陈书琴则回宁德，碰巧遇见从古田回来的地委副书记兼游击支队长江作宇。江作宇得悉此事大惊失色，命陈书琴继续往福州方向找，直到活要见人，死要见尸为止。

没奈何，陈书琴只好装扮成鸡贩子，从宁德沿着通往福州的路上一边叫卖小鸡一边寻找首长。可就是找不着。找不着首长的他到了福州，便向市委书记孙道华做了汇报，并提出要安排他同内侄严子云见一面……

"他这样一而再，再而三，三而四地连续不断地寻找，不知走了多少路，饿了多少餐，熬了多少个不眠之夜，难怪会瘦得如此不成人形，难怪他会如此疲惫不堪。"严子云听后心中不禁连连感叹。

"这一次同你见面很不容易。感谢老朱（孙道华）特意安排。"陈书琴苦笑一下，说，"阮将军已经失踪19天了，我来来去去也找19天了。明天还要到出事的地点找，如果再找不到，我就回地委机关听从组织处置了。阮同志是中央派来的一代名将和党的重要领导干部，曾焕乾知道阮同志要带我当他的随从警卫，专程到大王山对我叮咛：'你要用生命保卫首长的安全'。李铁和江作宇、阮伯琪也都是这样对我说的。万一他有个三长两短，我是无法向组织做出交代的。到那时，我也只有一死以明心志了。所以，我要同你最后见一面。我最不放心的是你的姑姑，她勤劳善良贤惠，含辛茹苦拉扯两个儿子，十分不容易。我一心扑在革命事业上，从不顾家。她跟我这么多年没有一天有好日子过。万一我身遭不幸，千万不要让她知道。其次不放心的是我那两个未成年的孩子，希望阿兄（严子云父亲）和我大哥（陈书坊）共同把他们照顾好，一定要督促他们好好读书，长大以后成为对人民对国

家有用之人才。"

"姑父，你……"严子云听到这里，鼻子一酸，眼泪便夺眶而出，什么话也说不下去了。

陈书琴见严子云伤心落泪，反过来安慰道："你也是一位党员骨干，千万要经得住暴风雨的袭击。干革命就是这样风风雨雨，我们不是都闯过来了吗？"过一会儿，他又笑道，"希望还是有的。阮同志是当地人，老游击，群众基础好，关系户多，可能是隐蔽到什么地方也未可知。所以，我一定要再去找！"

其实，陈书琴要再去找也是徒劳的。因为，阮英平已于2月2日夜间遇难了。

事情的经过是这样的：1月31日晨，阮英平独自到了狮峰坪范起洪家借宿，对范说："我是做生意的，走错路被土匪抢了，暂时在你家躲避一下，请你帮我带路去福州。"范起洪看阮英平身上带有笨重的东西，便问道："带的是什么东西？"阮英平答："是鸦片。"范起洪假说邻居有人肚子痛，向阮英平要鸦片止痛。阮英平推说鸦片膏是整块的难割取，顺手给范起洪5000元法币叫他到烟铺去买。这日，范起洪的邻居范妹仔的父亲去世，有个叫周玉库的来帮厨。周玉库见阮英平行踪可疑，晚上借故要与阮英平同铺睡觉，发现阮英平身上带的是金子，便起了谋财害命歹心。于是，周玉库串通范起洪、范妹仔，3人于2月2日晚假装护送阮英平去福州，各人手提粗木棍，打着火把相伴而行。当走到离家2千米路外的炭山刘细最的孤楼边时，3人突然发起袭击，把阮英平活活打死，取走阮英平身上携带的一只重5两的金镯及金壳手表、五一型钢笔和印章等。这是组织上和同志们万万想不到的……

"你路上怎么走？"严子云擦一把眼泪问。

陈书琴拉着严子云的手，走到房内另一端的窗前，指着楼下墙角的一担竹篓笼，很随意很从容地笑道："还是挑着它一路卖小鸡回去。"

3月24日，省委召开机关主要干部会议，由曾镜冰通报阮英平遇难的噩耗，并要李铁说清城工部何以派党员陈书琴给阮英平当警卫员。李铁无言以对。因为陈书琴是被阮英平看中后要去的，而不是城工部硬派给他的。李铁一时不知所措。他想，莫非庄征的悲剧又要在我李铁身上重演？现在阮英平已死，他倘若如实说，便有往死人身上推诿之嫌，所以他选择缄默。当时省委机关整风刚结束几天，整风中曾搬用老解放区土改中整党的一些做法，"左"的思想影响仍然存在。与会者个个争先恐后地发言指责李铁"不老实"。李铁因心中无鬼，泰然自若。但有些干部，却围绕着阮英平的被害，把近来各地发生的闽北游击支队从浦城返回地委机关途中遭敌伏击、闽赣边游击纵队长沈宗文被敌诱捕、闽清县委在麟洞被敌破获等几件事，都与城工部党员骨干上山联系起来，指责城工部党员骨干有问题。会上宣布成立审查委员会，专门负责对李铁进行审查。会后，审查委员会逮捕了李铁，同时还逮捕了在省委机关工作的城工部党员骨干何友礼、张树雄、黄回良、郑锡基等人。

经过几天的审问，李铁没有交代任何问题。

审查委员会研究分析后认为：一、所发生的几个事件肯定是城工部搞的，城工部派上山的干部有问题；二、要接受过去的教训，福建党组织遭破坏多是内奸所为，而且一破坏就是一大片；三、李铁一向右倾，在与庄征一起工作时有可能被庄征通过其他特务突击过。最后的结论是：庄征叛变没有破坏省委，是因为庄征"脚踩两只船"的缘故，敌人在庄征阴谋失败后改变了过去的做法，采取直接行动，所以才会发生各地的事件。为了防止事件的再发生，必须先下手为强，迟了就会被敌人搞掉。

基于这样的一种指导思想，审问李铁，要李铁老实交代。

李铁问心无愧，坦然地道："我没有问题，有些事，如阮英平事件，我实在不知道。"

审讯者准备动刑，李铁只好说："我交代，我交代。"

于是，李铁像编剧本写小说一样编造了"口供"，供出所谓被特务突击参加了特务组织，并编造了一份包括曾焕乾、何友礼、王毅林在内的参加特务组织的人员名单。

有了李铁的"口供"，就不怕何友礼、张树雄不承认。他们两人也被屈打成招了。有了他们的"供认不讳"，处死他们就有证据了。

于是，4月8日召开省委机关全体干部公审大会，处决李铁和何友礼、张树雄。

处死李铁之后，省委召开处理城工部问题的会议。

关于城工部组织的性质，省委多数同志认为：上面的骨干是叛徒反革命分子，或被派进来的特务所控制，但基本上下面不可能全是特务，应该按照党章规定，用解散组织、停止活动的办法处理。个别人则认为：各地所发生的事件，是由于敌人利用庄征长期埋伏的方针失败后而改变手法，交给李铁执行破坏计划所致。因此，通过李铁派往各地的城工部干部是有阴谋的，可能都有问题。为了堵绝后患，必须先下手为强，将这批人紧急处理掉，在外边的主要骨干分子也要杀掉。讨论之后，集中大家比较一致的意见，作出结论是："城工部负责人是叛徒反革命分子，城工部组织已为叛徒内奸所控制，成了'红旗特务组织'，虽然不是城工部每个人都有问题，但一时难以分清。为了安全着想，对派上山的城工部人员都要处死；要解散城工部组织，停止城工部党员党籍，不许他们再以党的名义进行活动。要求闽浙赣省委所属的其他各级党组织都要与城工部组织和党员割断联系，立即通知各地执行。"

远处隐隐约约传来鬼哭狼嚎般的公鸡啼鸣，筋疲力尽的省委委员们都对结论表示没有意见，一桩石破天惊的特大错案就这样在闽浙赣边区党内形成了。

由于闽浙赣省委领导犯了大错误，造成李铁等100多位城工部党员蒙受奇冤而罹难。

第三十回　关公庙内铁汉献身
武夷山下英雄魂断

省委召开的处理城工部问题会议结束后，各地委就按照省委的决定和开列的名单，立即着手处决城工部人员。于是，一场捕杀城工部大批党员的历史性悲剧，就这样在闽中、闽东、闽北、闽西北、闽东北、闽浙边、闽赣边等地和省委机关全面发生了。

较早被杀害的是铁汉陈书琴。因为省委认定：他是杀害阮英平的凶手。

陈书琴死在闽东某山头的一座关公庙内。此庙虽然破旧，但那尊赤面长髯、手执大刀的关云长全身塑像依然完好，显得十分威武。陈书琴从小崇拜关公，他不仅崇拜关公的勇武，还崇拜关公的道德品格、英雄气节和高尚情操。

临刑时，行刑人问陈书琴有什么话说没有？陈书琴摇摇头说没有。

陈书琴早就做了为革命献身的思想准备，自从阮英平失踪至遇难后，他便不想活了。他要追随他的敬爱首长到天国叙说冤情。他本来可以逃之夭夭，因为在很长的时间里他都是自由的。但这位对党赤胆忠心的铁汉，硬要等待着党组织对自己的处置。他问心无愧，尽到了一个警卫干部应尽的职责。他当然希望党组织对自己有个公道的认定，但他又觉得自己是一个跳进黄河洗不清的嫌疑人，也就放弃了生的奢

248

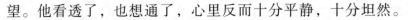

望。他看透了，也想通了，心里反而十分平静，十分坦然。

于是，一位顶天立地的铁汉，就这样蒙受不白之冤，被杀害于关公庙内，为革命献出了宝贵的生命。

王文波七拖八延，一直拖延到5月的最后一天凌晨5点，方来到曾焕乾在武夷山下地委机关的宿舍房门口，打算进去向他传达省委关于处理城工部问题的一系列决定。但王文波刚刚准备敲门，又犹豫起来，便把已经举起的右手又垂下来。他知道，这一传达，就意味着代表省委宣判曾焕乾的死刑。

王文波是位敌我分明的革命家，他入伍以来没有犯"妇人之仁"毛病的记录。但对这回省委三令五申欲杀曾焕乾却于心不忍。他之所以不忍心杀曾焕乾，是因为他不相信这位德才兼备、文武皆能、忠实积极、魁伟俊秀的亲密助手，会是什么国民党特务。正因为不相信，他才有两回抵制省委命令的事。

头一回，是1948年4月15日。由于交通不便，王文波未能参加省委召开的处理城工部问题的会议。省委领导怕闽北不了解情况会出事，紧急派交通员陈小鬼（陈维新）带上一张由省委委员苏华写的纸条到武夷山通知。王文波接过纸条一阅，只见上面写道："有紧急命令由陈小鬼口头传达，迅速妥善处理。"陈小鬼未等王文波问有什么紧急命令，便把省委机关审讯处决城工部人员的经过和省委对在地委的城工部干部作紧急处理的决定，向他做了口头传达。王文波听后，沉吟良久，道："李铁的情况，我不甚了了；但曾焕乾这位同志我了解他，不会有问题，不能杀。"

第二回，是1948年5月10日。陈小鬼又急急跑来武夷山，带来了省委的一份"五一决议"给王文波。王文波接过来迅速浏览一遍，见决议中有一段是对内奸的处理规定，引起了他的兴趣，便出声念道："1.不放过一个内奸，不错杀一个同志；2.必须有真凭实据，不搞逼供信；

3.根据其罪恶轻重、坦白程度，给以不同处理，注意争取失足者；4.处理内奸一定要遵守原则，不得随便处理，违反者给予处分。"

"这4条规定，王书记您以为如何？"陈小鬼问。

"好哇，这4条规定完全符合曾镜冰同志前年9月从延安回来时传达的中央对肃反审干的有关规定，也讲出了我这一段以来想说的心里话。我以为，必然会得到广大干部党员的拥护。"王文波高兴地说。

然而，到了1948年5月23日陈小鬼第三回送信来，王文波便没办法再抵制了。信上说曾焕乾是李铁的忠实门生，是李铁培养和领导的得力干部。李铁有问题，曾焕乾不可能没有问题。再说闽北游击队遭伏击之时正逢曾焕乾到闽北地委城工部上任不久，这内中必有鬼。信上耐心说服王文波要执行省委的命令。他对此信虽然觉得匪夷所思，但根据下级服从上级的组织原则，也只得遵命行事……

王文波回想到这里，正欲敲门，却见曾焕乾从山头锻炼回来喊他："王书记，你找我有事？"

王文波点点头，随曾焕乾进屋。

"王书记，你身体不舒服？"曾焕乾见王文波满面愁容，惊诧地问。

"你坐下，我没有办法，我只好执行省委的决定，请你谅解我的无能为力。"王文波说了这几句话后，哽咽不已，断断续续，向曾焕乾一句不漏地传达了省委对城工部的处理决定和省委3次派人送信给他以及自己对此事的心路历程细节。

仿佛在英华中学当学生时听何友恭老师讲一节同自己无关的前人革命斗争的故事那样，曾焕乾静静地听，没有插任何话，也不怎么动容，更没有伤心落泪。他听完之后，反而关切地劝道："王书记，你不要难过，更不必介意，你的左右为难，我能够理解。"

"不，我现在唯一能够做到的就是——"王文波忙拿出一只金手环交给曾焕乾，道，"你赶快离开此地，绕道北上，向中央或华东局诉说这一切。卤水点豆腐，一物降一物，只有中央和华东局能够纠正省委的……"

未等王文波说完，曾焕乾就急着表态道："不，不，王书记，我哪儿也不去。我这一走，不但连累你，而且还会引起省委对城工部更大的怀疑，使更多的同志惨遭无辜杀害。这是万万不可行的。我想，既然省委对我有这么大的误解，我愿意执行党的决定，接受审查。但要给我时间，不能不问青红皂白，一杀了之，那不是我们党的实事求是作风。

王文波不等曾焕乾说完，便截住他的话，变色道："如果你不马上往北走，那就让你立即走向另一个世界，审查还有何用？现在你说说需要交代的身后之事吧！"

曾焕乾一时不语。

"马玉銮在我王文波地盘之内工作，我会保她平安无事，这一点你可以放心。还有什么事只要我能办到的，你尽管说。"王文波说。

"没有了。"曾焕乾见无生的希望，便从身上拿出一把银圆和两枚金戒指，递给王文波，道，"这是我最后一个月的党费，请组织收之。"

"你已经用一条价值连城的生命缴了党费，何须还要这些金钱？"王文波想想留在将死之人身上无用，便接了过来道，"我会把你这些金银和我这个金环亲手交给马玉銮，作为你们女儿的哺养费。你放心！你还有什么话要说吗？"

"王书记，我跟随你工作半年多，感谢你了解我，信任我，我死而无憾了。"曾焕乾憧憬地说道，"自从 1938 年 8 月 1 日入党以来，我满脑子想的都是党的事业，我满心希望中国革命早日成功，让天下劳苦大众都得解放，过上丰衣足食的幸福日子。没想到的是，在中国人民解放军从战略防御转入战略进攻、全国解放战争即将取得全面胜利之际，福建党内却出现这样的事，真是令人痛心啊，王书记！省委怎么不想一想，许多国民党军政人员，见大势所趋，都纷纷倒向我们共产党，而我们接受了马克思主义真理的一代革命知识分子党员，早就立志推翻旧世界，建立一个由共产党领导的繁荣富强的新中国，怎么可能傻到去当国民党的什么特务呢？"

"你说的我都同意，但我让你逃，你为什么不逃？"王文坡说。

"不，不，不，我绝不逃跑。我入党时，就立志把生命交给党安排。我平时常对我发展的党员说，要保持革命气节，岂能临危改变初衷？当然，我本想要死就轰轰烈烈地死在同敌人浴战的沙场上，只是没想到会死在同样为新中国而奋斗的自己人的手里。现在，我想通了。"

王文坡知道曾焕乾"以死明志"的决心不会变，再劝也无用，便道："你自己还有什么事需要吩咐吗？"

"如有可能，请通知我的贤妻马玉銮将我的尸首收去埋葬；如不可能这样做，将来也要把我的骨头拾起来送到平潭老家去，埋在能够看到石牌洋的东岚山之麓；还有，将来审查清楚了，承认我是一位革命烈士，在我那东岚山麓的坟墓上，立个烈士纪念碑，那么，我就可以含笑九泉了。"曾焕乾含笑说。

"你要活埋，还是枪决？"王文波哽咽问。

"子弹留着杀敌人吧！"曾焕乾字明词清地说。

于是，一代铁骨铮铮的中华民族英雄，一位赤胆忠心的优秀中国共产党党员，一个从平潭岛东岚山下走出来的文武全能的"海山哥"革命家，就这样魂断武夷山下，就这样无私无畏地献出了自己仅仅28岁的年轻生命。

凡知道曾焕乾的人，谁不惋惜落泪？谁无锥心之痛？

第三十一回　错杀精英损失惨重
赣南策反功败垂成

1949 年 6 月的一个上午，一架刚刚从香港启德机场起航的客机，正风驰电掣般向台湾方向飞去。

飞机前舱贵宾座上，坐着一位愁眉紧锁的国民党军官。他好像昨晚一夜没睡，尚未解除身上的安全带，便打起了抑扬顿挫的鼾声，周边人看了都觉得好笑。

军官睡得正酣，忽见一位气宇轩昂的青年怒气冲冲地迎面走来，对他喝道："克立兄，你赶快回大陆去！"

"啊？焕乾亲家叔，原来是您。"军官看他一眼，无奈地叹道，"唉，我郑克立走投无路，方上了这架飞机。您说我现在还回得去吗？"

"到了台湾之后，不可以再取道香港回大陆吗？"曾焕乾问。

"如果大陆可以让我待下去，我也不至于急急如丧家之犬，出走了。"郑克立悠悠道，"亲家叔呀亲家叔，1946 年春天，您还是闽江学委书记时，就派我的得意学生杨尊文来到我身边，向我游说组织赣南策反的事。蒋氏父子虽然对我恩重如山，但我悄悄读了许多马克思、列宁、毛泽东的著作，一颗心早已向着共产党，成了一块白皮红心的番薯了。所以，我对您这位共产党亲戚，简直是言听计从，做了大量

253

的策反准备工作。到了 1948 年 8 月，眼看策反准备工作已经就绪，只要您来发一声起义命令，便可一举成功。然而，您到哪里去了？我那时从红日东升等到夕照桑榆，又从月上柳梢捱到星汉西流，可就是不见您的人影。如今，策反起义功败垂成，南昌也已解放，而您却已得道成仙去了，杨尊文也奔赴黄泉，我那胞弟郑克章虽然无恙，可他也自身难保，还有谁能够为我郑克立澄清白皮红心的复杂政治面目呢？在此严峻的情况下，我只有出走台湾，然后退伍从教，方可保我晚年无虞善终。您一向喜欢替别人着想，难道您不该为我的后路打算吗？"

曾焕乾听了哑口无言，过了许久，方道："您说的不无道理，但望您多做有利于台湾同胞和祖国人民的事。"

"那当然！"郑克立道，"现在，不但我不得不走，连我手下那一大批希望跟共产党走而决心起义的国民党官兵，也因之无法走上新生道路而纷纷逃往港台谋生。这也许就是你们省委错杀您这位共产党精英所带来的惨重损失吧！真是人神共愤啊！"

"不过，这是很偶然的事件，虽然损失惨重，带来许多不可弥补的危害，不免令人神伤，但毕竟一叶掩不住青天，而且是可以纠正的。您要看我们党中央、毛主席是无比英明、伟大、正确的。"曾焕乾说完就化成一缕青烟破窗而去。

"焕乾亲家叔，亲家叔……"郑克立大叫着从梦中醒过来。

"先生，请用餐！"航空小姐端上一盘食物放在郑克立面前。

用过餐后，郑克立觉得有些头昏脑涨的。本想再睡一会儿，却睡不着。他想起梦见早已仙逝的曾焕乾，又陷入痛苦的回忆之中。

原来，曾焕乾那时虽然是闽江学委书记，任务是领导城市学生的爱国民主运动，但他心系全党，想的是整个革命事业，所以到处扩展革命。1945 年 10 月，他派地下党员王韬到台湾建立据点，发展党员；1945 年 12 月，派骨干徐兴祖到台湾开办商行，为党筹款；1946 年 5 月，他派郑杰到台湾建立党支部；1946 年 6 月又派翁绳金到台湾建立台湾工委。1946 年 6 月，他派黄花岗中学支部书记林中长和施修莪回平潭从事潭南地下革命斗争，后又派林正光在福清龙田高山一带开辟了几个据点。1947 年 1 月，他派翁强吾到宁德三都中学，建立由翁强吾为书记的三都工委，以读书为掩护，开展革命活动；等等。只要哪里有曾焕乾的亲戚朋友在，他就想在那里开辟据点，拓展革命活动。在国民党反动统治严密控制的环境里，他这种千方百计为发展党的事业而奋斗的精神，在我们福建党内，以至全国地下党员中都是很少见的。

1946 年春，曾焕乾之所以会想到在江西赣南搞策反，是因为江西有位他早年结成的志同道合的好友兼亲戚郑克立。

郑克立，平潭中楼人，其胞姐是曾焕乾的亲嫂子。他曾在平潭兴文小学任教，后进黄埔军校学习并毕业，是蒋经国太子系的亲信人物。在江西赣州地区担任地方军的团级支队长，握有一个团的武装力量。他为人正派，又讲义气，同赣南党政军要员的关系都很热络。赣南许多县的地方军的营级大队长都是郑克立一手培养起用的，不无对他忠心耿耿。郑克立爱国爱乡，早就倾向革命。所以曾焕乾大胆设想：依靠郑克立的地位和势力，以他为掩护，在蒋经国经营多年、被国民党誉为模范区的赣南组织策反，发动起义。如能成功，不但使蒋氏父子威信扫地，而且必将更加深入地动摇其民心、军心，给国民党以沉重的打击，其意义将不亚于一个战役的胜利。于是，他给闽江工委和省委打了报告，并得到批准。

那么派谁去呢？曾焕乾眉头一皱，便有一位合适的人选站在面前。这个人选就是平潭平原乡酒店村人杨尊文。

杨尊文 1920 年出生，曾经是郑克立在平潭从教时的得意门生，其师生关系一直亲密，这是他到赣南组织策反工作的最大优势。

杨尊文是福建学院附中的高才生。他能文能武、多才多艺，能写很漂亮的文章，组织活动能力又很强，可以独当一面工作。

杨尊文是曾焕乾一手培养和发展的党员，立场坚定，革命坚决。他由于积极参加爱国民主运动，写了大量文章抨击国民党政府的腐败，在学生运动中暴露了自己，引起了以林荫为首的平潭国民党反动派的注意，遭到特务的跟踪监视。为此，他必须离开福州、平潭，到外省干革命。

于是，曾焕乾决定派杨尊文去江西。杨尊文临走前，林微梁为他买了汽车票，翁强吾为他筹集了一笔足够的活动经费。

杨尊文到赣南后向郑克立报告了曾焕乾的策反计划，得到郑克立的赞同和支持。

起初，杨尊文被安排在郑克立手下当副官，在赣南地方军中以交朋友方式做了许多宣传发动工作。后来，郑克立考虑杨尊文的特长，发挥其作用，便通过遂川县长把他安排在《遂川日报》当编辑，以此为掩护开展地下革命活动。遂川县长来文华是郑克立的姻亲，曾任平潭县教育科长，思想进步，早就认识杨尊文。遂川县政府秘书叶昌国是福州人，也是倾向革命的热血青年。这样，杨尊文在遂川组织策反就有很好的背景条件。杨尊文既善于交朋友，又善于写文章，很快就团结了一大批爱国青年在自己周围，打开了遂川策反工作的局面。

1947年5月初，由于形势发展的需要，曾焕乾又派郑克立的胞弟郑克章去江西，配合杨尊文组织策反工作。郑克章临走时，曾焕乾对他交代任务："你协助杨尊文在赣南大力发展组织，选派党员到国民党军队中任职，瓦解分化敌人，策动国民党军队起义。起义条件一旦成熟，就派交通回来请示，我将前往配合。"

郑克章来到江西，向郑克立和杨尊文传达了曾焕乾的指示。其兄郑克立让他以读书为掩护开展地下革命活动。

后来，郑克立调到南昌，担任国民党第九战区联合勤务总司令部的一个处的处长，杨尊文、郑克章也随往南昌，负责赣南策反的联络工作，并在南昌建党和开展学生运动。

1948年8月，在杨尊文和郑克立、郑克章兄弟的默契配合下，赣南的遂川、大余、赣州三县的策反准备工作已经取得突破性进展，完全可以行动了。但怎样行动呢？是一个县先起义，还是 3 个县同时起义？选择在什么时间起义？起义后怎样与我党的上级武装部队接上关系？这些重大问题没有曾焕乾的指示，谁也不敢拍板。于是，杨尊文、郑克章派了多批交通到武夷山请示曾焕乾，可就是找不到曾焕乾。

他们哪里知道曾焕乾已经仙去不在人间了。而杨尊文也于 1948 年年底被闽浙赣省委派人前来杀害了。这样一来，赣南策反起义便功败垂成了……

"先生，台北很快就到了，飞机正在降落，请你系好安全带。"

"啊？……谢谢。"航空小姐对郑克立的特别关照，将他从回忆中拉回现实。

第三十二回　遵师训忍刑守气节
发洪水误车保一命

"打！"

"再打！"

"往死里打！"

随着国民党自卫队长林献秋那一声高过一声的命令，一位手执木棍的自卫队员便一棍重过一棍地往吊起来的年轻疑犯身上使劲猛打，打得这位年轻疑犯皮开肉绽，气息渐无。

"住手！"突如其来的一声断喝，使坐在主审桌前下命令的林献秋惊得弹跳起来。他不解地问："保长，你不是命我严刑逼供吗？怎么忽然又叫住手呢？"

保长叫林正弼，是连江县浦口镇的一个国民党保长。他不屑地瞅一眼正在惊呆的林献秋，骂道："笨蛋，谁叫你往死里打？赶快把他放下来。"

"他是共产党，把他打死了你我都立了一功，还怕什么呢？"林献秋不知趣地说。

"你用什么证明他一定是共产党呢？"林正弼接着道："万一他不是共产党，也无别的犯罪，你随便把他打死了，是要偿命的。"

"如果他不是共产党，怎么会那么臭硬，任凭我用尽了所有刑具，就是不说呢？"林献秋好像很了解共产党似的。

"你不是也做过共产党吗？怎么还没有打，就什么都说了呢？"林正弼看不起这位共产党叛徒出身的自卫队长，有意揭他一下伤疤，让他老实一点，以便乖乖地听从自己的指挥。

"这——"林献秋一时难堪得语塞。

"保长，他死了！"那位执棍的自卫队员把年轻疑犯放下来，摸摸他的鼻孔后说。

保长林正弼很有经验，他号一下年轻疑犯的脉，忙道："他只是昏死过去，快抢救！"

"是！"自卫队员答应着动手为年轻疑犯掐人中，做人工呼吸。

"啊，我死了吗？"许久过去了，年轻疑犯方张开双眼，幽幽地吐出这句话。接着问："今日是何日？"

"今日是 1949 年 3 月 3 日。"林献秋见年轻疑犯活了，心中的一块"偿命"石头落地了，笑着答。

"我死了更好！"年轻疑犯又吐一句后，闭上痛苦的双眼，回忆近一年半的经历：

这位年轻疑犯，不是别人，正是深深崇拜曾焕乾的黄则琨。

前年 12 月初，黄则琨就决定跟随曾焕乾到闽北工作。但那时曾焕乾说，等他安排好再派交通来接。而去年 2 月春节前夕，派来的交通却说，闽北地区军警盘查很严，要他绕道上海，经南昌，再到武夷山；还说到上海后等待他的去信。可黄则琨去年 2 月底到了上海之后，千等万等，就是不见有信。故此他于去年 5 月中旬又回到福州，在市委领导下开展革命活动。

此时，福州有位地下党同志被捕，需要筹款营救，市委叫党员们想办法。黄则琨想起曾焕乾的教导，便回家同姐姐黄兰英商量。姐姐经马玉銮开导，一颗芳心早已交给了党。她见弟弟如此说，便道："家里只有 3 两多黄金，你就拿去献给党吧！"黄则琨喜出望外，笑道："你不怕父亲骂吗？"黄兰英说："救同志要紧，父亲如果问，我就说弟弟向我拿，我怎能不给？"黄则琨拿了金子，觉得很对不起赚钱不易的父亲，便留下一信："拿走金子是为了救同志一命，我晓得这是您做生意的血本，拿走了家里会更加困难。好在全国革命胜利在即。胜利后一切都会好起来，请父亲原谅，别太伤心，就当给我的一笔可观的结婚款目吧！"后听姐姐说，父亲知道了也没说什么，可见曾焕乾的教育在他老人家身上起了作用。

去年10月，市委介绍黄则琨到林白手下打游击，代号为"54号"，称老周。今年1月，林白又把黄则琨送到连江县委机关工作。县委书记杨华（翁绳金）知道黄则琨是曾焕乾的得意门生，便有意培养他，让他到国民党控制区浦口开展群众工作。在短短的两个月时间内，黄则琨走遍了浦口下辖的所有自然村，深入群众宣传全国大好形势和共产党的政策，启发他们的阶级觉悟，使他们纷纷表示要跟共产党走。有许多青年向他报名参加游击队，还有一批积极分子要求加入党组织。黄则琨还根据杨华书记的指示，发动群众开展向地富阶级借粮度荒运动，取得了可喜的成绩。

今天凌晨，黄则琨从柘尾山上的一个小村下来，被国民党殿后保保长林正弼和两个自卫队员发现，喝令他站住。黄则琨因为身上有要求入党入伍的积极分子名单，怕被搜出连累他们，便拼命向松坞方向跑。进村后，他跑进一个农妇家里，农妇将他藏在楼上杂物间里。黄则琨忙拿出写有名单的笔记本和钢笔、手表藏进水车斗里，人躲在草堆中。保长等3人见他进屋，怕他有武器，不敢贸然进屋搜，便将站在门口的农妇抓住拷问："你把他藏在哪里？"农妇任凭鞭打，一口咬住："我没看见！"黄则琨听农妇被毒打的叫声，心痛难忍，便想："我躲在这里，不但害无辜的农妇挨打，还有可能被搜去笔记本，使一大批积极分子被捕，因为敌人已看到我进屋。我不如跑出去，把敌人引走。"他想好了，便下楼从后门跑出去。保长等一见他跑，便紧追不舍，终于被追上抓了。

保长等 3 人将黄则琨押到柘尾祠堂的自卫队队部，交给自卫队长林献秋主审。审讯室设在祠堂内的戏台上。台上站着十来个荷枪的自卫队员和一堆刑具。这时，黄则琨不禁打了一个寒战。心想："这一次在劫难逃，一定会受重刑了。"但他脑子里很快就闪过曾焕乾的音容笑貌；随之，曾焕乾对他的气节教育话语，像山溪流水般潺潺咚咚地从耳际流淌而过。他暗暗告诫自己：我要学习革命先烈，威武不屈，经受住这次刑场的严峻考验，决不能暴露党的机密，死也不当不齿于人类的可耻叛徒。

　　审讯开始了。林献秋劈头一句问："你来这里干什么？"

　　"我来这里做生意，走错了路，没有找到人。"黄则琨早已想好了回答道。

　　"叫你停，你为何不停？"

　　"我怕遇到土匪，不敢停！"

　　"胡说！"林献秋当然不信，大叫道："把他吊起来打。"

　　吊起来打了一阵之后，林献秋又像开头那样问一遍。黄则琨虽然浑身疼痛，但咬咬牙，还是像刚才那样回答一遍。林献秋似发怒的猛虎呼啸一声，跳过来猛甩黄则琨几个耳光，使他两眼直冒金星。之后，他咆哮道："依次灌水、压杠、上老虎凳！"

　　这可怕的"三道菜"都吃过之后，黄则琨痛得昏死过去。在他临昏死前心想，死了更好，死了既不会暴露党的秘密，又免遭生不如死的皮肉之苦，那真正是一种超脱。然而，一桶冷水把他一泼，又醒了过来。见他醒了过来，林献秋问："你明明是共产党，为什么不从实招来？你再不招，我要枪毙你！"

　　"我明明不是共产党，你为什么要冤枉我？你再不把我放了，我要控告你！"黄则琨针锋相对。

　　林献秋无计可施，过了一阵之后又下令吊起来打，往死里打……

　　黄则琨躺在戏台木板上，想到这里，被两个卫士扶起来，押到一个暗室里关起来。关入暗室里，黄则琨又昏死过去，不省人事了。

醒过来之后，已是晚上。祠堂暗室已换成乡政府的牢房。是单人房，有床铺，亮着灯，条件大有改善。有人送饭进来，顺便递给他一张纸片。他和着灯光一看，只见上面写道："组织正在设法营救，你放心。"

"这是真的吗？"黄则琨不敢相信这是真的，他依然做着最坏的思想准备。

然而，这可是真的。

原来，县委书记杨华得到内线报告："老周被殿后保保长林正弼及两名自卫队员抓去，虽然受尽严刑拷打，但始终坚贞不屈，没有暴露身份。"

杨华听了忧喜参半，忧的是这样坚贞不屈的好同志如有闪失，怎对得起其恩师曾焕乾？喜的是自己没看错人，用人得当，如果命他人到浦口，万一叛变了，将影响连江全局。杨华以遇事果断、魄力过人著称，他眉目一紧，便果断地对身边人下令："请翁副书记立即来见我！"

翁副书记即杨华的堂弟翁强吾。

翁强吾文韬武略，也是一位了不起的人才。

1948年2月，在杨华的领导下，连江工作进展很快，党员一下子发展到200多人。五县中心县委认为连江革命形势复杂而艰巨，特派翁强吾到连江出任县委副书记，协助杨华工作。后成立连罗游击总队，杨华任总队长兼政委，翁建吾为副总队长，并兼任直属武工队长，神出鬼没地穿行于敌人的控制区之内，使敌人闻风丧胆。

翁强吾奉命带几个武工队员连夜赶到浦口组织营救黄则琨。他想了想，便把林正弼的母亲请来。他首先对她进行一番形势教育，接着要她叫其儿子立即释放商人老周，争取立功赎罪，否则要找她的儿子算账。同时，不得透露我们的一切。经过教育，林正弼的母亲为了自己儿子的安全，便答应了。他的儿子林正弼倒是个孝子，他听其母亲的话来找翁强吾，表示愿意放人，但他又说："捕时很多人都知道，现在用什么名义放呢？"翁强吾说："老周是生意人，你就说做生意的留着没有用，把他放了算了。再花些钱请自卫队人员喝几杯，不就得了？但一定要快放，而且不能跟踪，否则一切后果由你负责。你早已在我们的掌握之中，跑是肯定跑不了的。"接着，翁强吾拿出一粒金戒指给他做活动经费。他满意地重申："一切就办！"

这样，黄则琨便被释放了，回到连江革命队伍里。由于他牢记恩师曾焕乾的教导，忍受酷刑，不招供，不叛党，坚守了一个共产党员的气节，受到了连江县委书记杨华的表扬。

1948年6月中旬。连日来，连江县一直暴雨滂沱，这天早饭后虽然雨停，但依然江满河溢，洪水滔滔，许多低凹田园都成了汪洋大海。泛滥成灾的洪水不但淹没了庄稼农作物，而且把所有道路切断。此时若要出门办事非乘船过江渡河不可。当地群众称这种洪水现象为"做溪水"。一旦"做溪水"，农民群众就无法下地劳动生产，但地下党员却可以利用这种恶劣天气在室内开会学习。

这日上午，杨华在石头村据点主持召开连江县委常委扩大会议，布置各区党工委加快发展党员的问题，出席这次会议的有县委副书记翁强吾，县委常委郑敏奋，以及各区党工委书记，共10多人。

杨华在会上说："今年4月，我们在已有200多名党员、30多个党支部的基础上，建立了9个区工委和1个县妇委，统一领导本区的各个党支部和独立党小组。从4月到现在这两个月，在各个党工委的领导下，全县又发展了100多名党员，统计到昨天为止，全县有356名党员。这个数字既说明我们连江县委6个月来的工作已有一定成绩，又说明我们的建党步伐还比较缓慢，离五县中心县委的要求还差很远。林白书记已经流露出对我们建党速度缓慢的不满，还说要派两名得力干部来连江县委帮助工作。因此，县委常委认为有必要请各区党工委书记来，一起商讨如何加快发展党员工作的步伐问题，以适应革命形势发展的需要……"

"杨华！我找杨华，谁是杨华？"突然一个浑身落汤鸡似的小伙子走进来高声嚷嚷着，打断了杨华的讲话。

"你是何人？怎么这样没礼貌，杨华是你叫的吗？"翁强吾坐在会场门口，见小伙子气势凶恶，不满地说。

"我是省委交通员。"小伙子说。

"有没有凭证？"翁强吾问。

"当然有。"小伙子说着就从左边鞋底拿出一张皱皱的纸片交给翁强吾过目。

"看清楚了吗？"小伙子细看一眼翁强吾，说："你就是杨华对吗？你看清楚了就立即跟我走。"

翁强吾没有理睬交通员，当即把纸片转交给已走到门口的杨华。

杨华接过纸片来一看，见是闽浙赣省委书记亲笔写的开会通知书，心里好高兴，便激动地说："同志哥，我跟你走。"

"你不行，我要杨华跟我走。"小伙子此话一说，静观的全堂人都大笑起来。

"严肃一点。"小伙子厉声抗议，"这有什么好笑的？"

"是，大家不要笑了。"杨华觉得这样对待省委交通员不礼貌，便制止大家。然后，他回头耐心地对交通员说，"同志哥，你弄错了，我才是连江县委书记杨华，我跟你走。"

"你？"交通员笑了，他笑自己冒失，说，"那我们这就走，车在丹阳镇头等我们，必须在中午1点3刻前赶到，否则后果自负。"

杨华看一下怀表说："现在才上午11点半，我们这就走，来得及。"

"好的。"交通员跟上已经迈开大步走的杨华，说，"你走得好快呀。"

"杨书记，您等等，我跟您一起去。"杨华警卫员邵守务赶上来，并递给杨华一只手枪。

"好吧。"杨华正伸手准备接手枪，省委交通员却马上制止道："不行，不行，省委书记特别交代，一不准带枪，二不准带警卫员。"

"这是为什么？"邵守务问，他无法理解开会不准带枪。

"不知道。"交通员耸耸肩，双手一摊，说，"我奉命行事，什么都不知道。"

杨华对大家说："地下党有地下党的规矩，开会不准带枪不准带随员那是很正常的。"

接着，杨华又悠悠道："我当连江县委书记以来，天天盼望上级通知我上去开会，以便听到上级领导的指示声音。但6个多月过去了，却从未接到上级的开会通知，现在终于盼来了省委书记的亲笔开会通知，我心里很激动。"顿了顿，杨华又说，"当前解放战争形势发展很快，这次省委开会，一定有中央的最新精神和重要指示，是个难得的听取上级指示的良机。我走之后，家里的工作由翁强吾为主负责，郑敏奋协助，你们两位要负起责任来。"

杨华说完就跟着省委交通员快步走了。

然而走到村口，杨华和交通员又踅回来。原来发洪水，做溪水，淹没了路桥，无法出村前行。杨华命令赶快备船。警卫员陈守务不敢怠慢，忙答应着跑步去备船。郑敏奋知道石头村船只稀缺，又另行布置陈守强、陈守太等几个本地干部前去备船。

省委交通员说："杨书记，我早晨从山上赶来这里，早饭没有什么吃，现在肚子很饿，你们能否给我一碗米饭填饱肚子？"

"当然可以。"杨华当即对翁强吾说，"你带交通员到曾弟家里去吃饭吧。"

"好的。"翁强吾说，"哥，现在已经到了吃午饭时间，你也一起去吃饭吧，吃了饭再走。"

"不，我不饿。"杨华说，"我要在这里等船，你赶快带他去吃饭。你还要交代伙房，给省委交通员的菜要有海鲜。"

"知道了。"翁强吾说着就带交通员去吃饭。

没多久，省委交通员就吃饱饭上来，问杨华："船备到了吗？"

"还没有呢。"正在为船发愁的杨华回答说。

随后，备船的陈守强、陈守太、陈守务等人，陆陆续续回来，都说找不到船。

这下，从不发火的杨华见说也生起气来，他高声责备道："怎么连一条船都找不到？"接着，杨华大声下令："再去找船。"

"是。"见县委书记发火了，大家只好悄声答应着。

"船找到了。"正当大家准备分头找船之际，卢先荫上来报告了这个好消息。

"那我们走吧。"杨华高兴地对交通员说。

好不容易找到船过渡之后，杨华催促交通员快步走。但是，交通员走了几步后却突然"哎哟""哎哟"大叫着蹲下来不走了。

"你哪里不舒服？"走在前头的杨华只好停下来回头问。

"我肚子很痛，走不动。"交通员双手捂在肚皮上皱着眉头说。

原来，交通员早晨被雨淋受了风寒，中午又吃了一大碗海鲜，不消化，闹肚子疼。

"我帮你揉一揉看。"杨华伸手为交通员轻轻按摩，过一会儿问，"现在可以走吗？"

"还不行，肚子还在痛。"交通员站起来苦笑一下说。

"这可怎么办？"杨华说，"你赶快去树林里解决吧。也许就不痛了。"

由于发洪水须找船过渡，又因交通员吃海鲜半路闹肚子疼走不动，这样一来二去便耽误了乘车时间。当杨华和交通员赶到丹阳镇头时，那辆接上山开会的专车已经开动了。眼看刚刚发车，杨华和交通员两人急得边快跑边高声呼喊："等一下，等一下。"然而，车上的司机没听见，不但没有停下车来，反而开得更快了。刹那间，那汽车拐个弯便在他们的视线中消失了。

交通员气呼呼地问杨华现在几点，杨华看一下怀表说2点正。交通员说是约定下午1点3刻在这里上车，怎么只迟到一刻钟车就开走

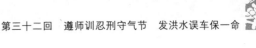

不等了呢？杨华说也许过一会儿车还会再来接我们，我们就坐在路边树下等吧。交通员说也只好等了。可是等到下午3点过后还不见有车来，杨华虽然很有耐性说再等等，但交通员不耐烦地说不等了。

杨华说："没有车那我们就走路去吧。"交通员说："我不知道在哪个山头开会，往哪里走？再说，即使我懂得走，也赶不上今天下午开会。"在这种情况下，杨华只好同交通员分手回来，等待省委再次通知。可是一直未见省委再派人来通知杨华上山开会。

一周之后，翁强吾前往福州会见几位老战友回来，对杨华说了一个令人惊骇万分的消息。

消息说，城工部被闽浙赣省委打成"红旗特务组织"。省委认定，城工部负责人是叛徒反革命分子，城工部组织已为叛徒内奸所控制，虽然不是城工部每个人都有问题，但一时难以分清是非。为了安全着想，解散城工部组织，停止城工部党员党籍，不许他们再以党的名义进行活动。要求闽浙赣省委所属的其他各级党组织都要与城工部组织和党员割断联系，立即执行。省委城工部长李铁早在4月就被省委处死，曾焕乾也于5月初遇难于武夷山下。福州市委书记孙道华、闽侯县委书记林克俊等一批城工部骨干都是接到开会通知上山时被杀的……

这个消息仿佛晴天霹雳，打得遇事不惊的杨华也不禁心惊胆战，心乱如麻。

翁强吾对杨华说了这个消息后，连连叹气，然后说："上苍有眼，好人有好报。哥那天幸好没坐上车，如果坐上车，那也在劫难逃。"杨华见说也感慨万端地道："是呀，算我命硬，发洪水误车保一命，否则，我就没有机会再为党和人民做工作了。"

第三十三回　受考验奇袭中正堂
创奇迹平潭初解放

　　"限四月初十（公历 5 月 7 日）之内，消灭林荫反动武装部分或全部。陈亨源。"这是闽中地委为了考验由城干部领导的平潭人民游击支队而下的一道苛刻命令。

　　说"命令"苛刻，一是限定时间短，下命令是公历 4 月 22 日，只有 15 天。二是敌强我弱，双方力量悬殊。

　　平潭人民游击支队由于党组织和政委张纬荣的正确领导，从小到大，从隐蔽到公开，由 10 多人扩充到 100 多人，又由 100 多人发展到250 多人，并且在玉屿、看澳、土库地区连片建立了革命根据地，已经成为一支敢于同国民党政府公开对抗的人民武装。但是，他们的力量十分薄弱，武器装备很差，只有 1 支冲锋枪、30 多支长枪、10 多支短枪，不及敌人一个排的武器装备。而平潭国民党武装队伍有 500 多人，而且枪支弹药很足，仅机枪就有 21 挺，比任何县的地方武装力量都强。由于敌强我弱，双方力量悬殊太大，要在这么短的限定时间内消灭敌人，任务十分艰巨，弄不好就会全军覆没。但是，如果不消灭敌人，闽中地委就不会相信平潭游击支队是中共领导的人民武装，而要取缔他们。因此，必须破釜沉舟，与敌人决一死战。

连日来,为了制订作战方案,平潭人民游击支队的领导们苦思冥想、绞尽脑汁,召开多次会议研究,还发动连以上干部和留在县城的地下党员、内线人员参与献计献策,到了4月底,一个颇为理想的解放平潭作战方案,便在支队领导层头脑中形成了。

4月30日晚上,支队长高飞召集4个连的连长高名山、吴国彩、高名乾、吴章富,指导员高名峰、王祥和、林奇峰、陈孝义,以及后勤组长吴孟良和卫生组长蒋美珠等开会,正式向他们宣布作战方案要点。参加会议的还有政委张纬荣、副支队长兼副政委吴兆瑛、副支队长吴秉照。

方案要点之一,确定举事的日期为5月7日。这是闽中党领导限定的铁的时间,不能推迟;由于要做大量的准备工作,也难以提前。

方案要点之二,确定进攻的时间为晚上。由于武器装备悬殊,白天作战必然吃亏,只能选择夜战、近战,利用夜色作掩护,与敌人作近距离的拼搏,可以发挥我们以大刀为主要武器的优势。

方案要点之三,确定作战的主攻方向为县城中正堂。平潭国民党武装的主力是自卫队的两个中队,一个中队驻在离县城15千米的苏澳镇;一个中队驻县城的中正堂。苏澳中队驻地与民房混杂,包围不易。县城中队驻处中正堂,是座四周同民房隔开的独立大礼堂,且无围墙,便于包围消灭,只要能冲进房屋,便可造成"关门打狗"之势。只要拿下中正堂,夺取自卫队的枪支弹药来装备自己,驻城关的其他敌人武装,就不足为虑了。何况中正堂里还封存着大批备用武器。中正堂楼层高,又处于县城中心,控制了中正堂,就等于控制了整个县城。

方案要点之四,确定这场战役的计策为"调虎离山"。据城关地下党负责人林祖耀和曾焕乾当年打入中正堂中队的内线人员杨建福报告,攻破县城的拦路虎有大、小两只,都要分别采取连环奇计把他们搬掉,方可排除取胜的阻力。大虎是林荫的私人卫队,人数虽然只有30多人,但武器装备精良,且都是林荫的亲信,个个是顽固不化、勇武过人的亡命之徒,战斗力极强。林荫本人又是军事科长出身,善于指挥战斗。攻打中正堂的枪声一响，驻在不远的林荫公馆私人卫队就可能同警察局里的40多名武装警兵一道出来援救中正堂，那就麻烦了。因此，必须以"打草惊蛇"之计将他们调离县城。小虎是驻中正堂的中队长林诚仁。他是林荫的忠实走狗，如果不把他撤掉，在我们围攻中正堂时，他就会组织、指挥爪牙顽抗，使打入内线的杨建福难以发挥作用。如果我们袭击中正堂时，中队长林诚仁不在，作为第一分队长的地下党员杨建福，便有权代表中队长下令投降反水。当然，开战时如果林诚仁在场，杨建福也可以把他当场杀掉，不过这样做杨建福便暴露了自己的身份，有可能被林诚仁的保镖杀死，那风险就太大了。那么，如何撤掉这只小老虎呢？杨建福知林诚仁的德行：好色、嗜赌、鸦片瘾。所以想了一个"美人计"，将他诓出中正堂。

……

"这些作战方案要点都是绝对的军事机密，一旦被泄露，那就千里筑长堤，功亏一篑了。我们一定要吸取当年'码头劫案'的教训，必须严守军事机密，做到攻其不备，出其不意，一举成功。"政委张纬荣在高飞宣布作战方案之后，对连以上干部强调地说了这一番话。

作战方案既定，指战员们便分头行动。

连长们日夜带领本连攻城队员操练夜战、近战的拼搏武艺。

玉屿党支部书记吴聿静组织村上能工巧匠打制大刀、戈矛。

高参徐兴祖带几名战士到连江丹阳和福州东岭借枪。

高飞、吴秉熙于5月1日带领一个小分队突然袭击林荫小舅子高尚民的江楼老家，抄走他家的全部武器，并放出空气说近日就要抄林荫的豪宅"荫庐"。林荫在老家官井村盖有一座华丽的双层楼房，称荫庐，其门、窗、外墙、内壁的石雕异常精美，乃当时全县第一豪宅。距其小舅子家江楼村仅500米之遥。林荫果然中计，他听到风声后，次日就携夫人率私人卫队，浩浩荡荡地回到离县城10千米的官井老巢驻守。

那时，平潭城关有位名闻全县的大美人陈玉钦，许多好色的国民党军政官员都想一睹其风采，甚至有人企图一亲其芳泽。但其丈夫韩桢琪乃能文能武的英雄人物，曾任县自卫队中队长，所以谁也不敢对她轻举妄动。1943年，韩桢琪因参与曾焕乾策划到南澳缴枪，被革职赋闲在家。他有心参加革命，但同曾焕乾失去联系。正为此闷闷不乐之际，杨建福、林祖耀经张纬荣批准，劝说韩桢琪动员其妻为革命当一回"美人计"主角，没想到一说两口子就满口答应。于是给他一笔可观的经费，由其夫妇联名邀请中队长林诚仁夜里到他们家喝酒、抽鸦片。林诚仁求之不得，何乐而不为呢？所以，从5月1日起，林诚仁便夜夜同韩桢琪夫妇喝酒玩乐个通宵。本来他都住中正堂值夜班，可经不住美女、美酒、美烟之诱惑，也就借故委托杨建福代劳了。

5月4日午饭后，高飞和吴兆瑛、吴秉熙正在队部一起笑谈林荫、林诚仁大小二虎中计离巢之事，忽见陈孝义、吴吉祥、吴孟良三人慌里慌张地跑进来报告："政委被国民党海上巡逻警抓走了！"

"啊！"仿佛晴天霹雳，高飞等3人见说都忍不住惊叫起来。政委是他们的最高领导人和主心骨，在这关键的时刻被抓，对于即将举事的平潭游击支队，无疑是个重大的打击。愕然许久，高飞方问陈孝义："政委究竟是怎样被抓的？"

陈孝义见问便一五一十汇报了张纬荣被抓的经过。

原来，实现"调虎离山"的计策之后，张纬荣深感这场"以弱胜强"的战役，内线的默契配合是至关重要的一环。他为人颇有诸葛亮"事必躬亲"的风范，便于5月3日拂晓亲自带陈孝义、吴吉祥、吴孟良3人潜入县城检查内线工作的落实情况。他在县城不敢久留，检查完毕，得出"内线布置就绪，可以如期举事"的结论后，便于次日早晨到东坑澳口乘坐小船，准备从海路回玉屿大本营。没想到小船刚离岸不久，一艘巡逻船便迎面驶来。为了避免被敌船撞上，张纬荣下令快快调转船头往回开。敌船见小船形迹可疑，就加速追逐小船。慌乱中小船在一处沼泽海滩搁浅。小船一搁浅，4人便都脱鞋下水奔跑，没想到只跑几步，张纬荣的左脚板就被暗藏沙滩上的尖利蛎壳划破，血流如注，刺痛难忍。他咬牙忍痛，踉踉跄跄地走上岸后，便再也走不动了。陈孝义等 3 人都过来要背张纬荣走，但他怕连累大家都走不成，无人回去报信，影响举事大局，张纬荣便以组织名义，命令 3 人立即分散回去，向支队领导汇报检查结果，举事不可拖延。下完命令，张纬荣便强行几步至一个隐蔽的山洞里躲藏起来。陈孝义等 3 人都有意把上岸的敌人引离山洞，没想到狡猾的敌人却循着地上的血迹寻至洞口把张纬荣抓走，押送到巡逻船上……

听完陈孝义的汇报，高飞、吴兆瑛、吴秉熙当即商议应变计策。他们分析，平潭国民党当局一定会对政委下毒手，一定会从政委突然回城这个行动中引起警惕，加强防备。高飞等支队领导认为，如不先下手为强，不但政委性命难保，而且进攻县城也难成功。为了营救政委，确保解放平潭之战一举成功，他们决定提前两天于 5 月 5 日举事。为了适应提前攻城，立即进行调整作战方案的部署。

1949 年 5 月 5 日，这是一个载入福建革命史册的光辉日子。这日，当凝重的夜幕降临之际，经过挑选的 117 名平潭游击健儿，人手一把大刀，另加 60 支长短枪，在高飞、吴兆瑛、吴秉熙的带领下，沿着一条前人没有走过的海边野径，神不知鬼不觉地向县城悄悄进发。

将近夜半，队伍到达县郊，高飞命令暂停前进。先派一个行动组进城割断敌人的电话线，使他们不能互相联络。待到午夜过后，县城解除戒严，巡逻哨皆已撤除，大队人马方摸进城中，把鹤立鸡群般的中正堂层层包围起来。50 名同林荫有深仇大恨的敢死队员负责打头阵。他们由吴国彩、吴翊成、高扬泽、吴秉华带领，先匍匐在南面墙脚的水沟中，然后爬行到该楼堂为主出入的南边大门附近埋伏下来。此刻，只见两个敌哨兵面朝门外警惕地站着，不好动手。"莫非他们已知今晚游击队会来奇袭？"埋伏在离门最近的吴翊成心里正嘀咕时，忽见两位敌哨兵转身面内点火抽烟。说时迟，那时快，吴翊成一马当先，从沟沿飞跃而起，向大门冲去。不料却被转身的敌哨兵发觉。他们边喊口令边关门。可吴翊成上半身已在门内，下半身还在门外，使敌哨兵无法把门关上。此时，敢死队员施友声等人已至门前，合力把大门推开。敢死队蜂拥而进，开始了事先计划好的逐个击破的战斗。最先被消灭的是住在楼座下面的接兵连。他们刚从睡梦中惊醒过来时便在冷冰的大刀下当了俘虏。接着，被全部解除武装的是住在舞台上的盐缉队。最后的任务是攻克住在楼座上的强敌自卫队。该自卫队是林荫的主力，不但人数有100多人，而且装备精良，又宿营于关了楼门的楼座上。如要强攻，只有靠特长的竹梯攀爬上去了。而此时，他们个个荷枪实弹，居高临下地防守，敢死队难以占便宜。幸好，临时行使中队长职权的内线党员杨建福，一直扼制自卫队员开枪，可有一机枪手仍时不时向南边大门口射击，妄图封住大门口，阻止大批游击队继续进入。杨建福见状火了，狠甩这位机枪手一耳光，骂道："笨猪，楼下油灯昏暗，怎能辨认敌我？且双方正在肉搏，即使白天，也难开枪。"经这一打一骂，楼上才不敢开枪。吴兆瑛隐隐听到杨建福的骂声，忙命令敢死队员吴聿杰搬来楼梯。吴聿杰首先攀上楼座，吴秉华、高扬龙等一个又一个紧跟上去。大批持刀游击队员上楼来，敌人的机枪步枪失去作用，杨建福适时地吹哨下令："为保兄弟们性命，全中队缴枪投降。"杨建福带兵恩威并重，不但在一分队说一不二，二三分队的分队长和许多班长，都是他的结拜兄弟，所以无人敢不服从他的命令，当然也无人不顾惜自己的生命。在大势所趋中，他们全部投降了。一场奇袭中正堂的战斗仅仅两个多小时便胜利结束了，共获俘虏150多人，缴获轻机枪9挺、步枪250多支、手榴弹5000多枚、子弹5万多发。

凌晨打下中正堂后，游击队员立即用缴获的枪支武装自己，使他们如虎添翼。天刚麻麻亮，乘胜前进的游击队便把县警察局团团包围了。警察局内有武装警察40多名，他们获悉中正堂驻军已经全部投降，都吓破了胆，岂敢贸然反抗？高飞为了避免不必要的伤亡，立即派施修骏、吴聿杰进去劝局长游澄清投降。游澄清乃林荫的亲信，本属顽固派，可此时，他见形势不妙，又有我内线人员陈徽梅、施修若两个警官在旁劝说，不禁萌生了投降之意。但他又怕承担投降的责任，被林荫怪罪，便推托说："只要郑叔平县长下令，警察局就投降。"

游澄清的话音刚落，郑叔平县长的全权代表高蔚龄便破门而入，向他交了县长手令。他惊愕地接过一看，只见上面写道："速速缴械投降，切切勿误！郑叔平。"

游澄清见手令无话可说，便乖乖地命令全体警兵放下武器，向游击队投降。但游澄清此时不解，林荫的第一亲信郑叔平为何同游击队配合得这么默契，莫非他也是共产党？

其实，郑叔平投降也是事出无奈。就在高飞带领一批游击队员包围警察局的时候，另一批游击队员在吴秉熙的带领下，冲进了郑叔平的公馆，向他宣传全国革命形势和我党优待俘虏政策，限他8点之前投降，并要他立即释放张纬荣和向警察局及县参议会炮楼士兵下令缴械投降。此时，同我党有统战关系的开明人士吴自寿（县副参议长）、高蔚龄（县政府秘书）、林培青（县教育科长）也一起劝他向游击队投降，并答应有关条件，可保他平安无事，否则对他大大不利。郑叔平一向明哲保身，深知"好汉不吃眼前亏"之道，在此大势已去的情况下，他便一一照办了。此时又俘敌50多人，同时缴获机枪3挺、步枪50多支。这样，县城之敌便一举粉碎了。

次日（5月6日）上午11时，中计驻守官井的林荫惊闻县城失守，便亲率私人卫队和驻苏澳自卫队400多人赶来县城反扑。早有准备并做了严密部署的全副武装的平潭游击支队，给予迎头痛击，逼得林荫携兵狼狈逃窜，一直逃到马祖列岛的白犬小岛去了。

由此，平潭县获得了第一次解放。经闽中地委批准，成立了以高飞为县长的平潭县人民政府。平潭人民游击支队用实际行动证明自己是中国共产党领导下的人民武装。他们超前完成了闽中党组织对平潭城工部的考验；他们实现了先烈曾焕乾的遗愿；他们创造了闽浙赣游击斗争史上的奇迹。

不过，有战斗就会有牺牲。在奇袭中正堂的恶战中吴国彩同志壮烈牺牲。

吴国彩，平潭伯塘人，1923年生，1948年4月入党，1949年2月任平潭游击支队一连连长。1949年5月初，他自报参加强攻平潭敢死队，被任命为敢死队长。在5月5日深夜奇袭中正堂时，他身先士卒打头阵，不幸胸部中弹，支队领导叫他退下火线，但他不顾流血伤痛，继续向前冲杀，打伤了一个对我威胁最大的顽敌，缴了他的两把驳壳枪。随后，他又中了两弹，伤势危重，被抬到医院急救。和他同时被送到医院的，还有一个危重伤员吴翊成。那时，医院只有一个主刀医生，只能依次动手术。医生认为救治吴国彩更有把握，便决定先对他动手术。但吴国彩坚持先抢救战友吴翊成。当医生做完吴翊成的手术，回过头准备救治吴国彩时，他却因时间拖得太久，流血过多，已经停止了呼吸。吴国彩这种无私无畏、先人后己的高尚品德，对党对人民铮铮铁骨、赤胆忠心的革命精神，永远活在平潭人民心中。后来，人民政府将吴国彩烈士的家乡伯塘村改名为国彩村，以示永久的纪念。

在这次战斗中，还有吴翊成、高扬寿、庄加祥等同志光荣负伤。平潭人民永远都不会忘记他们的历史功绩。

第三十四回　中央英明平反昭雪
烈士英名永垂不朽

1956 年 6 月 30 日上午，平潭高坪通往北厝的逶迤山路上，行色匆匆地走着一位一身石匠打扮的中年人。他走到北厝觉得口干，便向路边小商店要一杯开水喝之后又风尘仆仆地踏上了通往县城之途。

他叫林正光，平潭高坪人，1921 年 1 月出生，1946 年 2 月在黄花岗中学读书时入党。中华人民共和国成立后在江西上饶地委工作，因他是城工部党员，组织上认定他历史不清，来历不明，于 1952 年把他清洗回家。他回家后落魄潦倒，靠学习打石当石匠赚些钱度日。可现刻他心里似有一股和畅的春风荡过，觉得山欢水乐，阳光灿烂，连粗暴的海风也变得温柔起来。原来，他昨天风闻一个使他高兴得一夜睡不着觉的喜讯：福建城工部事件平反了。不过，他对这个喜讯还不敢确认，今天特地到县城证实。

林正光刚步入县城南街尾，便见詹益群迎面走来，忙抓住他的手，着急地悄声问："有否听说城工部事件平反了？"

"您没看报纸吗？"詹益群没有正面回答，却反抓住林正光的手说，"你跟我来！"

詹益群，平潭县流水乡后田村人，1919 年出生，幼年丧父，母患病，3岁卖人。几经周折磨难，于1944年秋考入省高工，在曾焕乾的教育下，他走上革命道路。1946年4月，翁绳金介绍他加入中共地下党。入党后，他发展了大量党员，成绩斐然。1947年9月前往江西九江从事地下革命活动，出任九江工委书记，为迎接九江解放立下了汗马功劳。可因城工部事件，被审查处理，现为平潭流水冷冻厂临时工，今天来县城亲戚家。

詹益群携林正光步入亲戚家，尚未坐下，便从自己的提包中拿出一张新近的《福建日报》递给林正光："你自己看吧！"

林正光接过报纸连看两遍，大喜道："被颠倒的历史，终于恢复了其原来的真面目。"

"这都是党中央、毛主席英明啊。"詹益群感慨万千，接着哽咽道，"曾焕乾在天如果有知，那该多好哇！"

"是啊，如果曾焕乾在天有知，一定高兴极了。"林正光说着又读起报纸来。

报纸没有全文刊登，只是摘要：

1956年6月27日，在中共福建省第一次代表大会上严正宣布：经中共中央批准，对福建城工部组织予以公开平反，认定城工部组织是中共组织，恢复城工部党员的党籍；对被错误处理的城工部党员给予平反，恢复名誉；对被错杀的人员，予以昭雪，追认其为烈士，其家属为烈属，得到人民政府的抚恤和照顾。

"这你该相信了吧！"詹益群说。

"还有更详细的吗？"林正光想了解究竟是怎么平反的。

"这要问刚从福州回来的张纬荣。他在省委文教部工作，知道内情，我们一起到他城关家里去找他，如何？"

"好呀！"林正光当然赞成。

他们俩一前一后走出大门口，碰巧遇见曾焕魁。詹益群见曾焕魁满面春风，便笑着问，"焕魁兄，你由流水中心小学校长变成高山小学教员，官越做越小，今日何故如此高兴？"

曾焕魁笑道："你们这对难兄难弟不是也有说有笑吗？"

"你看到报纸了？"

"当然。"曾焕魁说，"不过，详情还不清楚。"

"走，跟我们一道问张纬荣去！"

"快请坐！"见他们3人进来，张纬荣忙招呼。

未等林正光他们开口，张纬荣便问："你们都看到前日的省报吗？"

"当然。"詹益群首先说："就是内情不清楚，特来请教。"

"请教不敢。不过，我在省里已经听了内情传达。"张纬荣说。

"那你快给我们说说吧！"林正光有点迫不及待。

张纬荣点点头，便尽自己所知对他们做了介绍。

中共中央对福建"城工部事件"十分关注。根据中央指示，以张鼎丞为书记的中共福建省委一成立，就把解决城工部问题当作一件要事来考虑。1952年8月，张鼎丞调华东局工作，不久又调中央组织部任第一副部长。在他的关注下，福建省委于1954年2月报请中央批准，正式成立审查城工部问题委员会，下设办公室，具体负责审查工作。在审查过程中，始终贯彻实事求是的精神，客观冷静地、认真反复地进行调查研究，凡能搜集的材料都去收集了。在一年时间里，共搜集1300多件、约100万字的材料和证据。对于当时发生的具体事件，逐个核实，达到水落石出，做出正确结论。

经调查，以确凿的材料证明：（1）孟起夫妇被捕，不是庄征出卖的，而是孟起家里女佣人六嫂向她的姘夫陈炳正传出东家突然搞来了很多布匹的消息，特务通过陈炳正诱出六嫂告密做内应而逮捕了孟起夫妇；（2）阮英平不是其警卫员、城工部党员陈书琴所害，而是阮英平与陈书琴失散后，一人跑到狮峰岭范起洪家借宿时，因露出有金子，被坏分子范起洪、周玉库、范妹仔串同谋财所杀；（3）闽北游击队遭敌伏击事件，不是闽北城工部长曾焕乾通敌所致，而是由于闽北游击队长罗天喜所部在已经暴露目标的情况下轻敌麻痹，才遭敌人伏击的；
（4）闽西北游击纵队长沈宗文被捕事件，是由于沈宗文私自离开部队
去与当地保长女儿调情，被保长引敌人捕去，后即叛变，这当然与城
工部无关；（5）闽清县委被破坏，也不是城工部人员干的，而是由于
被混进的坏分子引敌人包围所致。另查，庄征、李铁和曾焕乾等领导
人的历史政治情况，没有发现有什么可疑之点。

据此，审查委员会向省委写了对城工部问题的审查报告。福建省
委对审查报告进行反复研究，并做出结论。省委认为："原闽浙赣省
委认定城工部为国民党特务所控制的组织是捕风捉影、缺乏事实根据
的，特别是轻率地决定对城工部领导干部及大批党员采取逼供信和严
刑拷打的手段加以杀害是完全错误的，应予以彻底平反。"

1955 年 1 月 22 日，福建省委向党中央作了审查结论及其处理意
见的报告，并派审查委员会办公室主任曾鸣到北京向党中央口头汇报。

中共中央对处理福建城工部问题极其重视，先后召开书记处和政
治局会议研究。刘少奇、周恩来、邓小平在讨论时都讲了话，毛泽东
主席也在百忙中参加政治局会议，批准了福建省委的意见和结论……

林正光、詹益群听张纬荣介绍到这里，再也控制不住自己心中的
澎湃，竟抽噎地哭了。

"这是天大的喜事，你们二位硬汉过去不哭，现在怎么倒哭了呢？"
曾焕魁说着自己也不禁热泪盈眶。他不是城工部党员，但因为是曾焕
乾的堂兄，国民党特务便认为他是共产党，受到了不应有的株连。

"我这是高兴啊！"林正光、詹益群异口同声。

"城工部事件是我们福建党的历史上的一次血的教训。"张纬荣
接着感慨地道，"一个政党，敢于承认错误才会前进。中国共产党敢
于公开承认错误，勇于纠正错误，这是我们党有力量的表现，也是伟
大之处。由于党中央英明和新省委正确，我们死难的城工部同志终于
平反昭雪。革命很不容易，我们幸存的人，要顾全大局，正确对待，

想想曾焕乾、陈书琴等烈士之悲壮牺牲，还有什么想不通的呢？"

"你说得好哇！"林正光、詹益群、曾焕魁兴高采烈地说着同张纬荣握别。

由于中央英明、省委重视和各级党委努力，城工部错案终于彻底翻了过来，千古奇冤终于得到了昭雪，各项政策终于得到了落实。

1956年11月17日，中华人民共和国中央人民政府主席毛泽东署名发给"革命牺牲工作人员家属光荣纪念证"。证书内文曰："查曾焕乾同志在革命斗争中光荣牺牲，丰功伟绩永垂不朽，其家属当受社会上之尊崇……"

1958年，省民政部门派人从武夷山、南平、宁德、闽侯、福清等地已拣收回80多位城工部烈士的遗骨，安葬于福州西禅寺旁新建的城工部烈士墓内。1979年党的十一届三中全会后，城工部烈士墓移到青松翠柏掩映中的福州文林山革命烈士陵园内。在城工部烈士墓前，巍然屹立着一方高大的纪念碑，碑上镌刻曾焕乾的英名。同曾焕乾英名列在一起的，有庄征、李铁、孟起、杨申生、孙道华、何友礼、何友于、陈清官、陈书琴、洪通今、林彬等88人。部分被错杀的城工部党员，因遗骨拣收稍迟未列上，但也在另处竖立革命烈士纪念碑。

每当清明节，他们的亲属、战友和青少年，便前来这里瞻仰，送鲜花、献花圈，缅怀他们的英雄伟绩，讲述他们可歌可泣的故事。他们的鲜血没有白流，他们的英名永垂不朽！

1984年清明节上午，绚丽的阳光笼罩着文林山革命烈士陵园。此时，有位年逾花甲的老妇人站在陵园内的城工部烈士墓前，敬献鲜花之后口中念念有词。她就是曾焕乾的夫人马玉銮。

马玉銮出生于1919年10月，这年65岁，她于去年从建阳县进修学校支部书记任上离休，现定居于福州，有时也前往平潭县城，在曾焕乾和她的继子曾瑞生家小住，享受一番天伦之乐。

这日扫墓回家，马玉銮写了一篇回忆录，题目为《回忆曾焕乾烈士的二三事》。文章末尾写道："当我听到曾焕乾牺牲的噩耗时，真是晴天霹雳，肝肠欲裂！我毫不怀疑地坚信曾焕乾同志是党的好儿男，是十分优秀的革命战士。"文章中还说："我最对不起我爱人曾焕乾烈士的一件沉痛的事，就是没有把我们唯一的女儿抚养成人。她于4岁时不幸出麻疹夭折了……"

天公往往不公。坎坷一生的马玉銮不幸于1990年71岁时患老年痴呆症，生活不能自理。幸好在平潭县委机关工作的继子曾瑞生和媳妇张香英对她十分孝顺。经他们夫妻3次到福州说服，终于在1991年把她接回平潭精心护理，万般照顾。1993年9月，马玉銮病逝时，在福州市、建阳市和平潭县三家老干局领导的联合主持下，于平潭县城举行了一个有1000多人参加的隆重追悼会，使她谢世时享哀荣。继子曾瑞生还为她建了大墓，立了墓碑，留给子孙后代瞻仰。

1986年清明节中午，在北京科普出版社任职的郑公盾回福州探亲时，来到镌刻有曾焕乾英名的革命烈士纪念碑前赋诗二首，哀悼英魂。其中一首写道：

烈士曾焕乾，牺牲卅八年。

虎口拯我生，感君记心田。

忆昔相抱别，临歧闽江边。

待我如兄弟，知心红线牵。

赤诚为党国，壮志永无前。

风雨翔海燕，云端腾雄鹰。

何期竟先死，千古恨孳愆。

2015年，曾焕乾烈士诞生95周年之际，中共平潭县委会、平潭县人民政府联名，在他的大坪村故居大门前右侧，隆重地矗立起一尊曾焕乾的半身花岗石雕像和一方他的生平事迹青石纪念碑，作为对他的永久的纪念。

那嵌刻在巍然石像下的一行"曾焕乾烈士永垂不朽"9个金色大字，闪着烁烁金光，永远地照耀着后人，激励着后昆，让人们时时"缅怀英烈祭忠魂，抚今追昔思奋进"。